새 로 운 질 서

개벽

박모은
장편소설

완결편

개벽

박모은
장편소설

새 로 운 질 서

3
下
완결편

맑은샘

일러두기

민간에 널리 퍼져 있는 선인과 도통한 스님들의 구전 설화와 세계 예언자들의 예언을
한국 중심의 판타지로 재구성한 것입니다.
이야기 구성은 창작이므로 특정 종교와는 무관합니다.

차례

정동희의 탄생

이승에 남자아이 하나가 태어났다. 정씨 집안 아버지와 이씨 성을 가진 어머니 사이에 누나가 둘 있는 집의 셋째로 세상에 나왔다. 아이의 부모는 둘 다 초등학교 교사였으며 특별할 것 없이 평범한 집안에 평범한 아이였다. '동희'라는 이름을 가진 아이는 발랄한 두 누나의 밑에 막내라서인지 개구쟁이면서 애교가 많았다. 외아들이라 부모도 애지중지했고 사랑도 듬뿍 받아서 정도 많았다.

유치원에 들어가서도 특별한 취미 없이 만화책과 TV 보는 데만 몰두하여 공부를 하지 않자 동희의 부모는 걱정이 되었다. 명색이 부모가 교사인데 아들이 공부를 안 하자 아버지가 저녁마다 책상에 같이 앉아서 공부를 가르쳤지만 별 소용이 없었다. 아버지가 눈을 부라리고 야단을 치면 공부하는 척했지만, 좀체 집중을 하지 못했다.

초등학교에 들어가자 누나들이 돌아가면서 공부를 가르쳤다. 그래도 성적은 역시 나아지지 않았고 결국 가르치는 사람도 손을 놓아 버렸다. 그때 동희의 나이 아홉 살이었다.

학교가 끝나고 오락실에서 시간을 보내다 저녁 먹으라는 누나의 전화를 받고 집으로 가던 중이었다. 주위에 어둠이 내려앉고 가로등이 하나씩 켜지고 있었다. 집이 보이는 골목으로 접어들었을 때 누가 뒤에서 부르는 소리가 들렸다.

"동희야!"

동희는 뒤를 돌아봤다. 검은 옷을 입은 할아버지가 서 있었다. 광대뼈가 툭 불거지고 눈두덩이가 쑥 들어가서 해골처럼 뼈가 앙상한 할아버지 모습과 겹쳐서 가로수 나무가 그대로 보였다. 마치 투명한 비닐처럼 보이는 사람이었다.

"동희야!"

다시 자신의 이름을 부르자 동희가 놀라서 뒷걸음치다가 재빨리 돌아서 집을 향해 전속력으로 달렸다. 다행히 집 대문은 열려 있었고 동희는 집안으로 뛰어 들어가며 대문을 소리 나게 닫고 걸어 잠갔다. 신을 벗고 거실로 들어서며 헐떡이는 동희를 보고 주방에서 엄마를 도와 저녁을 준비하던 큰누나가 나무랐다.

"야! 대문을 그렇게 쾅 닫으면 어떡하냐? 오락실에서 오는 놈이 뭐 그렇게 예의 없이 들어오는 거야."

"그래. 늦게 들어오면서 그건 아닌 것 같다, 동희야!"

엄마도 뒤돌아보면서 동희를 나무랐다. 동희가 입을 삐죽 내밀고 투덜거렸다.

"이 골목 입구에서 이상한 할아버지 봤어. 내 이름을 불렀는데 등골이 오싹해서 막 뛰어온 거야."

"이상한 할아버지? 이 골목에 이상한 할아버지가 어딨어? 어서 씻고 와서 자리에 앉아. 밥 먹게."

엄마가 동희를 바라보며 타박했다.

"정말이야. 그래서 놀라서 뛰어온 거구. 우와! 나 그렇게 이상한 할아버지는 처음 봤어. 검은 옷을 입었는데 뼈만 남아서 해골 같은 얼굴로 나를 보며 '동희야!' 그랬단 말이야. 정말이야."

"그 할아버지가 네 이름을 어떻게 아니? 오락실 갔다가 늦게 왔다고 구박할 거 아니니까 거짓말하지 마."

큰누나가 동희의 말을 믿지 못하자 동희는 억울했다.

"씨-이, 정말이라니까 아무도 내 말을 믿지 않네."

동희는 책가방을 방에다 던지고 화장실에서 손만 씻고 식탁에 앉았다. 그 사이 아빠와 작은누나까지 자리에 앉았고 식탁에는 김이 모락모락 피어나는 김치찌개와 김치, 금방 부쳐낸 두부 부침에 양념간장이 올려져 있고, 참나물무침에 깻잎장아찌, 바삭바삭한 조미김도 있었다. 엄마, 아빠가 마주 앉은 한쪽에는 풋고추와 쌈장이 있어서 나름 풍성한 식탁이었다.

"오락실에서 좀비 게임 하다 왔니?"

아빠가 풋고추에 쌈장을 찍어 베어 물며 동희에게 물었다.

"아뇨. 격투기 게임이었어요, 맨날 하던 거. 그리고 옛날 거 테일즈런너 좀 하고요."

"그럼, 아까 들어오면서 하던 얘기는 무슨 말이냐? 검은 옷을 입은 할아버지가 네 이름을 불렀다며?"

동희가 요란스럽게 들어와 거실에서 엄마와 큰누나랑 하는 대화를 아빠가 방 안에서 듣고 있었던 모양이었다.

"그러니까요. 처음 보는 할아버지였는데 내 이름을 어떻게 알지?

이상하네. 근데 어휴, 귀신 같아. 이상하게 소름이 쫙 끼쳐서 생각하기도 싫어요. 혹시 모르니까 내일부터는 일찍 들어올게요."

"그래라."

아빠도, 엄마도, 누나들까지 웃었다. 그 웃음소리에 동희는 심사가 뒤틀렸다.

"내 말이 거짓말로 들리나 봐요. 난 정말 엄청 놀라서 도망쳐 왔는데……."

"그럼, 내일부터 게임은 집에서 하려무나. 집에 컴퓨터 놔두고 뭐 하러 돈 써 가며 PC방에서 하니? 누나들 학원 가고 없는 시간에 집에서 해라."

"네!"

아빠의 말에 동희는 순순히 대답했다. 아까 본 할아버지의 기억이 떠오르자 진저리가 쳐졌다. 동희는 똑똑히 보았었다. 시커먼 할아버지 모습 속에 항상 봐왔던 나무와 벽돌들이 선명하게 보이는 것을…….

밤 10시가 넘었다.

침대에 엎드려 정신없이 만화책에 빠져 있던 동희는 갑자기 한기가 느껴져 뒤돌아서 이불을 끌어당기기 위해 일어나 앉았다. 그리고 놀라서 그대로 얼어붙고 말았다. 저녁에 골목 입구에서 봤던 깡마른 할아버지가 동희를 쳐다보고 있었던 것이다. 침대 끝 벽 쪽에 서 있었는데 역시 검은 옷이었고 발아래 쪽은 보이지 않았다.

"역시 넌 내가 보이고 내 목소리가 들리는구나."

겁에 질린 동희가 부들부들 떨면서 간신히 용기를 내어 물었다.

"할아버지 누구세요? 귀신이에요?"

동희의 물음에 움푹 팬 눈으로 바라보던 노인이 살짝 웃었다. 그 웃음에 소름이 끼친 동희는 자신도 모르게 두 눈을 질끈 감고 머리를 감싸 쥐며 비명을 질렀다.

"으아~ 귀신이야, 귀신!"

방문이 벌컥 열리며 아빠, 엄마가 뛰어 들어왔다. 동희는 침대에 몸을 한껏 웅크리고 두 팔로 머리를 감싸고 덜덜 떨고 있었다.

"얘, 동희야. 왜 그래? 무슨 일이야? 동희야."

엄마가 웅크린 동희를 끌어안으며 얼굴을 돌렸다. 동희의 얼굴과 온몸이 공포로 부들부들 떨고 있었다. 깜짝 놀란 아빠가 동희 옆에 앉아 손을 잡았다.

"무슨 일이니? 악몽이라도 꿨니?"

엄마의 가슴에 안긴 채 부들부들 떨고 있는 아들을 보며 아빠가 걱정스럽게 물었다.

"아까 그 할아버지 귀신, 또 왔어. 내 방에……. 나 보고 웃었어."

"자다가 헛것을 본 거 아니니?"

엄마가 환한 LED 형광등을 바라보며 말했다.

"나 안 잤어. 만화책 보고 있었다고요."

"그래, 할아버지 귀신이라고? 어떻게 생겼어? 혹시, 말을 하던?"

아빠가 아들의 말을 듣기 위해 질문을 했다.

"검은 옷을 입었고요. 저기 침대 끝에 서 있었어요. 깡말랐고 눈은 퀭하고. 내가 죽은 사람을 본 적은 없지만, 아마…… 죽은 사람이…… 아니, 마치 죽은 사람이 눈만 뜨고 있는 것 같았다고요. 내가 놀라니까

'너 내가 보이고 소리도 들리는구나'라고 말했어요."

동희가 덜덜 떨면서도 또박또박 말하자 아빠와 엄마는 서로 얼굴을 마주 보며 사태가 심상치 않음을 직감했다.

"오늘은 아무래도 아빠, 엄마와 같이 자는 게 좋을 것 같다."

"그래, 동희야. 우리 같이 자자. 그럼 안 무서울 거야."

아빠가 동희의 손을 잡아끌며 말하자 동희를 끌어안고 있던 엄마가 손을 풀어 줬다. 엄마의 품에서 벗어난 동희가 침대 밖으로 나왔다. 두 누나가 방문에 붙어서 무슨 일인지 들여다보고 있다가 주춤거리며 물러섰다.

"무슨 일이에요? 동희가 아파요?"

큰누나가 묻자, 엄마가 대답했다.

"별거 아냐. 무서운 걸 봐서 겁이 나나 보다. 오늘은 우리랑 자려고 하니까 너희도 들어가"

두 누나가 킥킥대고 웃었다.

"저런, 겁쟁이. 남자애가 저래서 나중에 어떻게 군대에 가냐."

"아직 어린애잖아. 깜박 졸았다가 가위눌린 거지 뭐."

동희를 양쪽에서 부축해서 안방으로 들어가는 등 뒤에서 네 살, 여섯 살 위인 누나들의 소리가 들렸다.

다음 날 아침, 아빠와 함께 등교하던 길이었다. 학교까지는 걸어서 10분 정도 거리로 동희와 아빠는 종종 같이 등교하곤 했다. 집 앞 골목을 빠져나와 대로변에 접어들면서 동희가 두리번거렸다.

"왜 그러니?"

두리번거리는 동희가 의아해서 아빠가 물었다.

"다른 때와 달리 여기저기서 얘기하는 소리가 들리는 것 같아요. 그런데 사람은 안 보여요. 저기 앞에 가는 사람 소리는 아니고 뒤에 오는 사람도 좀 떨어져 있으니까 아닌 것 같은데…… 지금 내 귀에 여러 소리가 들리고 있거든요."

"혹시 귀에 이명 같은 게 생겼는지 모르니까 이따 오후에 이비인후과에 가보자. 가서 검사해 보면 밤사이 귀에 벌레가 들어가 있는지도 모르지."

"이명이 뭐예요?"

"귀에 이상이 생겨서 이상한 소리가 들리는 거야. 아빠 친구 중 한 명이 이명 때문에 고생한 친구가 있었거든. 고칠 수 있으니까 걱정하지 마. 그런데 아빠 친구는 나이라도 있지만 넌 어린놈이 빨리도 왔네."

"그러게요. 뭐 웅웅 거리는 소리 같기도 하고 또렷하게 말하는 소리가 들리기도 하고 그래요."

"말하는 소리? 어떤 말을 하는데?"

"동희야 같이 놀자, 저쪽에서 자전거 사고가 났어, 뭐 그런 소리가 들렸어요."

동희가 보이지 않는 담장 너머 학교 반대쪽 도로를 가리키며 말했다.

"웅웅 거리는 소리가 환청으로 변질되기도 하나 본데, 그 친구가 그런 얘기도 했던가? 이따 물어봐야겠네. 아무튼 걱정하지 마라. 병원 다녀오면 금방 좋아질 거니까."

"네!"

동희는 초등학교 3학년이었고 동희의 아빠는 6학년 담임을 맡고 있었다. 동희 아빠는 아침에 출근하자마자 동희가 말한 자전거 사고에 대해서 전해 들어야 했다. 자신이 맡고 있는 아이가 자전거를 타고 등교하다 동희가 손으로 가리킨 쪽에서 자동차와 부딪치는 사고로 병원에 입원 수속 중이라는 소식이었다. 동희 아빠는 가슴이 철렁 내려앉았다.

사고가 난 아이는 열흘 정도 치료를 받으면 퇴원이 가능한 정도의 상처였다. 그러나 문제는 동희의 귀에 벌레가 들어가지 않았을 가능성이 커졌고 이명이 아닐 가능성도 높았다. 간밤에 얘기하던 귀신 이야기, 그 귀신을 보고 부들부들 떨던 동희의 두려움을 당시에는 이해할 수 없었다. 그래서 설핏 잠이 들었다가 악몽을 꾸었거나 가위에 눌렸을 가능성에 무게를 두고 있었다. 실제로 귀신을 보았을 수도 있겠다는 생각은 아주 조금의 여지만 두었었다. 그 조금의 여지가 갑자기 높은 가능성으로 바뀌면서 가슴이 답답해졌다. 아마 이비인후과가 아니라 다른 곳에 가봐야 할지도 모른다는 생각을 하며 그는 아내에게 전화했다. 옆 동네 초등학교 교사였던 동희의 엄마는 전화로 동희의 상태와 아침에 있었던 일을 전해 듣고 역시 크게 놀라고 있었다.

학교가 끝나고 동희와 아빠는 이비인후과에 들렀다. 양쪽 귀 모두 검사해 봤지만 '정상'이라는 말만 듣고 나왔다.

"지금도 무슨 소리가 들리니?"

아빠가 동희에게 물었다.

"저기 가는 아저씨, 집에서 아줌마랑 싸우고 나와서 기분이 안 좋으니까 좀 떨어져서 가래요."

아빠는 동희의 말대로 앞에 가는 남자보다 천천히 걸어서 거리를 두었다.

"동희야, 아빠가 하는 말 잘 들어. 너에게 일어나는 이런 현상은 누구에게나 일어나는 일이 아니야. 아주 특별한 일이지. 그러니까 다른 아이들에게 얘기하면 안 된다. 알았니? 누나들에게도 얘기하지 마."

"네, 얘기 안 할게요. 하지만 무서워요. 또 그 할아버지 볼까 봐."

토요일이 되자 동희는 부모님의 손에 이끌려 또다시 병원에 갔다. 동희를 가운데 두고 양쪽에서 동희의 손을 잡고 간 병원의 간판은 '신경정신과'였다.

"아빠! 여기서 무슨 치료를 받아요?"

"여기선 상담을 받을 거야. 네가 어떤 상태인지 정확하게 얘기를 해주면 돼."

"응, 그러면 박사님이 네 상태를 호전시킬 방법을 말씀해 주실 거야."

아빠와 엄마는 동희를 안심시키려고 자신들이 짐작하고 있는 동희의 상태를 일절 입 밖에 내지 않았다.

이미 예약을 했는지 동희와 부모님은 바로 원장실로 들어갔다. 원장과 인사를 하고 동희를 가운데 앉힌 후 왼쪽에 엄마, 오른쪽에 아빠가 자리 잡고 앉았다.

"안녕! 아이구, 아직 어린이구나. 동희라고 했지? 언제부터 이상한 게 보였니?"

"삼 일 전에요. 저녁까지 오락실에서 놀다가 누나한테 밥 먹으라고 전화가 와서 집에 오는 길이었거든요. 우리 집 골목길을 들어오는데 그때 시커먼 할아버지가 있었어요. 깡마른 할아버지였는데 그 할아버지 몸통으로 뒤에 벽돌이랑 나무들이 다 보였어요. 그때는 몰랐었는데, 그게 반투명이라고 그러나? 눈은 움푹 패고 죽은 사람 같아 보였어요. 아니 귀신 같았어요. 그런데 그 귀신이 저를 부르는 거예요. 동희야, 하고요. 그래서 집까지 뒤도 안 돌아보고 뛰었어요. 집에 가서 귀신같은 할아버지를 봤다고 했더니 아무도 안 믿었어요. 억울했지만 저만 봤으니까, 할 수 없었죠. 그런데 밤에 만화책을 보다가 갑자기 찬바람…… 아니 그게 찬바람은 아니고 차가운 뭔가가 느껴져서 뒤돌아 앉았는데 벽에 그 검은 할아버지가 서 있는 거예요. 정말 깜짝 놀라서 비명을 질렀죠. 그 할아버지 무릎 아래가 없고, 할아버지 몸 뒤에 벽지 무늬까지 보였거든요. 귀신이 맞다는 생각이 드니까 너무 무서웠어요. 그 할아버지가 그러더라고요. '너 내가 보이고 소리도 들리는구나' 하고요. 그리고 아빠, 엄마가 제 비명 소리를 듣고 제 방에 오셨어요."

"그래, 그럼 삼 일 전에 그 귀신을 처음 본 거구나. 정말 무서웠겠네."

"네! 그때부터 아빠, 엄마랑 같이 자고 있어요. 무서워서."

갑자기 아빠가 대화에 끼어들었다.

"그다음 날부터 소리도 듣기 시작하는 것 같았어요. 제가 등굣길에 아이랑 같이 가던 중이었는데요. 자꾸 주변을 두리번거려서 왜 그러냐고 물으니 누군가 말을 하고 있다는 거예요. 주위에 아무도 없었고 앞뒤로 40~50m쯤 떨어진 곳에 사람들이 있었죠. 꽤 떨어진 거리인데 그 사람들 대화가 들릴 리가 없잖아요. 그것도 옆이 차가 지나다니는 도로여서 소음이 좀 있는 곳이었어요."

"아버님은 그때 동희의 말을 믿었나요?"

흰 가운을 입은 원장이 동희 아빠에게 물었다.

"아뇨. 그때는 안 믿었어요. 그때 동희가 한 말 중에 '저쪽에서 자전거 사고가 났다'고 보이지도 않는 학교 반대편 도로를 가리키더라고요. 전날 심하게 놀라서 후유증 때문인가 했죠. 학교에 도착하고 10분쯤 됐을까, 학부모 한 분에게서 전화가 왔는데 아이가 자전거로 등교하다가 자동차 사고로 병원에 실려 갔다고 하더라고요. 사고 난 지점이 동희가 가리키던 학교 반대편이라서 깜짝 놀랐지요. 그때부터 저도, 애 엄마도 심각해지기 시작한 거예요. 단순히 악몽이나 가위눌린 후유증이 아닐 수 있다는 생각이 들어서 상담을 요청한 겁니다."

동희 엄마가 한숨을 쉬면서 동희의 어깨에 손을 얹어 살짝 끌어당겼다. 동희는 자신에게서 일어나는 상황이 무섭기도 했지만 자신 때문에 부모님이 이곳까지 와서 상담을 받는다는 것이 미안하고 싫었다. 내색은 안 하고 있었지만 공부에 취미가 없어서 속을 썩이는 일도 미안한데 속 썩이는 일이 추가되어 마치 자신이 부모님에게 큰 짐덩어리가 되는 것 같은 기분이 들었다. 이곳에 오면서 들었던 엄마의 한숨 소리를 다시 한 번 듣게 되자 동희는 걷잡을 수 없이 자신이 미워지기 시작했다.

열심히 필기하며 적어 내려가던 원장이 고개를 들고 동희를 불렀다.

"그래요, 그렇군요. 동희야!"

"네!"

"그다음에 또 보거나 들은 거는 없니? 아니면 예전에도 무슨 소리가 들린 적이 있다거나…… 그런 거 없어?"

"가끔 뭔가가 웅~웅~거리는 소리가 들렸어요. 파리가 날아다니는 소리는 아니고 벌이 날아다니는 소리도 아닌데…… 정신없게 하는 소리랄까?"

"머리 아픈 적은 없었니?"

"그런 건 없었어요."

"그래, 혹시 지금은 들리는 소리가 있니?"

동희가 머리를 저었다.

"자, 동희야. 선생님이 아빠, 엄마랑 얘기 좀 할게. 잠깐만 밖에서 기다려 줄래?"

동희는 밖으로 나와 맞은편의 긴 의자에 앉았다. 머리를 뒤로 젖히고 기대어 방금 나온 문에 붙은 푯말을 보았다.

'신경정신과 원장 김○○'

동희는 '신경정신과'가 뭐 하는 곳인지 몰랐다. 자신이 왜 여기에 와서 질문을 받고 대답해야만 하는지도 몰랐다. 그저 아빠, 엄마의 손에 이끌려 와서 상담을 받아보자고 해서 왔을 뿐인데 점점 가슴은 답답하고 자꾸만 눈물이 나려고 하였다.

일요일이었다.

엄마는 안 가던 교회를 가겠다고 작은누나를 따라나섰다. 이후 엄마는 식사 때마다 두 손 모아 기도했고 거실 제일 잘 보이는 곳에 커다란 십자가도 걸어 놓았다. 식사 때나 거실에서 텔레비전을 볼 때마다 웃고 떠들던 분위기가 예전 같지가 않았다. 그리고 동희는 그것이 자신 때문이라는 걸 어렴풋이 느끼고 있었다.

밤에 자려고 불을 끈 동희에게 할아버지 귀신이 보였다. 어둠 속에 또렷이 보였다. 동희는 놀라지도, 소리 지르지도 않았다. 벌써 세 번째 였고 요즘 집안 분위기가 나빠진 것이 저 할아버지 때문이라고 생각하고 있었다. 저 할아버지 때문에 자신뿐 아니라 부모님과 누나들 역시 겉으로 드러내지 않을 뿐 마음고생을 하고 있었다.

'젠장, 저 할아버지 때문에 우리 집에 웃음이 사라져 버렸어. 왜 자꾸 내 눈에 보이는지 따져야 해.'

동희는 무서운 마음을 누르며 눈을 부릅떴다.

"할아버지! 왜 나 따라다녀요? 왜 내 눈에 보여서 나를 놀라게 하는 거예요?"

"너, 나만 보이니? 다른 귀신들은 안 보이니?"

"할아버지 귀신 보이는 것도 지금 힘든데 다른 귀신도 보이냐고 묻는 거예요?"

"그래, 나를 본다면 다른 귀신들도 보여야 하는 거잖아. 일반 사람들이야 귀신 보는 눈이 안 열려 있으니까 못 본다 쳐도 너는 보이니까 묻는 거지."

"다른 귀신들은 목소리만 들려요. 요즘 내가 그 소리들 때문에 미치겠다고요."

동희는 며칠 동안 겪은 일을 생각하며 언성을 높였다.

"할아버지도 나타나서 나 놀라게 하지 말고요. 제발 그만 좀 하늘나라로 가세요."

"아니, 내가 뭘 어쨌길래 그래. 너한테 해코지를 했니, 생활하는 데 지장을 주기를 했니?"

할아버지 귀신이 자기 말을 받아주는 동희가 반가워서 얼굴에 쭈글쭈글한 주름을 잡으며 웃었다.

"무슨 소리예요. 내 생활에 엄청난 지장을 주고 있다고요. 먼저 내가 놀라서 심장이 멎을 것 같아요. 언제 어디서 나타날지 몰라서 긴장

되고, 나타나면 깜짝 놀라고요. 그래서 맘대로 저녁에 놀러 다니지도 못해서 피해가 막심해요. 친구들과 저녁에 어울려 노는 것도 못 하고, 내가 이래서 아빠, 엄마가 걱정해요. 병원에 가서 상담까지 하고 왔다고요. 아마 돈도 많이 냈을 텐데…… 이게 병은 아니라고 하는데…… 뭐 귀신 보는 병인데 엄마가 나중에 교회 가서 고쳐 준다고 걱정하지 말랬어요. 이번 주 교회 가서 기도하면 귀신들 다 물리칠 수 있다고 하거든요. 그러면 할아버지도 그때는 하늘나라로 가셔야 할 거예요."

동희가 오른손을 흔들다 하늘을 가리켰다.

"뭐 그거야 가 봐야 아는 거고…… 어쨌든 난 너와 이렇게 대화할 수 있어서 좋구나. 그런데 넌 좀 특이한 체질이야."

"뭐가 특이해요? 내가 할아버지 귀신을 봐서요?"

"아니, 보통 귀신을 보거나 귀신 소리를 들으면 치고 들어가기 좋은 환경의 체질인데 말이다. 너는 그렇지가 않구나."

"그건 무슨 소리예요?"

"무당이라고 들어 봤니?"

"들어 봤어요."

"그럼, 무당이 어떤 사람인지도 알겠구나."

"점 보는 사람 아닌가? 그런 거 같은데."

"그 점을 귀신들이 봐주는 거지. 무당은 그냥 귀신이 말하는 거 전달만 해주는 거야."

"근데 그걸 왜 나한테 말해?"

동희가 짜증스럽게 말하자 할아버지 귀신이 또 웃었다.

"아유, 소름 끼쳐. 좀 안 웃었으면 좋겠어. 왜 자꾸 웃어요. 소름 끼치게.”

“아, 그냥 네가 귀여워서. 무당은 말이야, 귀신이 무당의 몸에 들어가서 살지. 그러면서 자신의 목소리를 무당을 통해서 내는 거야.”

“흥, 그러니까 무당에 붙은 기생충이구나.”

“응, 네 말대로다. 그 무당들 대부분이 너처럼 나 같은 귀신을 본다거나 귀신의 목소리를 듣거든.”

동희가 깜짝 놀랐다.

“뭐라고? 그럼 내가 무당이 될 수도 있다는 거야?”

“그러니까 나도 너 같은 체질은 처음 본다만, 왜인지 네 몸은 귀신들이 치고 들어갈 수가 없구나.”

동희가 잠시 눈을 깜박거리며 무슨 소리인지 이해하려고 애썼다.

“만약 네가 무당이 될 만한 몸이었으면 벌써 누군가가 치고 들어갔어야 했어. 그런데 이상하게도 네 몸 주변에 희미한 결계가 쳐져 있어서 귀신들이 주변만 맴도는 거야. 그 결계가 뭔지는 모르겠지만 이 세상의 결계는 아닌 것 같단 말이야.”

“그게 무슨 말이야? 내가 무당이 된다는 거예요, 되지 않는단 말이에요?”

“네 몸 주변에 알 수 없는 결계가 있어서 나도 지금보다 더 가까이 너한테 다가갈 수가 없구나.”

“결계? 그게 뭐예요?”

“네 주위에 희미한 빛이 너를 지켜 주고 있어. 그래서 귀신들이 너를 괴롭힐 수도 없고 해코지할 수도 없어. 걱정하지 마라.”

“정말? 정말이에요?”

동희의 얼굴이 밝아지며 큰 소리로 외쳤다.

"그래."

"이야~호!"

동희가 두 손을 치켜들고 흔들며 환호성을 지르는데 문이 열리며 아빠가 들어왔다.

"뭐냐? 너 왜 그래?"

"아빠!"

동희가 침대에서 뛰어내려 아빠의 품으로 달려들었다.

"왜 그러니? 동희야!"

"저 무당은 안 된대요. 저 할아버지 귀신이 말했어요. 저는 무당이 될 수가 없대요. 제 몸 주위에 뭐가 있어서 귀신들이 요만큼까지는 올 수 있는데 더 이상은 못 온대요."

아빠가 무슨 말인지 이해하지 못하고 어리둥절한 사이에 엄마도 동희의 방으로 들어왔다.

"무슨 말인지 차근차근 얘기해 볼래."

동희가 신이 나서 말했다.

"저기 할아버지 귀신이 있어요."

동희가 침대 아래 벽 쪽을 가리키며 하는 말에 아빠, 엄마가 놀랐다.

"어머나. 어머나…… 어서 십자가 가져와야지."

엄마는 다시 거실로 황급히 나갔다.

"어, 동희야! 아빠는 안 보이는데, 무섭지 않니?"

아빠가 걱정스럽게 물었다.

"아뇨. 이젠 안 무서워요. 좀 소름이 끼치기는 하지만요. 한…… 이

미터는 좀 넘는 정도 되겠네. 딱 저기까지가 저한테 다가올 수 있는 거리래요. 더 이상은 못 온대요. 이젠 걱정하지 마세요. 저 이제 놀라지도 않을 거고, 무서워지도 않을 거예요."

아빠는 동희의 말이 이해가 됐는지 고개를 끄덕였다.

"다행이구나. 그래도 귀신이 있는 방에 있지 말고 오늘도 우리와 자자꾸나."

"네! 오늘까지만 그럴게요."

동희가 오랜만에 밝은 표정으로 말하는 것을 지켜보던 아빠도 조금 마음이 놓였다. 엄마가 십자가를 들고 다시 나타났다.

"어디? 어디 있니? 동희야?"

"저기요."

동희가 침대 아래 벽 쪽을 가리키자 엄마는 십자가를 들고 용감하게 나섰다.

"예수의 이름으로 말하노니 귀신아, 물러가라! 물러가라! 물러가라!"

동희가 엄마의 모습을 보다가 웃었다. 할아버지 귀신이 십자가에 올라가 앉아 있었기 때문이다.

"엄마, 소용없어요. 그만두세요."

엄마가 말리는 동희의 손을 뿌리쳤다.

"저리 비켜. 이따위 귀신은 예수님의 이름에 꼼짝을 못 한다고. 다시는 못 오게 쫓아내고 얼씬도 못 하게 해야지."

아빠가 동희의 어깨를 감싸 쥐고 힘을 주어 문으로 돌려세웠다.

"놔둬라, 동희야! 엄마도 나름 저게 최선이라고 생각하고 있으니, 정말 너는 괜찮은 거니?"

"정말 괜찮으니까 걱정 마세요. 저 할아버지 귀신 때문에 오늘에야 알았어요. 뭔지는 모르지만 제가 특별하다고 생각됐어요."

"그게 뭔데……?"

"전부터 이상하게 웅웅 거리는 소리는 귀신들이 좀 떨어져서 얘기하는 걸 들었던 거예요. 그걸 오늘에야 알았어요. 헤헤헤."

아빠가 한숨을 내쉬었다.

"인마! 그게 웃을 일이냐? 그럼 예전부터 너한테 귀신이 따라다녔다는 거잖아."

"그렇죠. 전 그게 귀가 안 좋아서 그런 건지 알았는데 그게 아니었잖아요. 원인도 알았고 제가 병이 있었던 것도 아니고요."

"참 어처구니가 없네. 그러니까 오래전부터 있었던 일을, 며칠 전 할아버지 귀신을 본 때부터 일어난 일로 알았던 거구나. 그렇지?"

"네! 지금이라도 알게 되어 기뻐요. 전 제가 이상한 병에 걸려 있는 줄 알았거든요. 아빠! 이제 걱정하지 마세요."

안방에 들어와 침대에 걸터앉은 아빠는 동희를 쳐다보며 머리를 쓰다듬었다.

"그래! 네가 내 자식인데 걱정을 안 할 수는 없지. 너한테 이런 일이 생겨서 많이 놀랐지만 네가 잘 견뎌 주어서 아빠는 대견하구나. 앞으로도 씩씩하게 잘 이겨낼 수 있을 거야. 그리고 힘들면 언제든 말을 하거라. 아빠는 항상 네 편이고 응원해 줄 거야. 그리고 미안하구나."

"뭘요?"

"네가 공부에 집중을 못 하는 이유를 이제야 알았잖아. 그걸 모르고 네가 공부하기 싫어서 빠져나가려고만 하려는 것 같아서 그동안 속상했었거든. 우리 아들이 다른 것과 싸우고 있는 줄 알았으면 너 혼낼 시간에 같이 싸우는 방법을 찾았을 텐데…… 내가 너를 너무 몰라서 말이야. 그러니까 무슨 일이 생기면 아빠에게 얘기해야 한다. 그래서 같이 귀신과 싸워서 이겨 내 보자. 사나이 대 사나이로서 말이다, 알았지?"

"네! 알았어요, 아빠!"

그날 이후로 동희는 가족 누구에게도 귀신 얘기를 하지 않았다. 심지어 아빠에게도 얘기를 안 했지만 동희는 할아버지 귀신 외에도 수많은 귀신들이 도처에 깔려 있는 것을 보고 다녔다. 보았어도 본 척하지 않았고 옆에서 말을 걸어도 대꾸하지 않았다. 다만 처음 본 할아버지 귀신하고만 가끔 대화를 했다.

아빠와 엄마가 간혹 물었다.

"지금도 귀신이 보이니?"

그럼, 동희는 주저하지 않고 대답했다.

"아니요."

할아버지 귀신의 영향으로 시험 때마다 성적은 항상 최고의 결과를 냈다. 부모님은 성적이 오른 것에 기뻐하면서도 미심쩍어했지만, 동희는 끝내 귀신 얘기는 하지 않았다.

활개 치는 악다귀

거리를 천천히 거닐던 신이 갑자기 목을 움켜쥐며 쓰러지더니 작은 연기와 함께 그대로 소멸되었다. 깜짝 놀란 옆의 신도 가슴을 잡고 외마디 비명을 지르며 쓰러지고 역시 작은 연기와 함께 소멸되었다. 놀란 주변 신들의 눈에 휙휙 날아다니는 파리 같은 악다귀(惡多鬼)들이 보였다. 메추리알만 한 크기부터 녹두 콩알만 한 크기까지 새빨간 눈을 부릅뜬 악다귀들이 붙은 신은 여지없이 소소한 연기를 남기고 소멸되었다. 거리에 놀란 비명소리가 곳곳에서 들리더니 순식간에 거리는 텅 비었다.

악다귀들은 수백씩 떼를 지어 몰려다녔고 이런 무리가 수천이나 되어 신계 어디랄 것 없이 악다귀들이 퍼져 나갔다. 정화의 숲에서 빠져나온 악다귀들은 인간의 영(靈)만이 아니다. 사자, 호랑이, 코뿔소, 무소, 고릴라, 오랑우탄, 원숭이, 사슴, 기린, 코끼리, 소, 돼지, 말, 개 같은 덩치 큰 동물의 영들도 있었고 닭, 오리, 비둘기, 제비, 앵무새 같은 조류들까지 온갖 생명체의 악다귀가 망라되어 있었다.

시간이 가면 그냥 터져서 소멸되었으면 하는 안이한 기대감은 깨졌다. 아무도 예상하지도 못했고, 가장 안 좋은 결과로 나타난 각성한 악다귀가 활개 치고 다니는 것을 신들은 홀로그램을 통해서 지켜봐야만 했다. 각 영역 나라신들은 악다귀들을 잡기 위한 대책들을 세우느라 골몰했지만 역시 뾰족한 수가 나오지 않았다.

악다귀 떼는 장소를 가리지 않고 나타났다. 악다귀들은 매우 작았으며 민첩했고, 예민했고, 영리했고, 단결력 또한 좋았다. 총을 쏘는 군신에게 무리 지어 달려들었다가 소멸시키고 이내 다른 군신으로 표적을 옮기는 것이었다. 총 따위는 가볍게 피하는 악다귀에게 적군에게나 쓰는 폭탄이 줄줄이 터졌다. 폭탄에 얼마나 악다귀가 죽었는지 모르지만, 폭탄의 빛이 잦아들면 악다귀들은 다시 나타났다. 전쟁을 하던 군신들마저 악다귀에게 당하는 일이 속출하자 악다귀를 두려워한 나머지 군대를 이탈하는 군신들까지 생겨났다.

전쟁터든 도시든 시골이든, 어디에도 악다귀로부터 안전한 곳은 없었다. 빨간 눈을 부라리며 달려드는 악다귀는 공포 그 자체였고, 군신들까지 속수무책으로 소멸되자 군대는 상대방으로부터 날아오는 포탄보다 악다귀로부터 자신들을 지키기에 급급했다. 이제 신계의 모든 영역의 군대는 악다귀와의 전쟁에 돌입했다.

한국 나라신이 홀로그램으로 악다귀들의 움직임을 살펴보다가 정화의 숲으로 순간이동했다. 구멍 뚫린 곳에 백로, 상강, 입동, 한로, 추분 신장이 여러 신관들과 함께 입구에서 악다귀들과 끝없는 힘겨루기를 하고 있었다.

"제가 도와드릴까요?"

갑자기 나타난 한국 나라신의 등장에 신장들이 기뻐하며 인사했다.

"아, 한국 나라신이여! 잘 오셨어요. 방어막 펴시고 좀 도와주세요."

추분 신장의 말에 입동 신장도 엄살을 떨었다.

"쉬지를 못해서 우리도 녹초가 되고 있어요. 도와주셔여."

한국 나라신이 방어막을 펴고 뻥 뚫린 구멍 입구에 섰다.

"저것 보세여."

한로 신장이 가리킨 구멍 뚫린 정화의 숲 안에는 새빨간 눈을 부라리며 입구의 틈을 노리는 악다귀들이 빽빽이 들어차 있었다.

"헉! 저게 모두 악다귀라고?…… 맙소사!!!"

입동 신장이 대답했다.

"그래여. 간혹 저 안에서도 날뛰는 놈들은 신관들이나 우리들이 잡아 소멸시키기도 하지만 모두 그렇게 할 수 없는 노릇이죠. 저들이 언제까지나 저렇게 있지는 않을 거예요. 안의 기온이 꾸준히 올라가면서 나무에서 주머니 영들이 꾸준히 떨어져 나오고 있고 그 주머니 영들은 악다귀로 변하죠. 우리도 상황이 이렇다 보니 저 악다귀들을 막는 것도 한계에 다다르면 어찌 될지 모르겠어요. 정화의 숲에 있는 악다귀들이 세상에 나가면 신계도 인간계도 엄청난 혼란이 올 겁니다."

한국 나라신은 망연자실해서 뒤로 물러섰다.

"처음에 주머니 영이 떨어져 나갔을 땐 건드리면 터져서 별로 신경을 안 썼었어요. 이렇게 겁나는 악다귀가 될 줄 아무도 상상을 못 했으니까. 신계의 막도 찢긴 적이 없어서 어떤 영향을 미칠지 알 수가 없어요. 매우 두려운 상황입니다."

백로 신장이 주먹을 불끈 쥐었다.

"아! 정말 신계의 막이 찢어진 건 어쩌냐. 그 구멍으로 일반 신들이 바깥으로 빨려 나가기도 하는데 말이여."

"그러게. 여기도 큰일인데 거기는 어쩌지여."

상강 신장의 말에 한로 신장도 걱정했다. 백로 신장이 고개를 저으며 말했다.

"그것도 정말 중요하지만 지금 악다귀가 인간계에도 영향을 미치고 있어서 아수라장이에요. 지금 천 개의 방이 인간계에서 들어오는 신들로 전례 없이 북적거리고 있는 상태라 기록관도 그렇고 성소가 터져 버릴 지경이라고."

"나도 들었어여. 신장들이 눈코 뜰 새 없이 바빠서 힘들다고 하더군요. 그래도 우리가 제일 힘들어요. 우리는 악다귀들과 대치 중이고 싸우기도 해야 하잖아요."

한로 신장이 말하자 입동 신장도 거들었다.

"우리도 저 악다귀들에게 소멸될 수도 있어요. 다른 성소의 신장들은 적어도 혼줄 끊길 걱정은 안 해도 되잖아요."

"제일 중요한 건 말이죠. 기록관과 천 개의 방을 거쳐서 신계로 들어오는 신들은 많은데 정화의 숲에서 이승으로 내려가는 통로가 막혀 있다는 거예요. 우리가 이승으로 내려보내는 일을 못 하고 신들을 받아들이질 못하니까요. 저 악다귀들 때문에여."

백로 신장의 말에 모두 할 말을 잃어 버렸다. 한국 나라신이 질문했다.

"여기서 저 악다귀를 없애면 안 될까요? 저기 몰려 있는 악다귀만이라도요."

한국 나라신의 말에 신장들이 깜짝 놀랐다.

"안에 있는 악다귀를 없앤다고여?"

"저 많은 악다귀들이 신계와 인간계로 쏟아지면 신계의 신들도 인간계의 사람들도 엄청나게 소멸될 겁니다. 그러기 전에 없애는 게 좋지 않을까요?"

신장들이 서로 쳐다보기만 하다가 추분 신장이 말했다.

"우리는 성소를 관리하는 신장들이라 신들을 소멸시킨다는 생각을 해본 적이 없어요. 한국 나라신은 정말 과감하시네여. 하지만 빛으로 저 악다귀를 공격하다가 다른 정상적인 주머니 영까지 영향을 받지 않을까요?"

이번에는 한국 나라신이 대답하지 못했다. 백로 신장이 조심스럽게 말했다.

"우리 신장들이 신들을 해친 적은 없지만 지금은 엄청난 비상 상황입니다. 추분 신장! 나는 한국 나라신의 의견에 동의합니다."

상강 신장이 나섰다.

"하지만 빛으로 저 악다귀들을 없앨 때 멀쩡한 다른 주머니 영들까지 소멸될 위험이 있어요. 그건 어떡하지여?"

백로 신장이 즉각 반론했다.

"그렇다고 무작정 저렇게 놔두는 것도 좋은 방법은 아닌 것 같아요. 지금 매달려 있는 멀쩡한 주머니 영들도 나무에서 떨어지고 언젠가는 악다귀가 될 거예요. 악다귀는 계속 늘어날 거고 호시탐탐 밖으로 탈출할 기회를 노리겠죠. 우리가 언제까지 저 악다귀를 막을 수 있을 거라고 생각하세요?"

신장 중 아무도 대답하지 못하자 한국 나라신이 말했다.

"여기 있는 악다귀가 정화의 숲 전체 주머니 영 중에서 어느 정도나 될까요?"

추분 신장이 대답했다.

"아마 5% 정도 될 겁니다."

"오! 맙소사! 그럼 한참 남았군요."

추분 신장도 말하고 나서 어이가 없는지 헛웃음을 지었다.

"저보다는 신장님들께서 저 악다귀들을 없애는 게 좋겠습니다. 제 빛은 아무래도 정상적인 주머니 영까지 영향을 줄 것 같거든요. 그러니까 저 악다귀들 없앨 수 있을 때 없애세요. 더 그냥 두었다간 감당하기 어려울 겁니다."

백로 신장이 즉각 반응했다.

"저는 한국 나라신의 말씀에 전적으로 찬성합니다."

상강, 한로 신장도 동의 의사를 밝혔다.

"저도 한국 나라신 말씀에 동의합니다."

"저도여."

추분 신장이 마지못해 고개를 끄덕였다.

"저것들을 어느 정도라도 처리해야 우리도 조금 쉴 수 있으니까…… 그리하지여. 어차피 또 생길 테니까."

한국 나라신이 구멍 난 입구에서 물러섰다.

"그럼, 저는 가보겠습니다. 저 악다귀들은 신장님들이 잘 처리하시리라 믿고요."

한국 나라신이 사라지자 신장들은 자신들이 가진 빛의 능력을 사용하기로 했다. 먼저 추분 신장이 나섰다. 신중하게 기를 모은 추분 신장이 악다귀들을 향해 빛을 쏘았다. 가느다란 빛줄기가 신장들과 맞서있던 수많은 악다귀 무리의 일부를 뚫었다. 빛에 닿은 악다귀들은 아주 작은 연기를 남기고 소멸했다. 하지만 빛의 크기가 작고 가늘어서 소멸된 악다귀는 얼마 되지 않았다.

백로 신장이 추분 신장을 밀어내고 악다귀와 맞섰다. 빛을 제법 키워서 앞에 빽빽하게 몰려 있는 악다귀들을 향해 쏘자 악다귀들이 일제히 양옆으로 쫙 갈라졌다. 빛은 악다귀들을 지나서 좀 떨어져 있는 나무에 맞았고 빛에 의해 나무에 매달렸던 주머니 영들이 우수수 떨어졌다. 신장과 신관들이 화들짝 놀라서 다음에 나서려던 한로 신장을 말렸다.

"안 돼여. 저러면 주머니 영들이 나무에서 떨어지는 속도가 더 빨라질 뿐이에요."

"빛에 의한 부작용이 더 크니 그만두는 게 좋겠어요."

추분 신장이 주먹을 쥐고 진저리를 쳤다.

"미치겠네. 저 악다귀 놈들이 우리를 가지고 노는군. 원래대로 우리를 빙 둘러싸고 있잖아. 에잇~."

전혀 타격을 입은 것 같지 않은 악다귀를 보고 신장들이 욕을 내뱉었다.

"젠장 할."

천왕 앞으로 홀로그램이 쉴 새 없이 깜박였다.

'영국 나라신이오. 우리 영역 신민이 벌써 2만이 넘게 소멸했어요. 악다귀를 잡겠다고 소멸된 군신들까지 합치면 3만에 육박해요. 어떤 대책이라도 나왔나요?'

'프랑스 나라신입니다. 군신들 포함 영역의 신들이 2만 5천 넘게 소멸했어요. 악다귀들이 우리 영역에만 있는 것 같아요. 악다귀 잡는 방법이 있으면 가르쳐 주세요.'

'스위스 나라신이오. 천왕! 도와주세요. 악다귀가 우리 영역의 신들을 다 죽이고 있어요. 벌써 만 명이 넘게 소멸했다고요.'

'일본 나라신입니다. 천왕! 악다귀들에게 우리 신들이 속수무책으로 소멸되고 있어요. 전쟁이 벌어진 것처럼 희생이 큽니다. 어떻게 해야 할까요?'

'독일 나라신이오, 악다귀 잡는 방법이 나왔으면 알려 주시오. 놈들이 우리 신들을 무지막지하게 죽이고 있어요.'

갈수록 소멸되는 신들의 수가 늘어가자 각 영역의 나라신들은 이 문제 해결을 천왕에게 촉구했다. 그럼에도 천왕에게서 아무런 답이 없자 급기야 성토의 홀로그램이 뜨기 시작했다.

'인도 나라신이오. 천왕은 뭐 합니까? 문제를 일으켰으면 어떻게든 해결해야 하지 않습니까? 우리 영역에서 100만이 넘게 죽었어요.'

'필리핀 나라신이오. 벌써 10만 넘게 소멸했다고요.'

'브라질 나라신이오. 소멸되는 신들의 숫자 세는 걸로 하루가 모자랄 지경이오. 맙소사!'

'캐나다 나라신입니다. 악다귀들 때문에 신들이 집 밖으로 나오지를 않아서 모든 게 마비된 것 같아요. 이러다가 우리 영역이 망하겠어요.'

'빌어먹을, 천왕은 뭐 하는 거요? 신들이 이렇게 소멸되고 있는데 어디서 뭐 하냔 말이요.'

천왕 앞으로 오는 홀로그램은 끊임없이 떠올랐다. 천왕은 이제 홀로그램도 안 보았고 영역 내의 모든 활동을 접은 채 널브러져 누워 있었다. 자신이 사랑하는 신들이 악다귀에게 소멸되자 악다귀가 원수처럼 여겨져서 닥치는 대로 악다귀를 잡아 죽여도 봤다. 하지만 잡아도 잡아도 어디서 나타나는지 악다귀는 끊임없이 나타났다. 또한 신장도, 신계의 모든 나라신들도 천왕의 책임으로 몰아붙이자 짜증스러웠고 아무도 보기 싫었다.

홀로그램을 아무리 보내도 천왕이 무응답으로 일관하자 각 영역의 나라신들끼리 소통하기 시작했다. 서너 명씩 모여서 의논하다가 급기야 전체 회의를 열어서 문제를 의논하기로 했다. 무응답인 천왕을 제쳐 두고 아무런 조건 없이 신계 나라신들끼리 홀로그램으로 모이기로 한 것이다. 백여 명의 나라신들이 홀로그램으로 모이고 천왕과 자연왕이 빠지자 영국 나라신이 임시 회의를 주관하였다.

처음에는 자신들의 영역에서 소멸된 신의 수를 얘기하며 한탄하는 소리가 나오다가 악다귀를 잡는 방법을 의논했다. 하지만 워낙 작고 민첩해서 총에도 맞지 않았기에 군대도 소용이 없자 과학적인 방법으로 접근하자는 의견이 나왔다.

그러자 프랑스 나라신이 악다귀 퇴치를 위해 신계의 우수한 과학자 신들을 한자리에 모아 연구하도록 하자는 의견을 냈다. 여기저기서 찬성의 목소리가 나오고 결국 만장일치로 의견이 모아졌다.

광범위하게 신계를 주름잡고 있는 악다귀의 공포로 하나가 된 나라신들의 회의는 일사천리로 진행되었다. 프랑스 영역에 기구를 설치하고 성소를 고칠 수 있는 방법과 악다귀를 잡을 수 있는 방법, 오로지이 두 가지를 목표로 이념과 종교를 넘어서 거의 모든 영역들이 참여하기로 한 것이다.

한국 나라신도 영역 내의 과학자신들 중에서 성소와 관련된 우수한 신들을 뽑아 프랑스로 보내고, 뒤이어 악다귀를 잡을 수 있는 방법을 찾을 수 있도록 군신 중 무기에 해박한 지식이 있는 신을 뽑아 프랑스로 보냈다. 하지만 아무리 기다려도 프랑스 과학 협회에서 악다귀 퇴치에 대한 발표가 없는 걸 보니 뾰족한 수가 없는 모양이었다.

한국 나라신은 영역 내에서 활개 치고 다니는 악다귀들을 찾아 나섰다. 한국 나라신은 악다귀를 잡으려면 악다귀의 특성부터 알아야겠다고 생각했다. 그러다 불현듯 자연왕의 빛이 거의 없는 것이 생각났다. 그 정도의 빛이면 일반 나라신과 다를 바가 없는데도 자연왕은 바뀌지 않았다. 거기다 천왕은 신장들과 싸워서 전신에 상처를 입었고 악다귀들을 쫓아다니며 싸우다가 지쳐서 기가 쑥 빠져나갔다고 했다.

'역시 아닌가? 내가 아니었구나. 지금 상황이 딱 그 상황과 맞아떨어지는데 말이야! 역시 내가 아니었어!'

한국 나라신은 지금까지 수차례 들었던 전설의 신이 나타나는 시기가 지금과 일치한다고 생각했다. 전설의 신 이야기가 나오면 한국 나라신이 같이 거론되는 건 당연시 되었는데, 현재 한국 나라신에게 나타나는 변화는 아무것도 없었다.

'전설이 뻥이거나 내가 아니겠지.'

한국 나라신은 머리를 세차게 흔들었다. 당장 눈앞에 악다귀 문제를 해결해야 하는 난제를 두고 개인적인 일에 정신을 팔다니. 자신을 질책하며 영역 내의 악다귀 동태를 살피러 나갔다.

나라신이 되어 한 일도 많았고 힘든 일도 많았지만, 지금처럼 속수무책으로 영역 내 신들이 소멸되는 것을 참담하게 지켜봐야 하는 것은 본인이 소멸되는 것만큼 괴로운 일이었다. 소멸된 신이 벌써 오십만을 넘어서고 있었다. 무언가 해야 하는데, 그 무언가가 무엇인지를 모르니 답답해서 가슴이 터질 지경이었다.

신계 어디든 정화의 숲을 빠져나온 악다귀들로 아수라장이었다. 바닷속에서 청어 떼를 모는 상어 떼처럼 십여 명의 천왕 군신 무리가 악다귀들에게 쫓겨 다니고 있었다. 악다귀들은 군신들이 쏘아 대는 광선총을 이리저리 피하며 순식간에 군신에게 들러붙어 혼줄을 끊어 버렸다. 공포에 질린 군신들은 함께 뭉쳐 도망쳤지만 악다귀들의 추적은 계속되었다. 하나씩 줄어가는 군신의 숫자만큼 남아서 도망치는 군신의 공포는 더해갔고, 공포에 질린 군신들이 마구 쏘아 댄 광선총에 어쩌다 하나의 악다귀가 소멸될 뿐이었다. 악다귀에 이리저리 쫓기던 군신들이 의식하지 못하는 사이에 성소 가까이까지 몰려 있었다.

눈앞에서 다가오는 악다귀를 향해 마구 쏘아 댄 그 광선 중 몇 개가 상처가 있던 기록관에 맞으면서 작은 구멍이 뚫렸다. 기록관의 구멍에 아연실색한 군신들을 덮친 악다귀들은 그 자리에 있던 군신들 모두의 혼줄을 끊고 소멸시켰다.

기록관은 혼줄의 본(本)집이 있는 곳으로 한 생명의 이승과 신계를 드나든 순환의 기록이 수십만 년에 걸쳐 기록되어 있는 곳이다. 하나의 생명체 마다마다 그 역사가 고스란히 담겨 있었고 모든 생명체의 기록이 낱낱이 기록되어 있는 곳이다. 그런 기록관에 직접적인 구멍이 뚫린 것이다.

기록관에서 손상된 혼줄들은 악다귀와 마찬가지로 다시 주어지는 생명의 기회는 없었고 영원히 소멸되어 버렸다. 총에 맞은 작은 구멍난 부위가 바들바들 떨리고 있었다.

기록관을 관장하던 신장들이 기겁을 하고 뛰쳐나와 기록관의 구멍을 살펴보다가 악다귀와 마주쳤다. 아무리 신장이라도 시뻘건 눈을 부릅뜨고 떼로 몰려다니는 악다귀와 마주치는 것은 소름 끼치는 일이다.

"악다귀야. 일단 자리를 피하자!"

하지 신장의 말에 청명, 소만, 망종, 소서, 대서 신장이 기록관 내부로 피신했다. 그리고 내부에 있던 나머지 신장들과 합류해서 밖에 있는 악다귀들의 움직임을 살폈다.

경칩 신장이 말했다.

"저 악다귀들, 기록관 근처를 맴돌기는 하지만 안으로 들어올 생각은 없는 것 같은데?"

같이 밖을 보던 춘분 신장이 대답했다.

"아직 더 지켜봐야지여. 지금은 그렇지만 언제 들이닥칠지 모르잖아요."

"맞아. 저 구멍은 작아서 이건 우리가 메울 수도 있을 거예요. 광선

총을 맞아서 생긴 구멍이라 크진 않아요. 그래도 악다귀들이 들어올 만큼은 되는데여."

망종 신장이 걱정하자 소만 신장도 걱정했다.

"응, 만약 싸운다고 하더라도 바깥에서 싸워야 기록관이 다치지 않아요. 이 안에서 싸우면 우리보다 저 기록줄들이 다치니까 명심하세요."

대서 신장이 나섰다.

"좀더 지켜보다가 만약에 저 악다귀들이 기록관 안으로 들어오려고 방향을 잡으면 대서 신장 말대로 나가서 싸워서라도 막아야지요. 하지만 기록관 안에는 저들의 기록도 있고 그 가족들, 악다귀 하나하나의 지인들 기록들도 다 있잖아요. 저렇게 밖에만 있는 건 자신들과도 연관 있기 때문에 이 기록관은 안 건드릴 수도 있다는 거지여."

일부 신장들이 탄성을 질렀다.

"아!"

"맞아! 저 악다귀들도 생각을 하고 단체로 몰려다니며 작전도 짜서 활동한다잖아요. 그 말씀이 맞을 거 같아요. 그럼 굳이 나가서 싸우다가 다치기라도 하면 우리만 손해니까 지켜봐여."

소서 신장이 춘분 신장에게 동조하며 박수를 쳤다.

"그래. 그 말이 맞는 것 같아요. 좀더 기다려 보고 저놈들이 돌아가면 여기 뚫린 데 수리할 방법이나 의논하죠."

대서 신장 말에 다들 조용히 고개를 끄덕이며 밖의 악다귀에게 신경을 곤두세우고 하던 일을 계속했다.

역시 대서 신장의 말이 맞았는지 악다귀들은 얼마 지나지 않아 기록관 앞에서 자취를 감추었다.

38

신계의 일은 인간계에서 그대로 일어난다.

이미 이승에서도 악다귀들이 광범위하게 퍼져서 사람의 심장을 움켜쥐고, 뇌 속의 혈관을 쥐어 터트리고 있었다. 신계의 전쟁은 지상에서도 그대로 이어졌고 수많은 사람들이 희생되어 갔다. 전쟁터에서 임무를 수행 중이던 군인이 총을 맞지도 않았는데 갑자기 픽픽 쓰러져 죽었다. 처음에는 적군이 신무기를 개발하여 기습하는 줄 알았다. 뒤이어 상처 없이 깨끗이 사망한 군인들을 부검한 군의관들은 새로운 질병이 나타났다고 호들갑을 떨었다.

사람들은 일하다가, 운전하다가, 잠자다가, 밥을 먹다가, 책을 보다가, 운동하다가, 자다가 그 자리에서 죽었다. 각 나라마다 부검을 하고 바이러스를 찾으려고 유명한 의사와 과학자들이 총동원되었지만, 그들이 눈에 불을 켜고 찾는 바이러스는 나오지 않았다. 돌연사의 원인은 대부분 급성심근경색, 뇌출혈이었다. 이 두 가지 증세로 날마다 세계 곳곳에서 수십만 명씩 사망하고 있었고 그 수는 날마다 증가하고 있었다.

두려움에 사람들은 문밖으로 나서지 않아 도시든 농촌이든 거리는 텅 비어 갔다. 그 빈 거리를 확성기를 든 종교인들이 골목을 누비며 신도들을 독려하고 다녔다.

"말세다. 세상에 말세가 닥쳤다. 신을 믿고 의지하면 영원히 살고 신을 믿지 않으면 영원히 불지옥에 떨어지리라!"

사태가 점점 심각해질수록 말세가 도래했다며 종교인들은 신도들을 선동하여 광신자로 만드는 데 한몫 톡톡히 하고 있었다.

사람들은 건강했던 사람이 갑작스럽게 쓰러져 사망하는 것에 커다란 충격을 받았고 불안을 느낀 나머지 교회로, 절로, 성당으로 몰려갔다. 하지만 교회 안에서도 절, 성당 안에서도 사람들은 죽어 나갔다.

원인도 밝히지 못하고 사람들이 픽픽 쓰러져 죽자 국제기구는 이를 '괴질'이라 이름 지었다. 세계 어느 곳을 막론하고 사람들이 죽어 나가자 유엔에서 이 괴질에 대하여 의논하기 위해 각 나라 수장이 모인 회의를 개최했다.

먼저 미국 대통령이 개회식 인사를 하고 회의의 주제를 알렸다.

"먼저 참석해 주신 각국 정상 귀빈들께 감사의 말씀을 드립니다. 오늘 이 자리에 모인 것은 지금까지 밝혀지지 않은 괴질에 대한 심각성과 대책을 마련하고자 모였습니다. 이곳에 모인 정상들은 모두 괴질에 국민들이 피해를 입은 동지이니 이 문제에 대해 허심탄회하게 의견을 말씀해 주시기 바랍니다. 먼저 괴질에 대해 말씀해 주실 의사 한 분을 소개합니다."

미국 대통령의 소개로 깔끔하게 양복을 차려입은 남자 하나가 단상 위로 올라왔다.

"저는 하워드 대학병원의 의사 제임스 카터입니다. 요즘 24시간 어느 시간대랄 것 없이 수백 명씩 저희 병원에 환자들이 실려 옵니다. 미국 전역으로 보자면 수만 명이 하루에 죽어 나가고 있어요. 대부분 갑작스럽게 사망한 상태로 병원에 실려 오는데요. 노인뿐만 아니라 어린아이까지 연령층도 다양하고 성별을 가리지도 않습니다. 심지어 새나 고양이, 개 등 동물들까지 길거리에서 죽어 있는 걸 아침 출근길에 흔하게 보고 있습니다. 이들을 부검해 보면 대부분 뇌혈관이 터졌거나 급성심근경색이었습니다. 왜 갑작스럽게 뇌출혈과 급성심근경색이 늘어났는지, 그것도 전 연령층에서 발생하고 있고 동물들에게까지 영향을 미치고 있는지 아직 밝혀지지 않고 있습니다. 처음엔 신종 바이러스가 아닐까 생각도 해봤는데요. 바이러스라고 생각되는 건 발견되지 않은 상태입니다. 게다가 사망자들은 기저질환이 없는 이들도 많아서 기존 질병과는 연관성이 없다는 겁니다. 단지 유추해 볼 수 있는 것은 지금 세계적으로 환경 오염이 심각하지 않습니까? 그래서 환경 오염으로 인한 어떤 것이 인체나 동물들에게 직접적인 영향을 주고 있지 않나 추측할 뿐입니다. 밝혀진 것은 아닙니다."

미국 대통령이 말했다.

"밝혀진 것은 아니고 단지 추측일 뿐입니까?"

의사가 다시 대답했다.

"그렇습니다. 분명한 것은 바이러스는 아닙니다."

프랑스 대통령이 질문했다.

"어떤 근거로 바이러스가 아니라고 단언하시는 거요?"

"지금까지 각국에서 부검한 사례가 계속 집계되고 있습니다. 그중에 변종 바이러스나 우리가 모르는 신종 바이러스가 확인되었다는 자료는 없습니다."

영국 총리가 손을 들고 질문했다.

"병리학자들의 의견이 있을 겁니다. 미확인 바이러스가 잠복해 있을 가능성은 없는 겁니까?"

"미확인 바이러스요?"

제임스 카터가 눈을 동그랗게 뜨고 영국 총리를 쳐다봤다.

"예! 미확인 바이러스요. 아직 밝혀지지는 않았지만 아주 가능성이 없는 것은 아니지 않습니까? 만약 지금까지 있었던 형태의 것이 아닌 신종 바이러스라면 의사와 병리학자들도 밝혀내지 못했을 수도 있잖습니까?"

영국 총리가 다시 의견을 내자 각국의 수뇌들이 웅성거렸다.

미국 대통령이 나섰다.

"의사 선생! 영국 총리의 말씀이 일리가 있는 것 같소만, 신종 바이러스나 미확인 바이러스에 대해서는 어떻게 생각하시오?"

제임스 카터는 잠시 생각하더니 이내 답변했다.

"이 문제로 3일 전에 제네바에서 포럼이 있었습니다. 의사, 병리학자, 간호사, 제약업체까지 의료계에 종사하는 모든 계통의 인사들이 참가했습니다. 그 자리에서 지금 영국 총리께서 발언하신 내용의 신종 바이러스 의견이 나왔었습니다. 바이러스가 뭡니까? 눈에 보이지는 않지만 움직이는 생물입니다. 아무리 작아도 현미경으로 보면 바이러스는 어떤 형태로든 움직임이 잡힙니다. 그런데 기존에 밝혀진 바이러스 외에 새로운 바이러스가 나왔다는 보고는 아무 데도 없었습니다. 이렇게 짧은 기간에 벌써 수천만 명이 죽고 있는데 말씀이죠. 병리학자도 의사도 제약회사들도 원인을 알기 위해 밤낮으로 연구하고 있습니다. 초정밀 현미경을 들이댄 채 매일매일 죽어 나온 시신들을 앞에 두고 말입니다. 왜 급성심장마비가 오는지, 왜 갑자기 뇌출혈이 와서 사람이 죽는지, 모든 의사들과 병리학자들도 궁금해하고 있습니다. 그들도 사람인지라 언제든 다른 사람과 마찬가지로 죽을 수 있다는 생각을 가지고 있습니다. 현장에서 뛰고 있는 사람들이니 몸소 느끼는 공포는 더할 겁니다. 지치고 힘들어도 가족을 지키고 그들 자신을 위해서 그들은 최선을 다하고 있습니다. …… 미확인 바이러스라고요? 어쩌면 그런 게 있을지도 모릅니다. 하지만 의학계에서 보는 현재 상황은 미확인 바이러스는 잠정적으로 없는 걸로 결론지었습니다. 바이러스라면 인체에 들어가서 바이러스가 번식하는 동안 사람은 아프고 괴로워야 하는 잠복기가 있어야 하는데 그런 과정이 없다는 거지요. 몸에 이상이 생기면 열이 나거나 춥거나 땀이 나거나 배가 아프거나 토하기도 하는데 말이지요. 이처럼 평상시에 질병이 있던 것도 아니고 건강하던 사람이 갑자기 길 가다가 운전하다가 잠자다가 죽습니다. 이건 바이러스의 활동 내용이 아니라는 결정적인 증거입니다. 그래서 우리는 사망의 두 가지 원인인 급성심근경색과 뇌출혈에 주목하고 있습니다. 왜 이 두 가지 질환에 집중해서 갑자기 발병과 동시에 사망에 이르는지 말입니다. …… 혹시 여기 계신 각하들께선 생각해 보셨습니까?"

제임스 카터가 수십 명의 정상들에게 질문을 던졌다.

미국 대통령이 말했다.

"좀 전에 의사 선생이 환경적인 것……에 의한 것일 수도 있다고, 추측일 뿐이라고 말씀하셨소. 혹시 어떤 근거가 있는 이야기인지 듣고 싶군요."

제임스 카터가 심각한 표정을 지었다.

"그 역시 제네바 포럼에서 나온 얘기입니다. 환경 오염이 심각한 지경에 이르러서 도시라면 세계 어느 한 곳도 마음 놓고 숨쉬기가 어렵습니다. 눈앞을 제대로 볼 수 없는 도시도 있을 정도로 환경 오염이 심각합니다. 숨을 쉴 때마다 몸 안에 오염된 초미세먼지가 쌓이고 있다고 생각해 보십시오. 초미세먼지 같은 환경 오염 물질이 숨 쉴 때 사람 몸속으로 들어가서 혈관을 타고 다니다가 심장질환이나 뇌질환을 일으킬 수 있습니다. 미세한 입자니까 평상시엔 못 느끼다가 자꾸 몸 안에 쌓이면서 어느 날 갑자기 반응을 하게 된다는 내용이있는데요. 이게 일리가 있어서 그쪽으로 연구를 진행하려고 했던 연구팀이 수 시간 지나지 않아 연구를 포기했습니다. 이것에도 모순이 있었거든요. 아프리카의 청정한 지역에서도 똑같이 숨지는 사람들이 발생했기 때문이지요. 숨진 사람들 대부분이 잠을 자다가, 불빛이 없는 어두운 곳에서 사망했어요. 환경 오염에 의한 사망을 뒷받침하려면 숨진 사람들이 24시간 고루 분포되어야 하는데 말입니다. 물론 낮에도 많은 사람들이 쓰러져 숨졌지만, 저녁부터 새벽녘까지가 훨씬 많았습니다. 이것에 대해 포럼에서 열띤 토론이 벌어졌는데요. 과학적인 결론이 나오지를 않자 급기야 미신적인 얘기가 나와서 포럼이 난장판이 되기도 했었습니다. 그래서 그곳에서 나온 결론은 절대로 밤에 불을 끄고 자지 말 것을 당부하는 정도였지요. 아주 미신적이게도 말이죠. 대통령님 말씀에 저도 속 시원하게 답해 드리고 싶습니다만 아직 밝혀진 게 없으니 저도 답답합니다. 이상입니다."

제임스 카터는 인사를 하고 단상을 내려갔다.

미국 대통령이 다시 단상으로 올라왔다.

"하, 기가 막히는군요. 최첨단 의학 기술이 있는데 밤에 불을 끄지 말고 자라니요. 괴질의 정체가 귀신이라도 된다는 소리로 들립니다. 어쨌든 괴질의 정체가 아직 밝혀지지 않은 상태인데 무슨 방법이 없을까요? 의견이 있으시면 무엇이라도 좋으니 말씀해 주십시오."

미국 대통령이 말에 영국 총리가 손을 들었다.

"의학 기술이 첨단을 달리고 있는 이때 밝힐 수 없는 괴질이라니요. 참 허망합니다. 인류가 이루어 놓은 문명에 회의가 들 정도입니다. 이 문제는 인류가 멸망하느냐 존재하느냐의 문제인 것 같습니다. 그러니 이 문제를 해결할 국제기구를 만들어 각 나라의 우수한 인재들을 한곳에 모아 연구하도록 하는 것은 어떻겠습니까? 따로따로 하는 것보다 우수한 의학자, 병리학자들이 한자리에 모이면 좀 더 빠른 결과를 얻지 않겠습니까? 괴질의 정체를 밝히고 퇴치하는 것까지 공동으로 연구하고 시약 개발까지 공동으로 투자하는 것은 어떻습니까?"

"그거 좋은 생각이요. 찬성합니다."

프랑스 대통령이 손을 들며 찬성했다.

"나도 그 의견에 찬성이요."

미국 대통령도 고개를 끄덕이며 찬성하자 여기저기서 손을 들며 찬성의 목소리가 터져 나왔다. 미국 대통령이 박수를 치다 엄지를 치켜올렸다.

"좋습니다. 괴질 퇴치를 위한 국제기구를 만들도록 합시다. 그 기구는 어디에 있는 것이 좋을까요?"

프랑스 대통령이 손을 번쩍 들었다.

"파리종합병원 옆에 적당한 국영 건물이 있습니다. 그곳이 일부 비어 있으니 괴질연구소로 쓰기 적당한 것 같습니다."

미국 대통령이 고개를 끄덕이며 박수를 쳤다.

"그래요. 그럼, 파리에 괴질 본부를 설치하기로 하지요. 여기 계신 각국의 보건장관들끼리 모여서 우수한 인재들을 파리로 보내도록 합시다. 이 무서운 괴질의 공포에서 하루빨리 벗어날 수 있도록 기도합시다. 무서운 괴질의 실체가 밝혀지면 치료약은 금세 개발될 것입니다. 그러면 우리는 사랑하는 사람들을 더 이상 잃지 않아도 될 것입니다. 그날이 올 때까지 여러분들은 인류를 구한다는 생각으로 한마음으로 괴질 퇴치에 힘써 주십시오."

각국의 병리학자, 의사, 의료계에 종사하는 많은 저명한 인사들이 프랑스에 모여서 커다란 연구단지가 만들어졌다. 미디어 매체마다 전 세계적으로 벌어지고 있는 괴질에 대해서 앞다투어 보도하고 있었고 사람들의 불안은 나날이 고조되어 갔다.

한국 나라신과 정동희의 만남

　신계 전체로 퍼져나간 악다귀들이 닥치는 대로 영들을 소멸시키자 신계의 모든 전쟁은 휴전 상태였고, 대신 모든 영역의 군대는 악다귀를 소탕하기 위해 작전을 펼치고 있었다.

　한국 나라신은 정신을 차리고 악다귀를 살폈다. 악다귀를 알아야 잡든 피하든 죽이든 할 수 있을 것 같아서였다. 악다귀는 빛나는 한국 나라신에게 다가오지 못했다. 한국 나라신은 악다귀들에게 잡혀 소멸되는 신들을 면밀히 살펴보았다. 떼로 몰려다니면서 작전을 짠 듯이 일사불란하게 움직이는 것을 보면 그들에게도 우두머리가 있고 소통도 잘 되는 것 같았다. 같은 귀신이라도 신과 악다귀의 부피는 엄청난 차이가 있었다. 녹두만 한 크기이다 보니 신들이 악다귀를 발견하자마자 당하기 일쑤였다. 일반 신들은 눈에 보일 듯 말 듯 한 작고 잽싼 악다귀를 피해 달아나는 것도 불가능해 보였지만 한국 나라신은 달랐다. 집중해서 쫓다가 악다귀의 속도를 추월하기도 했고 영역의 신들을 쫓는 악다귀들에게 빛을 쏘아 몰살시켜서 신들을 구하기도 했다.

　그러다가 악다귀 하나를 집중적으로 뒤쫓으며 관찰한 결과, 그 악다귀는 자신과 전혀 인연이 없던 신들만 골라 공격하는 것으로 파악됐다. 악다귀들도 처음부터 악다귀가 아니었던 만큼 한때는 사랑했던 가족도, 그리워했던 연인도, 절친한 친구도 있었을 것이었다. 그러한 기억 때문인지 악다귀들은 자신들의 전생과 신계에서조차 전혀 인연이 없었던 신들만 골라서 공격하고 있었다. 그러니까 악다귀들도 자기 자손들이나 인연이 있던 신들은 공격하지 않고 있었던 것이다.

한국 나라신은 또 다른 악다귀를 쫓아다니며 관찰했지만 역시 마찬가지였다. 여러 악다귀를 쫓아다니며 관찰한 결과도 같았다. 그렇다면 악다귀들도 뭔가 기본적인 틀 범위 내에서 움직이고 있다는 얘기다.

한국 나라신은 영역 내의 관리신들과 회의를 거듭한 끝에 민속 종교에 정통한 한 관리신의 제안을 받아들였다. 그 관리신은 하나의 홀로그램을 띄워 놓고 말했다. 그 홀로그램에는 여럿의 악다귀가 신들을 사냥하듯이 쫓아가 소멸시키는 장면이 있었다. 장면이 바뀌면서 벌벌 떨고 있는 일반 신 주위를 두 명의 악다귀가 버티며 벌 떼처럼 몰려 있는 악다귀들을 막고 있는 모습이 비쳤다.

"모든 신들은 인과(因果)의 법에 따라 미래가 결정됩니다. 전생에서 매듭지어진 것에 따라 기록관에서 미래가 결정되는데 누구도 이 법칙에서 벗어나지 못했지요. 유전자도 그러한 법칙에 따라 만들어지는 것이니까요. 악다귀들은 이미 인과의 법칙에서 벗어나 있기 때문에 두려울 것도 없이 소멸될 때까지 포악한 짓을 할 수 있는 겁니다. 다만 예외가 있는데 그것은 자신의 자손과 조상들은 건드리지 않는다는 거지요. 자세히 보십시오. 자손들 주변을 돌면서 지키기도 하는데 혹시라도 다른 악다귀들에게 죽임을 당할 수 있어도 자기 자손을 죽이는 일은 없었습니다. 그것은 자신들의 혼줄에 새겨진 유전자의 영향이 클 겁니다. 악다귀는 악다귀로 막아야 합니다. 그래서 나라신께서는 우리 영역의 악다귀를 위로하는 제(祭)를 지내고 영역 내의 모든 신들에게 도 이 사실을 알려서 신들 스스로 악다귀를 위로하는 제를 모시게 하 시면 상황이 호전될 것 같습니다. 다만 동물들의 영은 별개이니 참고 해 주십시오."

한국 나라신이 관찰했던 것을 전통 종교신도 똑같이 말하고 있었 다. 제사는 딱히 종교가 없던 한국 나라신의 의식 속에도 거부감 없이 자리 잡고 있었는데, 그건 이승에서 할아버지의 제사를 어린 시절 내 내 보아 온 영향도 있었을 것이다. 엄마는 교회를 다녔어도 집안 어른 의 제사는 참석했다. 아버지가 맏이가 아니어서 제사상에 올라갈 여러 가지 과일을 몇 상자씩 사서 승용차 트렁크에 싣고 온 가족이 큰아버 지 댁에 해마다 다녀오곤 했었다.

한국 나라신은 영역 내의 신들에게 '정화의 숲'에 들어간 조상신과 연고가 있는 신들을 찾아 예를 갖출 것을 명했다. 이미 악다귀에 희생 된 신들은 어쩔 수 없지만 그래도 대접을 받으면 조금은 덜 설치지 않 을까, 우리 영역은 피해 가지 않을까 해서였다.

효과는 바로 나타나지 않았다. 초조하게 지켜보는 가운데 영역 내 에서 조금은 소멸이 늦춰진 것 같았지만 여전히 신들은 곳곳에서 소 멸되었다. 하지만 다른 방법을 찾지 못했기에 할 수 있는 제사를 정성 을 다해 모시고 있었다. 몇 번의 제사를 거치며 한국 영역 내로 악다귀 가 들어오는 일이 점점 줄고 있었다. 이 영역의 오래된 신을 위한 제사 는 일정한 시간을 두고 계속되었고 한국 나라신은 영역 내에서 악다귀 끼리 싸우는 것을 볼 수 있었다. 이 영역 내에서 있다가 정화의 숲으로 간 악다귀와 다른 영역에서 흘러 들어온 악다귀와의 싸움이었다. 한국 영역 내에서 연고가 있던 악다귀가 다른 영역의 악다귀를 내쫓으며 한국 영역은 불안정한 가운데 조금 숨통이 트였다. 한시름을 놓았지만 그렇다고 영역 내에 악다귀가 없어진 것도 아니었고 정상으로 돌아간 것도 아니었다.

한국 나라신은 이승의 영역을 내려다봤다. 이승에서도 사람들이 픽픽 쓰러져 신계로 들어오는 영혼들이 줄을 잇고 있었다. 한국 나라신은 이승에도 이 방법을 직접 알려야겠다고 생각했다.

지상에서도 나라를 막론하고 광범위하게 사람들이 죽어갔다. 국제보건기구는 매일 사망한 사람들의 숫자를 집계하느라 바빴고 프랑스에 설치된 괴질의 정체를 밝히는 프로젝트는 성과를 내지 못하고 있었다. TV 뉴스에서는 하루 종일 속보로 이 괴질에 대한 소식을 다루고 있었다. 하지만 바이러스 감염이 아닌 상태에서 계속 사람이 사망하자 사람들의 불안은 커질 수밖에 없었다. 괴질을 피할 수 있는 유일한 방법은 밝은 빛 속에서 생활하는 것이라며 불을 끄지 말고 잠들 것을 당부하는 방송이 하루 종일 흘러나왔다.

동희는 뉴스를 보다 머리를 흔들며 자리에서 일어났다.

"아버지, 좀 쉬세요. 새로운 것도 없고 너무 안 좋은 뉴스만 나오네."

"오냐. 너도 들어가 쉬어라. 불은 끄지 말고."

작은누나가 갑자기 급성심장마비로 쓰러져 사망한 지 일주일이 지났다. 그동안 경황없이 장례를 치르고 가족이 다 정신이 반쯤 나간 상태로 일주일을 보냈다. 퇴직하고 봉사 활동을 다닐 만큼 육십 줄에도 활발히 활동하던 부모님이었다. 작은누나의 죽음으로 정신적인 충격을 받은 어머니는 몸져 누웠고, 결혼한 큰누나도 장례식이 끝난 후 바로 병원에 입원했다. 아버지도 며칠째 잠을 못 자고 있었지만 내색하지 않고 있었고 30대 후반의 동희도 집안에 닥친 불행에 아직 정신이 추슬러지지가 않았다. TV에서 나오는 괴질의 정체가 무엇인지 밝혀지지 않은 채 주변에 있는 사람들이 간혹 뇌출혈이나 급성심근경색으로 사망했다는 소식을 듣고 있었고 회사 동료 중에서도 두 명이나 사망했다.

가족까지 사망하자 동희는 자신도 부모님도 언제든 죽을 수 있다는 생각에 마음이 착잡해졌다. 방으로 돌아와 침대에 벌렁 누웠다. 언제 죽을지 모르는데 당장 내일 회사에 나가는 것도 아무 의미가 없는 것 같았다. 아무것도 생각하고 싶지 않았고 무엇을 어떻게 해야 할지 갈피를 잡을 수 없었다.

불이 켜져 있던 방안이 갑자기 눈이 부시도록 환해졌다. 벌떡 일어나 앉자 코앞에 젊디젊은 남자 하나가 자신과 마주 앉아 있었다. 동희가 놀라 뒤로 물러나 앉았다. 지금까지 수많은 귀신을 봤지만 이렇게 가까이 다가온 귀신은 처음이었다. 어둡고 침침한 다른 귀신과 달리 이 귀신은 온몸에서 빛까지 났다.

"뭐, 뭐야! 새로운 귀신이야?"

젊은 남자 귀신은 그 자리에 그대로 앉아서 다가오지 않았다.

"작은누나가 죽어서 매우 충격을 받았구나."

"뭐 하는 귀신이냐? 지금까지 보아 온 귀신들과는 좀 다른데…… 빛도 나고, 다리까지 다 보이고, 나와 닿을 정도로 가까이 다가온 것도 그렇고…… 귀신이 아닌가? 아닌데…… 귀신 맞는데."

그러다가 동희는 퍼뜩 깨달았다. 밝혀지지 않은 괴질이 돌기 시작하면서부터 귀신들이 보이지 않았고 소리도 들리지 않았었다.

'귀신이 보이지 않았던 건 정확히 괴질이 발생한 시기와 같다.'

"네 주변에는 결계가 있다. 너에게 결계의 빛이 나서 귀신들이 너에게 덤비지 못했을 것이고 그래서 귀신들에게 농락당하지도 않았을 거다."

"아! 그게 그런 것 때문이었어……. 어쩐지 귀신들이 일정한 거리를 두고 다가오지 못하더니만 결계가 있었구나. 어렸을 때 한 번 들은 것 같긴 해. 그런데 너는 뭐 하는 귀신인데 결계 안으로 들어오는 거지? 뭐냐, 넌?"

"이 영역의 나라신이다. 그 결계는 네가 태어날 때 내가 만들어 놓은 것이다."

"나라신? 그게 뭐냐? 결계를 만들어 놓은 게 너라고?"

"난 이 영역의 나라신이다. 이승에 대통령이 있다면 저승, 신계에는 나라신이 있지. 젊어서 그렇게 안 보이지?"

"나보다 한참 어려 보이는데……."

"내가 십 대에 죽었거든. 그래도 할 일은 해 놓고 죽었으니까 괜찮다. 오늘 내가 너를 찾아온 것은 내 모습을 보여 주려고 온 것이 아니다. 조금이라도 이 땅에서 사람들이 덜 죽었으면 좋겠다는 생각으로 왔으니 내 말을 잘 들어 주기 바란다."

"지금 이 괴질에 대해서 말인가?"

"그렇다. 너도 살아야 하고 가족도 살아야 하지 않느냐. 내게는 이 땅의 생명들이 모두 소중하기 때문에 더 이상 죽는 이가 없었으면 좋겠구나. 내가 사람들 앞에 나설 수 없으니 네가 대신 내 말을 전하여 사람들을 구하도록 해라."

동희의 뿌옇던 머릿속이 갑자기 맑아졌다. 무릎을 꿇고 공손하게 두 손을 가지런히 올려놓았다.

"나에게 결계를 쳐서 귀신들로부터 지킨 건 일을 시키기 위함이었나요?"

"그런 셈이 됐구나."

젊은 나라신이 씨-익 웃었다.

"일반 귀신들은 빛이 전혀 없는데 나라신은 모두 빛이 나나요?"

"내가 좀 특별한 신이라서 그렇다. 보통 도통을 해도 머리에만 살짝 빛이 나는 편이지 온몸에서 빛이 나는 경우는 없다."

"특별한 나라신이군요. 어떻게 해야 괴질로부터 나와 가족을 지킬 수 있지요?"

"이곳 인간계에서 사람이 죽어 나가는 것처럼 지금 신계도 신들이 소멸되고 있다. 인간계에서 일어나는 일이 신계에서 그대로 일어나고 있다는 말이다. 아니 신계에서 일어나는 일이 인간계에 고스란히 반영된다고 보면 된다."

"예? 그럼, 저세상에서도 이 괴질이 돌고 있다고……. 신들도 죽어요?"

"이 괴질은 병이 아니라 환생하지 못한 영들이 악다귀가 되어 혼줄을 끊는 것이다. 신계에는 삼대 성소라는 것이 있다."

한국 나라신은 동희에게 기록관, 천 개의 방, 정화의 숲의 기능에 대해 얘기해 주었다. 그리고 그간 신계에서 있었던 일들을 설명했다.

"그럼, 눈에 보이는 신들도 도망치지 못해서 그 악다귀라는 것에 죽는데 우리 인간들이 무슨 재주로 보이지도 않는 악다귀를 피해요. 아, 참! 나는 볼 수 있지.…… 그런데 이 괴질이 시작되고서부터 귀신들이 하나도 안 보여요."

동희의 말투가 어느새 존댓말로 바뀌었다.

"귀신들도 악다귀에게 걸리면 다 죽는다. 그러니까 살기 위해 도망친 것이다. 귀신이 악다귀에 소멸되면 환생을 못 해. 사람은 죽으면 저승에 가서 삼대 성소를 거치면 다시 환생할 수 있지. 그런데 삼대 성소가 지금 기능을 못 해서 문제가 생겼구나. 지금까지 한 얘기는 이해를 돕기 위해 한 얘기고 지금부터 하는 얘기는 앞으로 네가 해야 할 일이다."

동희는 바짝 긴장했다. 지금껏 신종 바이러스일 것이라고 생각했는데 전혀 엉뚱한 대답이 나오자 속으로 크게 놀라고 있었다.

"죽은 지 얼마 안 된 작은누나를 비롯해 조상들 제사를 내일이라도 바로 지내라. 신계에 있는 조상신들을 끌어내려 보호받아야 살 수 있단다. 눈에 보이지 않는 것은 보이지 않는 것과 상대해야 한다. 사람의 과학이 아무리 발달했어도 눈에 보이지 않는 것과 싸울 수는 없다. 그러니 너의 모든 조상신들을 네 능력 닿는 한 불러서 보호받도록 해라. 또 한 가지, 귀신은 빛을 싫어한다. 태양 빛은 물론이고 밝을수록 치명적이지. 밤에 잘 때에도 불을 켜 놓고 자거라. 희미하게 해놓는 전등은 효과가 없으니 낮처럼 밝게 해야 한다. 밤에는 돌아다니지 말고 반드시 밝고 환한 낮에만 다녀라. 비 오는 날이나 구름이 낀 날도 안 된다. 알겠느냐. 이러한 사실을 다른 사람에게도 널리 알려서 이 영역의 사람들이 악다귀로부터 살아남을 수 있도록 힘써 다오."

한국 나라신의 말을 자르며 동희가 질문했다.

"저…… 아까 귀신들도 악다귀에게 죽는다고 하지 않았어요? 만약 조상신들을 불렀어도 다 악다귀에게 죽으면…… 그때는 어떡해요?"

"너는 조상신이 얼마나 된다고 생각하느냐? 보통 한 사람당 수십에서 수백, 수천의 조상신들이 있다. 정화의 숲에 들어가기 직전의 조상들이. 너희 가족에게는 수백이 넘는 조상신들이 있단 말이다. 네가 만약 조상신들을 잘 대접하고, 믿고 의지한다면 조상신들은 자신들 몇이 죽더라도 그에 보답할 것이다. 그렇지 못하면 다 죽겠지."

"다 죽어……요?"

"지금 정화의 숲이 구멍 난 상태에서 숲 내부에 악다귀는 계속 늘어나고 있다. 신장들이 막고 있지만 숲이 고쳐지지 않는 한 언제든 악다귀가 정화의 숲 밖으로 나올 수 있다. 그런 일은 일어나지 않아야겠지만 만약의 경우가 발생하면 더 많은 사람들이 죽게 될 거란 말이다. 이승이든 저승이든."

"이런 걸 왜 나한테 알려 주는 건가요?"

"너밖에 부탁할 사람이 없구나. 신을 보는 사람도 드문 데다 신을 보는 사람은 신을 두려워하고 신에게 휘둘리더구나. 너는 태어날 때부터 이미 결계를 쳐놓아 귀신을 보아도 귀신에게 휘둘리지 않도록 해놓았다. 너만 한 적임자가 없으니 너와 이웃을 구하는 데 힘써 보도록 하여라. 나는 할 말을 다 했다만, 또 물어볼 것이 있느냐?"

"귀신이 제 주변에 오지 못하는 것처럼 아까 그…… 악, 악……."

"악다귀."

"네, 그 악다귀도 제 주변에 오지 못하는 건가요?"

"그래. 결계의 빛이 악다귀로부터 너를 지켜 줄 것이다. 그러니 너는 두려워하지 않아도 된다."

"다행이에요. 모든 사람이 그렇겠지만 괴질이 나타나고 늘 불안했거든요. 이젠 좀 안심하고 다녀도 되겠어요."

"그래."

"혹시요, 악다귀를 잡을 수 있는 방법이 있을까요?"

"현재로선 없다. 워낙 작아서 귀신들도 발견하기 전에 악다귀에게 죽는다. 그러니 어떤 방법이 나올 때까지 악다귀와 마주치지 않는 것이 상책이다. 조상신들의 보호를 받거나 빛의 보호를 받는 것뿐이다."

"하긴, 귀신도 못 잡는 악다귀를 어떻게 사람이 잡겠어요."

"또 질문할 것이 있느냐?"

"없습니다. 혹시 물어볼 것이 있으면 호출도 가능한가요?"

"가능하다. 대한민국 나라신을 세 번 소리 내어 부르면 된다."

"네!"

한국 나라신은 동희 곁을 떠났다.

한국 나라신은 한국 영역의 모든 신들에게 명령했다.

"악다귀로부터 지상의 자손들을 구하라. 가장 선한 자손, 단 한 명만 정해서 구해야 한다. 힘이 분산되면 아무도 구할 수 없으니 빛이 있는 곳으로 인도하고 죽을힘을 다해 보호해라. 자손이 살아야 조상신도 살 수 있으니 목숨을 걸고 보호해야 한다."

한국 영역의 일반 신들이 서둘러 지상으로 몰려갔다.

공포와 절망에 떨던 사람들에게 많은 조상신들이 죽기 살기로 둘러

쌌다. 가장 선한 하나의 자손을 정하여 겹겹이 둘러싼 조상신들은 그 자손에게 모든 것을 건 모험을 하였다. 겉에 붙은 조상신들은 빛과 악다귀에 소멸되면서 자신들의 희생을 감수해서라도 자손을 지키려고 애썼다. 그렇게 수십, 수백의 조상신들이 자손 하나를 지키기 위해 지상으로 모여들었다.

동희는 괴질의 정체를 먼저 가족들에게 알렸다. 그리고 제사를 지내자는 말에 교회를 다니는 엄마와 큰누나는 있을 수 없는 일이라고 펄쩍 뛰었다. 동희의 말에 먼저 귀를 기울인 사람은 아버지였다. 동희가 어렸을 때 귀신을 보았던 일을 떠올리며 동희에게 그동안의 일을 자세히 캐물었다. 아버지는 동희가 어려서부터 보았던 귀신을 신경정신과에 다녀온 후 안 보인다고 해서 안심을 했었지만, 안 보인 것이 아니라 숨겨왔던 사실을 알게 되었다.

아버지가 깊은 한숨을 내쉬었다.

"말을 했어야지. 안 보인다고 해서 정말 안 보이는 줄 알았다. 어린 것이 혼자 무서운 것을 보면서 참고 지내느라 매우 힘들었겠구나. 독한 놈, 이놈아! 가족이 왜 필요한 것이냐? 네가 힘들 때 힘이 되어 주기 위해 존재하는 거다. 네가 아빠나 엄마가 아플 때 간호해 주는 것처럼 말이야."

아들이 지난날 혼자 힘들어했을 것을 생각하며 꾸짖으면서도 안타까워하는 마음이 고스란히 느껴지자 동희는 대답을 더듬거렸다.

"아니…… 아빠, 엄마가 저 때문에 힘드실까 봐요."

"이놈아, 부모가 자식 키우면서 신경 써야 하는 건 당연한 거야. 그건 부모에 대한 월권행위야. 인마!"

동희가 기어들어 가는 소리로 대답했다.

"잘못했어요. 전 단순하게 아빠, 엄마에게 걱정 끼치지 않으려는 생각에서 그런 거예요."

"네가 지금처럼 다 큰 성인이라면 해결할 능력도 있고 방법도 찾겠지만 넌 그때 어렸잖니. 그러니까 도움을 청했어야지."

"죄송해요."

"그나저나 악다귀라고? 이름 자체가 소름 끼치는구나. 너는 결계가 있어서 안전하다고 했지?"

"네!"

"정말 다행이다. 너라도 안전해서 말이야."

"나라신이 말씀해 주신 대로 실천하면 다들 무사할 거예요. 해결 방법을 찾을 때까지 밝은 빛 속에서 생활하라고 했어요. 그리고 제사를 지내야 해요. 그래야 조상신으로부터 우리가 보호받을 수 있어요. 아빠가 엄마 좀 설득해 주세요."

"글쎄다. 교회 골수분자라 자신 없는데……."

"우리 가족 생사가 달린 문제예요. 죽고 나서 후회해 봤자 소용없다고요, 아빠!"

"그래, 일단 살고 봐야지. 정말 너무 많은 사람이 죽으니까 겁난다. 바이러스가 아니라 악다귀라니."

아버지는 엄마와 긴 시간을 이야기하며 설득했지만 엄마의 대답은 완고했다.

"귀신이 뭐가 무서워. 하나님을 안 믿어서 지옥에 가는 게 무섭지. 이곳에 있는 건 잠깐이지만 천당은 영원하거든. 이 양반아, 이런 때일

58

수록 교회에 가서 기도를 해야 해요. 마귀들이 미쳐 날뛰는 세상을 구원해 주실 분도 하나님밖에 없고 예수님밖에 없으니까…… 이참에 교회 갑시다, 동희 아빠!"

"천당이든 지옥이든 현실이 중요한 거지. 가족들 죽어 가는 거 보면서 가슴 아파하는 현실을 외면하면서, 어떻게 눈에 보이지 않는 천당, 지옥이 중요해."

"눈에 보이는 것을 믿는 건 과학이고, 눈에 보이지 않는 걸 믿는 게 믿음이고 종교인 거예요. 괜히 종교가 아니고."

한마디도 지지 않고 받아치는 엄마의 언변에 아버지도 끈질기게 설득했다.

"난 작은딸이 천당보다 내 옆에서 같이 밥 먹고 같이 이야기도 하면 좋겠어. 이번에 급사한 친척도 다가오는 추석에 만났으면 좋았겠지."

"작은딸은 천당에서 잘 지내고 있을 거예요. 그 애 얘기는 꺼내지 맙시다."

"큰딸도 있고 나도 죽으면 천당 갈까?…… 당신이 말하는 천당 구경은 하고 싶은데, 난 지금 가족과 같이 있는 이곳이 천당이야. 만약 당신이 죽거나 큰딸이 죽는다면 나에겐 지옥이 되겠지. 지금도 죽은 작은딸 때문에 지옥을 경험하고 있는데 말이야."

"이곳이 지옥이 된다 해도 하나님을 버리는 일은 못 해."

"이기적인 생각이야."

"사후 보험을 왜 이기적인 생각이라는 거야? 이해를 못 하겠어."

"그렇게 계산적인 믿음을 장려하는 건가? 나도 이해를 못 하겠어."

부부의 의견은 평행선을 달렸다.

"어쨌든 언제나 빛이 있는 곳에서만 움직이고 집 안에도 항상 전등 끄지 맙시다. 이건 TV에서 나온 것과 똑같네. 동희가 우리나라신에게 들은 방법이라니까 항상 빛 속에서 지내봅시다. 당신이 교회 때문에 당장 제사를 꺼리니 제사는 심사숙고해 보구려."

하지만 엄마의 고집은 얼마 가지 못했다. 친한 고등학교 친구가 심장마비로 죽고 연달아 친정 오빠가 뇌출혈로 죽자 충격을 받은 엄마는 아빠의 말에 마지못해 동의했다. 제사를 지내고 항상 향을 집안에 피워 놓았다. 퇴직하고 딱히 할 일이 없었던 부모님은 친척들에게 동희의 말을 전했다. 괴질의 정체를 알리고 방법을 알려 주었다.

동희는 어두워지기 전에 퇴근했다.

결계로 인해 자신은 악다귀로부터 안전하다고 했지만 조심해서 나쁠 것은 없었기에 버스나 전철을 탈 때도 밝은 곳만을 찾아다녔다.

회사에서 돌아오면 TV를 통해 세계 곳곳에서 벌어지는 소식을 전해 듣는 게 일과가 되었다. 그리고 컴퓨터에 붙어 앉아 각종 소셜 미디어로 악다귀를 피하는 방법을 알렸다. 쉬는 날에는 주위 사찰을 돌며 주지 스님을 만나 괴질의 정체를 알려 주고 비책을 알리는 데 주력하였다. 절에 오는 신자들은 제사에 대한 거부감이 없기 때문에 먼저 그쪽을 택한 것이다. 평일에도 가야 할 절을 적어 뒀다가 주말을 이용해 하루 종일 대여섯 군데를 돌아다녔다.

하지만 가장 폭발적인 반응을 보인 것은 온라인이었다. 나라신이 다녀간 첫날에 '괴질의 실체'라는 제목으로 올린 계정에 수십만 건에 달하는 조회수가 기록되더니 두 번째 날에는 백만 건이 넘는 조회수가 나왔다. 계정에 질문이 점점 많아지고 있어서 답글을 다는 데도 시간이 꽤 걸렸다. 결국 절을 찾아다니는 일을 그만두고 온라인 계정을 관리하는 데 집중하며 일일이 답글을 달아주고 꾸준히 홍보해 나갔다. 효과가 있었는지 뉴스에서 매일 발표하는 괴질의 희생자 수가 서울과 경기도 권역에서 줄어들고 있었다.

괴질의 정체가 입소문이 나면서 교회에 다니는 사람들까지 제사를 지내는 이까지 생겨났다. 종교에 대한 배신이 아니라 극도의 불안함에 절대자를 찾고 매달렸던 사람들에게 지푸라기라도 잡고 싶은 간절함이 빚어낸 결과였다.

한글이 세계적으로 퍼져 있어서 외국에서도 한글 온라인을 많이 보는 시대라 동희의 계정은 다른 나라 언어로 번역되어 퍼졌고 조회수는 일주일 만에 수천만 회를 기록하였다. 그리자 여러 방송사에서 인터뷰 요청이 들어왔다. 동희는 생각하다가 정중히 거절했다. 신의 부탁을 받고 행한 일을 밝힐 수도 없을뿐더러 함부로 나섰다가 신의 노여움을 살까 봐 두려웠기 때문이다.

태어날 때부터 결계를 쳐서 자신을 지키고 있었다는 한국 나라신은 온몸에서 뿜어져 나오는 빛 때문이었는지 피부도 하얬다. 뚜렷한 이목구비에 훤칠한 키, 하얀 두루마기를 입은 매우 신성해 보이는 신이었다. 지금까지 보아온 어떤 귀신과도 비교 불가능한 신이었다. 이후로도 여러 방송사에서 인터뷰 요청이 줄을 이었으나 동희는 모두 거절했다.

전설의 신이 되다

　한국 나라신이 홀로그램을 통해 기단의 놀라운 변화를 보고 있었다. 기단 밑에서 기어 나온 크고 작은 점들이 무리 지어 공중에 날아올랐다. 기단 밑이 불안한 소리와 함께 들썩이고 뜨거운 김을 내뿜고 있었다. 위에서는 날짐승들이 어지럽게 날아다니고 그 사이사이로 악다귀들이 빨간 눈을 뜨고 날아다녔다.

　간간이 터져 나오던 화산들이 줄줄이 빛 덩어리를 토해내면서 뿜어져 나왔고 불덩어리들은 기단을 태우며 흘러 다녔다. 열기와 빛 덩어리들이 회색빛 하늘을 밝히며 주위를 뒤덮고, 곳곳에서 번쩍이는 빛이 연속해서 하늘로 솟아올랐다. 뜨거운 열기는 기단 위를 가득 메우며 빛의 바다로 흘렀다. 뒤이어 기단이 몇 미터씩 쩍쩍 갈라지며 빛 덩어리들이 기단 속으로 빨려 들어갔다. 갈라진 기단은 분화구에서 멀리 떨어진 도시까지 이어지며 열기와 빛 덩어리들까지 도시로 들이닥쳤다. 악다귀들을 피해 집안에서 꼼짝도 하지 않던 신들이 집에서 뛰쳐나왔다. 거리로 나온 신들은 갈라지는 기단을 피해 도망쳤고 일부는 악다귀에게 소멸되기도 하였다.

　아이슬란드 분화구 폭발을 시작으로 수백, 수십 년 동안 쉬고 있던 신계의 각 기단 분화구들이 영향을 받으며 줄줄이 활동을 시작했다.

미국에서도 잠자고 있던 커다란 화산이 분출되었다. 빛의 바다와 가까운 곳에 위치한 서쪽의 위아래에서 거의 동시에 터진 화산은 다른 영역의 화산과는 규모가 달랐다. 미국의 화산 폭발은 다른 곳보다 파괴력이 엄청나서 빛과 열의 분출이 주변을 다 삼켜 버리는 것 같았다. 피어오르는 열과 빛은 섬광처럼 번쩍이고 빛 덩어리가 비처럼 쏟아져 내렸다. 서쪽 빛의 바다 한가운데 떠 있는 섬에 있던 화산은 항상 열기를 내뿜고 빛을 토해내고 있었지만, 다시금 빛 덩어리까지 더해져 폭발하고 있었다.

자연의 힘 앞에서 신의 능력은 아무짝에도 쓸모가 없었다. 그저 열과 빛을 피해서 도망가는 게 전부였다. 일본 영역에서도 여러 개의 화산이 터지고 이어 20~30개의 화산이 터지더니 그동안 잠잠했던 휴화산까지 더해져 50여 개의 화산이 불꽃놀이 하듯 펑펑 터졌다. 빛에 노출된 신들이 소멸되고 빛 덩어리가 직접적으로 닿은 기단의 표면들이 녹아내렸다. 신들은 좀 더 안전한 곳으로 피난을 갔지만 가는 곳마다 빛 덩어리들이 폭발하고 있어서 피난을 어디로 가야 할지 우왕좌왕했다.

필리핀의 화산도 활동을 시작했고, 신계에서 화산이 제일 많은 인도네시아 영역에서도 화산이 연일 폭발하고 있었다. 인도에서도 간혹 터지던 화산이 활동을 시작하면서 휴화산이던 화산이 스멀스멀 열기를 뿜어냈다. 중국은 멀쩡하던 산이 무너지는 바람에 많은 신들이 소멸되었다. 이탈리아의 화산도 줄줄이 불빛을 뿜어내면서 유럽의 기단도 출렁거렸다.

신계는 회색의 세계다. 빛에 약한 신의 특성상 빛은 신의 절대적인 적이었고 화염과 빛에 노출된다는 것은 신들에게는 치명적이었다. 이 기단을 뚫고 나오는 빛의 폭발은 신들을 당황시켰고, 악다귀를 피해 집안에만 있던 신들의 피난 행렬로 거리는 장사진을 이루었다.

이 와중에도 여전히 악다귀들은 곳곳을 휘젓고 다니면서 생명체들을 소멸시키고 있었다. 초반에 몰려다니던 악다귀들은 화산이 폭발할 때 빛다발에 노출되어 소멸되고 간간이 군대에게 소멸되어 많이 줄어든 상태였다. 그래서인지 작은 무리로 떠다니며 신들에게 달려들었기 때문에 이전처럼 무시무시한 공포를 자아내진 않았다.

하지만 여전히 정화의 숲에서는 주머니 영들이 악다귀로 변하고 있었고 그 수는 점점 증가하고 있었으며 뚫린 구멍에서 많은 신장, 신관들과 대치 중이었다. 워낙 많은 악다귀가 뚫린 구멍에 몰려 있어서 조금이라도 빈틈이 생기면 대량 탈출의 위기가 올 수 있는 상황이 지속되었다.

신계 곳곳에서 들려오는 이상 현상은 지금까지 없었던 일이라 한국 나라신은 정신을 차릴 수가 없었다. 이러다가 정말 세상이 없어질 것만 같았다. 이상 현상은 한국 나라신에게 더 확실하게 감지되었다. 어느 순간 소리가 들리기 시작한 것이다. 낮고 작은 소리가 세상을 덮고 있었다. 동서남북 어디서부터 들려오는지 알 수가 없는 이 낮은 소리는 아주 느리게, 긴 한숨 소리 같은 여운을 담고 온몸으로 전달되어 왔다. 고통의 울부짖음 같기도 하고 짐승이 낮게 으르렁거리는 소리 같기도 했다. 공포의 전율이 느껴질 만큼 무시무시한 이 낮은 울림은 꽤 오랫동안 계속되었다.

한국 나라신은 이 이상한 소리의 정체가 궁금했다. 전에 들어 본 적이 없던 소리는 신비하면서도 공포스러웠다. 한국 나라신은 옆의 관리신에게 물었다.

"이 소리가 무슨 소리 같은가?"

"무슨 소리 말씀입니까?"

관리신은 의아한 얼굴로 나라신을 쳐다봤다.

"이 낮게 깔리는 소리, 벌써 한참 동안 들리고 있는 이 소리 말이다. 홀로그램으로는 잡히는 게 없는데……."

관리신이 눈을 멀뚱멀뚱 뜨고 나라신을 보다가 고개를 갸우뚱거렸다.

"저는 아무 소리도 안 들리는데요. 어이! 자네는 뭔 소리 들리나?"

관리신이 옆에 있던 다른 관리신에게 물었다. 그가 하던 일을 멈추고 고개를 돌렸다.

"무슨 소리요? 저기 떠드는 신들 소리 말인가요?"

"아니…… 아주 낮게…… 음, 뭐랄까…… 음- 거리는 소리 같기도 하고, 낮게 으르렁거리는 것 같기도 하고…… 어쨌든 낮고 음산하게 한참 동안 소리가 들리고 있어. 어찌 보면 신음 소리 같기도 하고……."

"제게는 아무 소리도 들리지 않습니다."

관리신 둘에게는 한국 나라신에게 들리는 소리가 전혀 들리지 않는 것 같았다. 그리고 다른 신들에게서도 소리가 들린다는 소리는 들려오지 않은 걸로 봐서 자신에게만 들리는지도 모른다는 생각이 들었다.

'내가 병들어 가고 있는 것 아닌가? 신계가 화산과 지진으로 어수선해지더니 절대로 있을 수 없는 정화의 숲이 뻥 뚫리고 기록관도 구

멍 나고, 그래서 악다귀한테 쫓기고…… 이젠 알 수 없는 소리 공포에
지배당하는구나. 언제까지 이럴 것인가. 이 신음 소리…….'

한국 나라신이 머리를 감싸 쥐고 긴 한숨을 내쉬었다. 주위가 갑자
기 고요해지면서 낮게 깔려서 들려오던 소리가 잦아들었다.

"오! 하늘님!"

한국 나라신의 입에서 지금까지 한 번도 입 밖에 내뱉어 본 적이 없
는 단어가 튀어나왔다. 종교가 없던 한국 나라신에게 '하늘님'이란 단
어는 매우 생소한 단어임에도 무의식중에 나온 것이다. 순간 지금까지
들리던 나지막한 소리가 신기하게 멀어져 갔다. 머릿속이 순간적으로
텅 비고 맑아지는 느낌이 들면서 주위는 고요해졌고 소리는 완전히 들
리지 않았다.

한국 나라신은 주변을 한 번 돌아보았다. 아무래도 지금까지 그 낮
은 소리를 들었던 것은 오로지 자신뿐이었다는 생각이 들었다. 그 자리
에 앉아서 눈을 감자 몸까지도 텅 빈 느낌이 들었고 자신의 존재가 느
껴지지 않을 만큼 투명한 마음 상태가 되었다. 그건 한국 나라신이 신
계에 들어와서 지금까지 겪지 못했던 현상이었지만 그것까지도 자각하
지 못하고 있었다. 그렇게 투명해진 마음속에 뭔가 말을 걸어왔다.

'한국 나라신!'

아무도 없는데 소리가 들렸다. 무영은 눈을 뜨고 주변을 두리번거
렸지만 아무도 없었다. 맑은 공기 중에 빛나는 오로라 한줄기가 허공
에서 일렁거렸다.

"누구십니까?"

'나는 하늘이고 땅이고 바람이고 공기이다.'

"하늘님이십니까?"

'그건 너희가 부르는 이름이다. 오랜만이구나.'

"네? 저를 보신 적이 있으신가요?"

'오랜 시간이 흘러서 기억을 못 하는구나. 나를 처음 본 인간이 너였는데…… 하긴 너무 오래됐지.'

"저…… 언제, 제가 하늘님을 봤나요?"

'아주 오래전에 봤었다. 네가 나한테 많이 혼났었지. 나를 도와주면서 말이야. 천천히 생각해 보거라. 기억이 날 것이다.'

무영은 전생, 몇 전생 앞으로 가도 하늘님을 만난 기억이 나지 않았다. 무영이 고개를 갸웃거리며 기억을 더듬고 있자 다시 소리가 들렸다.

'애쓰지 않아도 저절로 기억 날 것이다. 내가 너를 다시 찾아온 것은 나를 구하기 위함이다. 인류가 이 땅에 나오기 전부터 많은 생명들이 있었지만, 지금처럼 많은 생명이 한 종족으로 뒤덮인 적은 없었다. 인간은 너무 번성했고 탐욕스럽고 부끄럼을 모른다. 내 안에서 인간들은 나의 속과 겉을 다 헤집어 놓아 내가 골병이 들었구나. 지금까지 참을 만큼 참았고 이제 좀 정리하려고 한다.'

"정리요? 지금도 신들이 엄청나게 소멸되고 있습니다."

'그건 내 힘이 아니다. 인간들이 판 구덩이에 스스로 들어간 것뿐이지. 지금까지는 인간들이 스스로 판 구덩이에 들어간 것이고 이제부터 내가 나를 보호하기 위해 움직이려 한다. 소수의 신과 인간을 남겨서 지금까지 분리되어 있던 두 세계를 하나로 합칠 것이다.'

"하나로 합쳐요?"

'교만한 신들, 교만한 인간들…… 그런 생명들이 나에게 고통을 안겨 주었다. 하늘과 땅을 뒤집고 이 땅을 흔들어 바로 세울 것이다. 그리하여 3차원에 갇혀 살던 인간들에게 시공(時空)의 벽을 허물어 신과 인간이 같이 사는 단순한 세상을 열 것이다. 마음 같아선 모두 없애버리고 싶지만 소수는 남겨둘 것이다. 그 살아남은 생명들을 네가 맡아라.'

"제가 무슨 능력이 있겠습니까? 할 수 없습니다."

'능력은 내가 줄 것이다. 나를 위해서…… 나를 대신해 너는 강력한 신이 될 것이다.'

"지금의 왕신처럼 말입니까?"

'너는 지금까지의 왕신과 다르다. 내가 주는 능력을 가지고 나를, 나를 지켜다오.'

"저어…… 신과 인간이 섞이면 혼란스럽지 않겠습니까?"

'서로 모른 척하고 살았어도 이미 알고 있었던 것을 보는 것이다. 항상 서로 부르며 살지 않았던가. 적응하는 데 오래 걸리지 않을 것이다.'

무영이 잠시 생각하고 질문했다.

"신들이 저를 따르겠습니까? 이미 다섯의 왕신이 있고, 신장들이 있는데요."

'모든 왕신은 하나의 신으로 통합된다.'

"그럼 지금의 왕신은 어찌 됩니까?"

'네가 신경 쓸 일이 아니다. 저절로 정리가 될 것이니.'

무영이 잠시 생각하다가 다시 질문했다.

"저에게 한참 동안 낮은 울림이 들렸는데 그것은 저만 들은 것입니까? 다른 신들도 들었나요?"

'네게만 들렸을 것이다. 나의 존재를 알아차리도록 말이다.'

"전 종교도 없었고 교회에 가서 기도해 본 적도 없습니다. 하늘님은 제가 오늘 처음 부른 것 같은데 이런 저를 선택하신 이유가 있으십니까?"

'매일 나를 부른다고 그들이 진정 나를 위해 사는 인간들이라고 할 수 없다. 그들의 안녕과 욕심을 위해서 나를 찾고 있는 것이지. 그런 면에서 너는 매우 순수한 영(靈)이다.'

무영은 그 말에 수긍이 갔다. 적어도 자신은 그런 적이 한 번도 없었다.

"지금 정화의 숲 한쪽이 구멍 나 있어서 신들이 환생하지 못하고 신계로 나와 악다귀가 되고 있습니다. 정화의 숲을 어떻게 해야 고칠 수가 있나요? 또한 기록관에도 작은 구멍이 나 있는데 고칠 엄두를 못 내고 있습니다."

'성소는 앞으로 무너질 것이다. 그것을 고치기 위해 네가 절대 신이 되는 것이니라.'

"어떻게 고치는지 방법을 알아야 하지 않습니까? 아무것도 아는 게 없는데요?"

'나에게 묻지 않아도 스스로 알게 될 것이다. 네가 만들었으니…….'

"예……? 제가 만들었다고요, 제가요?"

'인간들은 각자의 욕심대로 자신의 하느님을 만들어 찾는다. 자신만이 특별한 존재인 양 교만하지. 나는 그들에게 죄를 짓지 말라고 권고한 적도 없고, 벌을 내린 적도 없다. 나는 그 가증스러운 인간들의 소리를 들어준 적이 없다. 그들이 따르는 법과 정의, 그것은 내가 만든 법이 아니라 네가 만든 것이다. 내가 너에게 부탁해서 삼대 성소를 만들었고 성소 안에서 그 질서를 만든 것도 너다. 그것이 망가졌다면 애초에 만든 네가 고치든지 다시 만들든지 하면 될 것이다.'

절대자에게 예상치 못한 답을 듣자 무영이 또 질문했다.

"기억도 안 나는데요…… 몰랐습니다. 그렇다면 앞으로 신계는 어떻게 됩니까?"

'네가 신계를 잘 만들어 가거라.'

"삼대 성소가 다 무너질 것이라면서요?"

'애초에 없던 것을 만들었던 너였느니라.'

무영은 막연하게 얘기하는 절대자에게 뜬금없이 질문했다.

"오로라 빛으로가 아니라 모습을 보여 주십시오."

'내 모습은 네가 보는 것이 전부이다. 나는 하늘이고 바람이고, 산이고 바다이고, 물이고 공기이다. 네가 듣는 나의 소리는 마음으로 전달되는 울림이지 밖으로 흐르는 소리가 아니다.'

오로라가 밑으로 내려와 무영의 주변을 한 바퀴 돌고 다시 허공으로 돌아갔다.

무영의 주변에 잔잔한 기의 파장이 일렁이더니 점점 그 파장이 커지고 있었다. 무영이 자신의 변화에 놀라며 두 손을 들어 손바닥을 들여다보았다. 투명한 빛의 기(氣)에서 엷은 황금빛이 생겨나면서 주위를 물들여 갔다. 뻗어 나가는 기의 파장에 붉은빛과 푸른빛이 더해지면서 오색 빛으로 소용돌이치고 무영의 주위를 감싸기 시작했다. 물, 불, 바람, 흙, 쇠의 기운이 몸을 치고 들어왔다. 몸이 얼음처럼 차가워졌다가, 불처럼 뜨거워졌다가, 시원해졌다가를 반복하였다. 수련으로 단련된 몸이 아니라면 몸이 터지거나 고통에 기절했을 것이다. 오색빛의 소용돌이가 차츰 가라앉으며 처참하게 일그러진 무영의 얼굴이 드러났다.

'이제 나를 대신하여 네가 모든 능력을 사용할 수 있다.'

"능력을 어찌 사용합니까?"

무영이 일그러진 표정으로 간신히 질문했다.

'네가 마음먹은 대로 될 것이다. 지금까지와는 다른 세상을 볼 것이고 그 새로운 세상에 새로운 질서를 세울 것이다. 네가 해야 할 일은 신과 인간이 조화롭게 살아가도록 하는 것이다.'

"제가 그렇게 할 수 있겠습니까?"

'너만이 할 수 있는 것이다.'

"잘못할까 봐 겁이 납니다."

'너답지 않구나. 나한테 덤비던 패기는 다 어디 갔느냐?'

"자꾸 제가 알 수 없는 말씀을 하십니다."

'그래…… 어쨌든 일이나 하거라.'

"그때가 언제입니까?"

'너에게 앞으로 일어날 것을 알려 주었고, 능력을 주었으니 나는 나의 할 일을 할 것이다. 너도 준비하도록 하여라.'

"네? 준비요? 어떤 준비요? …… 하늘님! 하늘님! 하늘님……?"

여러 번 하늘님을 외쳤지만, 다시 돌아오는 울림은 없었다. 투명했던 머릿속이 다시 생각 많은 맑은 정신으로 돌아왔다. 몸은 전보다 가벼워진 것 같았고 힘이 넘쳐흘러서 무슨 일이든 할 수 있을 것 같았다.

몸을 휘감은 오색 빛이 주변을 환하게 밝혔다.

지금껏 보지 못했던 가장 강력한 신의 빛이었다. 손을 뻗어 보았다. 뻗은 손가락 끝에서 빛줄기가 쏘아져 나갔다. 허공에서 빛이 번쩍이며 폭발하더니 주위를 환하게 비추다 사라졌다. 깜짝 놀라서 팔을 움츠렸다. 소용돌이치는 기가 온몸을 감싸더니 몸이 터져 나갈 것 같은 통증이 왔다가 사라졌고 이내 몸이 다시 평온해졌다. 무영은 무서운 생각이 들었다. 잘못해서 무심코 뻗은 손에 누가 다치거나 부서질 수도 있는 것이다. 어떤 힘이 있는지 시험해 보겠다고 나섰다가 큰일이 날 것 같아서 힘에 대해서 의심하지 않기로 했다. 이미 자신의 주변이 오색 빛으로 기의 파장이 일렁이고 있어서 최고의 신임을 나타내고 있었다.

생각만으로 신계와 인간계의 모든 것이 보였고 미래도 보였다.

'내가 전설의 신이 된 건가? …… 그런가 보다. 이 빛과 힘…… 자, 먼저 어떤 일을 해야 하나?'

장마철도 아닌데 벌써 열흘 넘게 쉬지 않고 내리는 비에 한강이 바다처럼 넘실대고 있었다. 잠수교는 일찌감치 물에 잠겼고 한강 변의 모든 도로는 통제됐으며 지하도로는 잠겨서 통행이 불가능한 곳이 대부분이었다. 지하철도 역사가 물에 잠겨 운행하지 못하는 구간이 속출하면서 도시의 기능도 한층 둔화하였다. 한강의 모든 댐들이 수위를 조절하느라 수문을 열었다 닫았다를 반복하고 있었지만, 비가 그치지 않으니 한강이 도시를 덮치는 것도 시간문제였다. 게다가 꼬리에 꼬리를 물고 올라오는 태풍의 영향으로 비바람 때문에 거리에는 사람들이 거의 다니지 않았다.

일을 하는 둥 마는 둥 직장 동료의 장례식 두 군데나 들르고 퇴근하여 집에서 TV를 지켜보던 동희가 몸서리를 쳤다.

"세상이 뒤집히고 있나 봐. 멀쩡한 곳이 없네. 여기도 벌써 열흘 넘게 비가 오고 있고 한강이 넘칠 정도잖아요. 저기가 양수리인데 물에 잠긴 거 봐. 그냥 바다네요. 강이 아니라 바다 같아. 와! 정말 어떻게 이럴 수가 있지? 하늘에 구멍이 뚫렸나 봐."

멍한 표정으로 뉴스를 지켜보던 아빠가 힘없이 대답했다.

"망하려는 거지."

"우리나라는 괜찮아야 할 텐데…… 걱정이네요. 여기저기 지진 때문에, 해일 때문에 나라가 송두리째 없어지고, 쑥대밭이 되고 난리통이니…… 돌아다니기도 무서울 지경이에요. 태풍이라 해도 안 뜨고 악다귀도 전 같지는 않지만 여전히 설쳐대고, 언제 어떻게 될지 모르니……. 하~아!"

동희가 동해안의 해일 피해 속보를 보고 바뀐 화면에서 세계의 지진, 해일, 화산 폭발과 토네이도, 태풍의 피해 소식을 보면서 한숨을 쉬었다. 채널 어디를 돌려도 전대미문의 재앙에 대해 속보를 전하는 뉴스만 방송하고 있었다.

동희가 갑자기 놀라서 벌떡 일어섰다. 주위가 환해지면서 오로라 빛이 생기고 오로라 속에서 누군가가 나타났다. 동희는 눈이 부셔서 팔로 눈을 가리며 앞에 서 있는 신을 보았다. 가늘게 눈을 뜨고 바라본 눈앞에는 전에 나라신이라던 젊은이가 있었다. 다만 젊은이의 머리 색이 검은색에서 하얀색으로 바뀌어서 처음에는 다른 신인 줄 알았다가 뒤늦게 알아보았다.

"나라신?"

"그렇다. 세상이 이렇게 뒤집히고 있는데도 너는 나를 찾지 않는구나."

"아닌 줄 알았습니다. 빛도 색이 달라졌고 머리도 흰색으로 변하니까 나이가 좀 들어 보이고 신비로워서 다른 분인 줄 알았어요."

"나이가 들어 보인다고?…… 아, 참! 머리가 하얘졌다고? 그건 별로 기분 좋진 않구나. 능력과 젊은 외모를 바꿨구나. 외모, 중요한데…… 아쉽군. 한가하게 내 모습 이야기나 하자고 온 것이 아니다. 잘들어라. 당분간 나라 밖으로 나가지 말아라. 그리고 한국 사람들을 나라 안으로 모으도록 하여라."

"왜요? 지금도 너무 많이 죽어서 나라 기능이 마비되고 있어요. 대통령도 국무총리도 죽었다고요."

"내가 지킬 수 있는 범위가 너무 넓으면 힘이 분산되어서 그런다. 그러니 너도, 가족도, 이 나라를 벗어나지 말고, 되도록 많은 이들에게 전해라. 나라 밖으로 나가지 말고 나라 안으로 들어와야 산다고 말이다. 어쩌면 내가 너무 늦게 왔는지도 모르겠구나."

"지킬 수 있는 범위요? 한국에 무슨 일이라도 일어나나요? 텔레비전에 나오는 저런 괴변이요?"

동희가 TV를 가리키며 질문했다.

"한국뿐만 아니라 전 세계에 해당하는 재앙이다. 한국이라도 내가 힘을 써서 막아 볼 테니 네가 내 말을 최대한 이 땅의 사람들에게 전해라."

"예! 알았습니다. 악다귀 때문에 지금도 많은 사람들이 죽었는데 앞으로 더 죽나요? 늦다니요? 무슨 일이 벌어지고 있는지, 저기 나오는 것보다 더 심각해질 수 있을까요?"

동희가 텔레비전을 또 가리켰다. 텔레비전에서는 세계 곳곳의 화산 폭발과 지진과 지진해일 피해 속보를 방송하고 있었다.

"모든 기단이 움직이며 충돌하고 있다. 아니 지상으로 말하자면 땅 조각들이 서로 움직이고 있어서 이 현상이 일어나고 있는 건데, 이게 모든 땅들이 움직이다 보니 지축이 움직이고 있구나."

"지축이요?"

"그래. 그래서 지금과는 상황이 많이 바뀔 것이다."

"그럼 지금의 현상은 말세의 징조인가요? 우리 인간들은 저 정도면 말세라고 하거든요. 멀쩡한 나라가 없잖아요."

"그럴지도 모르지. 하지만 끝났다고 생각하지 마라. 내가 있지 않느냐. 이 땅은 내가 지킬 것이다."

"그럼 지금 한강이 넘치기 바로 직전인데 당장 비 좀 멈춰 주실 수 있나요?"

"그건 미처 생각하지 못했다. 바로 멈춰 주마."

"전보다 자신감이 더 있어 보이시네요."

"내가 신계의 주인이 됐거든."

"신계의 주인이요?"

"그래. 모든 것을 관장할 수 있는 조물주의 대리신이 됐다. 앞으로 내가 너를 통해 사람들이 갈 길을 제시해 줄 것이다. 힘이 들더라도 견디며 잘 따라주어야 할 것이다."

"조물주의 대리신이면 하느님이신가요?"

"음…… 비슷하겠구나."

"조물주는 아니신 거고요?"

"아니다. 조물주는 이 지구 자체다. 나는 그분의 대리신이다."

"조물주의 대리신이면 뭐라고 불러야 할까요?"

"한울이라고 불러라."

"한울님이요?"

"그래, 하늘이라는 뜻이고 신계에서 내가 유일한 지도자 신이니라."

"그러면서 여전히 한국의 나라신이기도 한 건가요?"

"그래, 여전히 한국의 나라신이기도 하다."

"빛이 오로라로 빛나고 있어요. 전에는 색이 없었는데요. 너무 예뻐요."

"검은 머리가 이 오로라 빛을 받으면서 하얀 머리로 바뀌었으니 품위 있게 보이겠구나."

정동희가 한울에게 큰절을 올렸다.

"어서 사람들에게 내가 한 말을 알리도록 해라. 시간이 없으니 서둘러라."

말을 마친 한울이 사라지고 오로라 빛도 서서히 사라졌다.

"한국의 나라신이며 한울님!"

동희가 중얼거리고 서 있자 옆에서 툭툭 건드리는 바람에 돌아보니 아빠와 엄마가 놀란 눈으로 동희를 쳐다보고 있었다.

"신계의 주인이라고…… 한울님이라고…… 그러시더라. 동희야!"

아빠가 떨리는 목소리로 손까지 덜덜 떨며 말했다.

"아빠! 아빠도 보였어요? 방금 그분?"

"그래! 봤어. 봤다고. 그분이 말씀하시는 것도 다 들었다. 진짜 신이 있구나. 정말 신이 있어."

"아이고, 하나님!"

아빠 옆에 있던 엄마가 바닥에 주저앉았다.

"한울님이야!"

아빠가 엄마에게 명칭을 정정해 주었다.

동희는 아빠에게 친척과 지인들에게 방금 들은 이야기를 전하게 하고 바로 자신의 방으로 향했다. 컴퓨터 앞에 앉아 동원 가능한 SNS와 통신망을 향해 한울의 메시지를 날렸다.

밖에서는 바람이 불며 먹구름이 흩어져서 비가 잦아들었고, 계속 부는 바람에 밀려 구름이 빠르게 서해로 빠져나갔다.

성소 붕괴, 정축

정화의 숲 찢어진 구멍 안쪽에서 소란이 일어났다. 장시간 정화의 숲에 갇혀서 탈출의 기회만 찾던 악다귀들이 안쪽에서 나무에 매달린 주머니 영들을 관리하던 신관들을 공격한 것이다.

신관들도 몸에서 은은한 빛이 나고 능력이 있었지만, 신장들만큼 강력하지는 못해서 벌써 몇 번이나 악다귀들의 공격을 받았었다. 그럴 때마다 근처에 있던 신관들과 신장들이 악다귀들을 제압하거나 소멸시켜 소란을 잠재우곤 했다.

신관들 셋이 공격 당하자 근처에 있던 신관들이 합세해서 악다귀들에게 빛을 쏟아부으며 한쪽으로 몰아갔다. 그런데 한 무리의 악다귀들이 방향을 틀어 크게 위쪽으로 날아올랐다. 악다귀 무리들이 신관들의 위와 뒤쪽으로 동시에 파고들면서 미처 뒤쪽까지 방어하지 못한 신관 둘이 등과 팔다리를 물어 뜯겼다. 신관들이 비명을 지르며 우왕좌왕하는 사이 위쪽에서 덮친 악다귀가 한 신관의 목덜미를 물었다. 옆에 있던 신관이 놀라서 빛으로 악다귀를 소멸시켰으나 목덜미를 물린 신관은 상처를 크게 입고 말았다. 상황은 더 나빠져서 앞에서 물러나기만 하던 악다귀들까지 일제히 신관들을 향해 다가오고 있었다. 부상까지

78

당해 당황한 신관들이 소리 높여 동료 신관들을 불렀다.

"도와줘요!"

구멍 난 쪽에 몰려 있던 악다귀들까지 신관들 쪽으로 몰려들기 시작했다. 악다귀들에게 포위된 신관들이 빛을 최대치로 높이고 등을 맞대고 둥글게 서서 방어 태세에 돌입했다. 빛 때문에 머뭇거리던 악다귀들 중 하나가 무모하게 덤벼들었다. 신관이 빛을 쏘아 소멸시키자다른 악다귀들이 자극받아 무더기로 덤볐다. 신관들이 쏘아 대는 빛에소멸되면서 사방에서 악다귀들이 덤벼들었다. 신관들 삼십여 명이 달려와 악다귀들과 싸우는 데 동참했고 그들은 빛을 최대치로 끌어올려닥치는 대로 악다귀를 소멸시켰다. 신관들과 악다귀가 한데 엉켜 싸움이 한창일 때 찢어진 구멍을 지키던 신장들 중 하나가 신관들의 힘겨운 싸움을 도우려고 나섰다.

신장의 빛이 번쩍거릴 때마다 많은 악다귀들이 바삭거리는 소리를내며 소멸되었다. 밀리던 악다귀들과의 싸움에서 신장의 도움으로 전세가 한순간에 역전되었다. 악다귀들은 여러 무리로 흩어져서 싸우다가전세가 불리해지자 방향을 바꾸어 갑자기 찢어진 구멍으로 몰려갔다.

찢어진 구멍을 빛으로 채우고 있던 신장들이 몰려오는 악다귀들에게 맞서 더 강렬하게 빛을 내뿜었다. 앞서 다가갔던 악다귀들이 다수소멸되자 악다귀들이 주춤거리며 물러섰다. 그리고 악다귀들 사이에서 뭔가 소리가 나는 듯하더니 이내 찢어진 구멍 주변의 벽에 들러붙어 물어뜯기 시작했다. 예상치 못한 악다귀들의 행동에 놀란 신장과신관들이 악다귀들을 떼어내기 위해 벽으로 다가섰다. 물린 통증으로벽이 바르르 떨리고 있었다.

벽에 손상이 갈까 봐 빛을 쏘지도 못하고 손으로 일일이 떼어낸 다음 소멸시켜야 해서 무더기로 뭉쳐 다닐 때보다 소멸시키는 속도가 더 뎠다.

사태의 심각성을 인식하여 안쪽에서 일하던 신장들이 모두 모였고 99명의 신관들까지, 정화의 숲에 종사하는 신들 전원이 모였다. 정신없이 벽에 다닥다닥 붙어 있는 악다귀들을 뜯어내 소멸시키는 일이 진행되는 와중에 구멍 난 입구를 지키던 신장이 외마디 비명을 질렀다.

"맙소사! 벽에 구멍을 뚫고 악다귀가 탈출했어."

틈이 보이지 않을 정도로 벽에 들러붙어 물어뜯던 악다귀들이 벽에 빠져나갈 만큼의 구멍을 뚫고 탈출하기 시작한 것이다. 여기저기서 벽을 뚫고 빠져나가는 악다귀들의 수가 점점 많아졌고 빠져나간 구멍으로 줄지어 빠져나가기도 했다. 숭숭 뚫리고 있는 구멍이 많아질수록 신장과 신관들은 아연실색해서 악다귀에게 무차별로 빛을 쏘다가 점점 포기 상태가 되어 갔다.

정화의 숲을 빠져나온 악다귀들은 떼를 지어 어디론가 사라졌고 그 뒤를 이어 다른 무리가 형성되면 다시 사라지기를 반복하였다.

조그만 구멍이 무수히 뚫리자 정화의 숲은 기온과 습도 조절이 안 되어 나뭇잎이 마르기 시작했다. 마른 나뭇잎이 낙엽이 되어 떨어지면서 정화의 숲은 영혼의 기억을 지우는 기능이 서서히 마비되어 갔다. 또한 이미 환경이 바뀌어 버린 정화의 숲 안에는 나뭇잎에서 떨어져 나온 주머니 영들이 무수히 떠다녔고, 이 주머니 영들은 일정 기간이 지나면 악다귀로 변하여 뚫린 구멍을 통해 세상 밖으로 나갔다. 빠져나간 만큼 정화의 숲은 점점 비어 갔다. 작은 구멍이 무수히 뚫려서 벌

집처럼 되어 버리고 뻥 뚫린 구멍을 지키는 것도 의미가 없어지자 신장들도 모두 일손을 놓은 채 망연하게 지켜볼 뿐이었다.

지상으로 환생하여 나가는 영은 없었고, 반대로 들어오는 영들은 기하급수적으로 늘어갔다. 악다귀는 신과 인간을 가리지 않고 심장을 쥐어짜고, 머리의 혈관을 누르고, 목을 막았다. 여기저기서 맥없이 픽픽 쓰러져 나가는 신들이 속출하여 하루에도 수백만 명이 소멸되는 등 신계는 통제 불능의 상태에 빠져들었다. 지상에서도 같은 현상이 일어나니 폭발적으로 신계에 들어오는 영들이 많아지면서 신들을 관리하는 기록관과 천 개의 방도 포화상태가 되었다.

작게 뚫렸던 기록관 구멍이 강력한 화산 폭발의 영향으로 녹아서 점점 커지고 있었다. 거기다 그나마 상처만 입고 작은 구멍만 한두 개이던 천 개의 방도 열기에 바닥 부분이 녹아 구멍이 새로 생겼다. 뚫린 구멍으로 천 개의 방에서 벌을 받던 신들이 빠져나와 활개 치며 다니기 시작했다. 이로써 삼대 성소가 다 뚫리며 그야말로 신계는 아수라장이 되어 갔다.

이승에서는 거의 모든 대륙에 화산 폭발이 일어나고 지진도 동반해서 일어났다. 가스를 뿜던 활화산이 불을 뿜었고, 재가 눈처럼 내리면서 하늘을 덮었다. 터져 나온 용암과 화산재가 수백 킬로 상공까지 뻗쳐 올라가며 푸른 하늘은 실종되고 돌멩이가 우박처럼 쏟아졌다. 피난을 가야 할지 말아야 할지, 어디로 가야 할지, 갈피를 잡지 못한 채 사람들은 긴장한 상태로 뉴스에 매달렸다. 그러는 사이에 용암은 분지를 채우고 넓은 평야로 흘러나오고 있었고 하늘에 떠 있는 수십 대의 방송사 드론을 통해 이 영상은 그대로 뉴스로 방송되었다.

화산 폭발이 일어날 때는 폭발의 힘으로 주변의 구름을 밀어내며 수증기를 말려버리기 때문에 대기가 건조해진다. 건조한 대기 속에서 붙은 불은 쉽게 번졌고 가스관이 터지면서 금방 시내는 불바다가 되었다. 활활 타는 지붕들 위로 눈처럼 검은 화산재가 펄펄 내렸다.

집안에서, 건물 안에서 뉴스를 지켜보던 사람들은 밖으로 뛰쳐나와 삶의 터전이었던 곳을 버리고 무작정 피난길에 올랐다. 하늘은 검은 연기와 재로 뒤덮여 햇빛을 가리웠고, 태양은 떠 있었지만 빛은 지상까지 닿지 않았다. 검은 태양이 인류의 앞날을 예고하는 것처럼 음산하게 걸려 있었다.

지구상에는 20여 개의 크고 작은 지각판이 있다. 이 판들이 시차를 두고 움직이기 시작했다. 5대양(大洋) 6대주(大洲)가 한꺼번에 진도(震度)를 가늠할 수 없는 가공할 위력으로 갈라지고 충돌하며 이동하고 있었다. 태평양판은 가장 깊고 낮은 지점에 자리 잡고 있어서 사람들의 눈에 드러나지 않는다. 평상시에도 심해의 깊은 곳에서 종종 마그마가 분출되었지만 깊은 바닷속이라 나오자마자 바닷물에 식고 굳어버려서 아무도 눈치채지 못할 뿐이었다.

태평양판의 가장자리에는 각 대륙과 줄줄이 연결된 판들이 있다. 필리핀판, 오스트레일리아판, 남극판, 나스카판, 코코스판, 고다판, 북아메리카판 등이다. 사람들은 태평양판을 둘러싸고 있는 판과 충돌하여 60~70%의 지진이 일어난다고 하여 이른바 불의 고리라고 불렀다. 역시 태평양판과 필리핀판이 충돌하면서 엄청난 소리와 함께 필리핀판이 일부 밑으로 깔려 들어갔다. 바닷속부터 시작된 균열은 필리핀을 지나 인도네시아 해안까지 쭉쭉 갈라졌다. 깊이를 알 수 없게 갈라진 바닷속으로 물과 흙이 쓸려 들어갔다. 한쪽에선 평지였던 땅이 솟아올라 산처럼 높아졌다. 도로가 산 위에 걸쳐지고 그 위에 옹기종기 마을을 이루고 있던 사람들은 아래로 떨어지기도 하고 날뛰던 가축과 자동차와 주택들이 부서지면서 떨어져 바닷물 속으로 사라졌다.

아래쪽으로 갈라지던 판은 위쪽으로도 쫙 갈라졌다. 중국의 남서부까지 거침없이 갈라진 판은 내륙까지 영향을 미쳐 중국의 한복판에서도 땅이 갈라지고 있었다. 그 갈라진 틈으로 바닷물이 출렁이며 채워지고 흘렀다. 판과 판이 겹치면서 평지가 아래로 쑥 꺼져 집도 달리던 자동차도 땅속으로 사라졌다.

이동한 대륙은 하나의 대륙을 두 개, 세 개로 나누기도 했고, 다른 대륙과 일부 붙기도 했으며 도시 한가운데를 뚫고 올라온 땅덩어리에 도시가 남북으로 갈라지기도 했다. 갈라진 땅속으로 산이 통째로 사라지고 평평했던 땅이 튀어 오르며 도로가 갈라져 차들은 브레이크를 밟을 사이도 없이 줄줄이 아래로 추락하였다.

미국의 서남부에서 갈라지기 시작한 땅의 균열은 위로 쪽쪽 갈라졌다. 그리고 중간쯤에 내륙으로 방향을 틀어 내륙의 중간까지 땅이 갈라지며 바닷물이 흘러 들어갔다. CNN은 뉴스 속보로 세계 각국의 지진 상태를 현장 중계하기 위해 거리에 특파원을 세웠다. 생생한 화면과 함께 들려오는 기자의 다급한 목소리는 시청자들을 더욱 불안에 떨게 했다.

"이곳은 LA입니다. 뒤에 보시는 것과 같이 땅이 갈라지고 집과 도로가 마구 부서지고 있습니다. 저기, 저기…… 고층 건물이 무너지고 있습니다."

갈라지는 도로를 배경으로 서 있던 기자가 뒤를 돌아보며 중계를 하다 비명을 질렀다.

"맙소사!"

비명과 함께 기자는 마이크를 버리고 화면 밖으로 도망쳤다. 이어서 '쿵!' 소리가 나며 화면은 검은색으로 변했다. CNN 방송국은 재빨리 일본의 특파원을 연결했다. 심하게 흔들리는 건물 안에서 특파원이 몸을 벽에다 붙이고 겁먹은 얼굴로 떨어지는 전등과 굴러다니는 사무 집기를 바라보며 말했다.

"여기는 일본입니다. 강력한 지진이 일본 전역을 강타하고 있습니다. 이미 수많은 건물이 무너지고 철도가 멈췄습니다……. 인명 피해가 속출하고……."

도쿄에서 현장 중계를 하던 특파원은 말을 마치지도 못하고 중간에 끊겼다. 심하게 흔들리는 화면만이 급박한 현실을 대변해 주고 있었다.

CNN은 다시 파리를 연결했다. 화면에 기자 얼굴만 보이고 뒤의 배경은 화산재로 인해 뿌옇고 탁한 먼지로 가득 차 있었다. 특파원은 손에 휴대폰을 들고 브리핑하였다.

"예! 파리입니다. 보시는 것처럼 지진으로 아파트가 붕괴된 현장에 와 있는데요. 미처 빠져나오지 못한 시민들을 구하느라 경찰과 구조대원들이 아파트 잔해 속을 수색하는 모습이 보입니다. 여진이 계속 발생하고 있어서 추가 붕괴가 우려되는 가운데 인명 구조를 위한 장비조차 동원하지 못하고 있습니다. 사망자가 많이 나올 것 같습니다. 아파트 한두 채가 무너진 게 아니라 도시가 거의 파괴되다시피 했거든요. 마치 전쟁이 나서 폭격을 맞은 것 같습니다."

그래도 파리 특파원은 영상을 바꿔가며 보여주면서 말을 마치고 끊었지만 그쪽도 다급한 것은 마찬가지였다.

도시는 전기가 끊어지고 통신이 마비되면서 아수라장이 되었다. 가스관이 터져서 여기저기 불길이 솟아오르더니 불길은 점점 번져서 도시는 화염에 휩싸였다.

격렬한 땅의 흔들림에 히말라야산맥의 높은 산들이 무너져 내렸다. 커다란 바윗덩어리가 한꺼번에 쏟아져서 골짜기를 거쳐 사람들이 사는 곳까지 밀려들었다. 지진에 놀란 사람들이 집에서 나와 몰려 있던 거리에 집채만 한 돌덩어리들이 줄지어 굴러와서 사람들을 덮쳤다.

한울이 신계와 인간계를 동시에 보고 있었다.

"지각판이 모두 움직이고 있다. 더 이상 지체할 수 없다."

한울은 두 팔을 벌리고 오색 빛의 막을 펼쳐 신계와 지상의 한국을 감싸 안았다. 온 세상에서 무서운 굉음과 함께 땅이 쩍쩍 갈라지고 화산 터지는 소리가 들려왔지만, 한울의 보호막 안은 평온했다. 오색으로 빛나는 빛의 파장은 따뜻한 온기를 품고 있었고 주변을 부드럽게 비추었다. 이미 들어와 있는 물은 서서히 빠져나가게 하고, 몰아치는 바람도 비도 지진도 이 빛 안에서는 없었다. 한울은 한국의 상공에 바람도 일으켰다. 구름과 태풍이 접근하기 어렵게 하기 위함이었다.

태평양의 깊고 넓은 바닷물이 출렁거렸다. 눈에 보이는 대지도, 깊은 물에 잠겨 보이지 않는 대륙도 서로 밀어내고 당기며 새로운 판(坂) 맞추기를 하고 있었다. 어떤 판은 다른 판 위에 밀려 올라가기도 했고 어떤 판은 다른 판에 깔려 밑으로 내려갔다. 이 과정에서 태평양을 둘러싸고 있는 많은 섬들이 한순간에 바닷속으로 침몰하였다.

지진이 지나간 자리에는 여지없이 거대한 지진해일이 생겨서 자연의 무지막지한 힘 앞에 아무것도 남아나는 것이 없었다. 동남아시아 여러 개 섬이 '쿵!' 소리와 함께 물속으로 사라졌다. 그리고 남아 있는 섬으로 지진해일이 무자비하게 들이닥쳤다.

한국도 동해안 남쪽에서 큰 소리와 함께 지진이 일어났다. 아니 더 정확하게는 일본 쪽에서 일어난 것이었다. 유라시아판과 태평양판이 충돌하면서 일본 대부분이 태평양판 밑으로 들어간 것이다. 10분도 안 된 짧은 시간에 일어난 일이라 대피할 시간도 없었다. 워낙 큰 지각판이 충돌하면서 그 여파가 한국의 동해안까지 영향을 미쳐서 동해안의 남쪽 일부 해안도 같이 잠겨 버렸다.

바다가 크게 요동치며 너울을 만들었다. 너울은 해일이 되고 지금껏 유례없는 지진해일이 일본 전역과 한국의 동남부, 중국의 남부를 향해 달려들었다. 그대로 잠겨 버린 많은 건물과 차량들 사이로 숨을 쉬기 위해 떠 오른 사람들이 물 위에 바글바글하게 떠 있었다. 작은 배를 탄 이도 있었고, 가구에 의지해서 두세 사람이 올라가 있기도 했고, 작은 판자를 붙들고 간신히 떠 있는 사람, 의지할 뭐라도 찾아보겠다고 헤엄치는 사람들로 바글거렸다. 서로 격려하면서 버티는 것에도 한계가 있었다. 그 자리에서 허우적거리는 많은 사람들이 저체온증이나 기력이 빠져서 차츰 바닷속으로 사라져 갔다. 그리고 그들이 품은 작은 삶의 희망까지도 무참히 짓밟은 것은 지금껏 보지 못한 거대한 해일을 마지막으로 본 것이었다. 해일은 까마득한 높이로 밀려와 가공할 만한 위력으로 남아 있는 모든 것을 휩쓸어 버렸다. 도망갈 곳은 어디에도 없었다. 살아 있는 동물들, 사람들, 사나웠던 맹수들까지 뒤엉켜 허우적거리다 천천히 물속으로 가라앉았다.

북아메리카 동쪽의 많은 부분이 잠겼다. 캘리포니아반도는 떨어져 나가 작은 섬처럼 떠 있었고, 화려한 문명의 꽃을 피웠던 로스앤젤레스, 샌프란시스코도 더 이상 지도상에 남아 있지 않았다. 세계를 호령하던 미국은 지각 변동으로 인해 동부가 가라앉고 내부가 갈래갈래 갈라져서 갈라진 사이로 바닷물이 넘실거렸다.

미국은 원자력발전소가 멈추고 쉴 새 없이 쏟아지는 비로 인해 평지는 거의 물에 잠겼다. 원자력발전소를 수습할 겨를도 없이 지진으로 인해 핵무기 일부가 부딪히고 파손되면서 폭발했다. 세계에서 두 번째로 많은 핵무기를 가지고 세계를 호령하던 미국 자신감의 원천이었던 핵무기였다. 그 핵무기가 자국 땅에서 자연재해의 힘으로 폭발한 것이다. 하나가 폭발하자 주변에 있던 다른 핵무기들까지 연쇄적으로 폭발하면서 거대한 버섯구름을 만들어 냈다. 폭발하면서 번쩍이며 퍼져 나간 빛의 에너지는 주변의 모든 것을 소멸시키고 삼켜 버릴 정도로 엄청났다. 몇 개의 핵폭탄이 터졌는지 반경 수십 킬로미터가 초토화되었다. 그 안에 식물이든 동물이든 살아 있는 생명체는 없어 보였다.

하늘에선 지상의 컨트롤 타워를 잃은 인공위성들이 하릴없이 하늘을 떠돌고 있었다. 그러다 하나의 위성이 오작동을 일으켜 궤도를 벗어났다. 궤도를 벗어난 인공위성이 다른 인공위성과 부딪쳐 크게 파손되고, 궤도를 돌던 다른 인공위성들에게도 영향을 미쳤다. 파손된 두 인공위성이 우주 쓰레기들과 지상으로 추락하였고 다른 인공위성들이 줄지어 충돌하며 파편들이 유성처럼 쏟아져 내렸다.

지금껏 없었던 새로운 대륙이 솟아나고 있었다. 지각판들이 부딪치며 가라앉기도 했지만, 가라앉은 판에 밀려서 바닷속 깊은 곳에 오랫동안 잠겨 있던 또 다른 거대한 판이 대서양 한복판 물속에서 불쑥 불거져 나왔다. 미는 힘으로 올라오기 시작한 이 판은 점점 높이 솟구쳐 올랐다. 군데군데 섬처럼 보이던 것이 십 분 넘게 올라오면서 넓고 광활한, 거대한 대륙의 모습으로 떠올랐다. 대륙의 한 켠에 가장 먼저 물 밖으로 나왔던 높은 봉우리가 해초를 잔뜩 달고 3,000미터가 넘게 솟아올랐고 옆으로 연달아 이십여 개의 봉우리가 더 있어 맥(脈)을 이루고 있었다. 많은 물고기와 해초까지 품고 올라와 바닷물을 흘려보내면서 웅장한 모습이 온전히 드러났다. 언젠가 나무가 자라고 숲이 우거지면 산맥이 될 그 맥을 중심으로 좌우로 깊은 골짜기와 크고 작은 봉우리가 수십 개가 더 있고, 넓은 평야가 있었다.

판의 충돌이 만들어 낸 커다란 파도가 출렁이며 대륙의 주변으로부터 퍼져 나갔고 초대형 태풍이 발생하면서 엄청난 비구름을 만들어 냈다. 마그마는 대륙에서만이 아니라 바닷속에서도 터져 나와 끓고 있었다. 대양 곳곳에서 지진과 함께 터진 마그마는 바닷물의 수온을 올리며 물고기들을 떼죽음시켰다. 거센 풍랑이 요동치며 물고기들의 사체가 해안가를 메우고 물길을 따라 들어와 도시의 도로 위를 떠다녔다.

바다의 수온이 올라가면서 만들어진 구름과 태풍으로 계속 비가 내렸다. 바다에서 구름이 계속 만들어졌기에 비는 그칠 기미가 안 보였고 태풍도 용오름도 여전히 기세등등하게 바다와 육지를 휩쓸고 다녔다. 산에는 지진과 화산 폭발, 태풍으로 비가 내리고 또 내려서 제대로 된 나무와 풀이 없을 정도로 폐허가 되어 갔다.

그 위에 악다귀들이 덮쳐서 영문도 모르고 많은 사람들이 쓰러져 죽었다. 악다귀들도 자연재해로 많이 소멸했지만 그래도 여전히 기세 등등하게 몰려다녔다. 살아 있는 사람은 가족과 친구들이 옆에서 죽고 사라지는 것을 지켜봐야만 했고, 거기다 태풍과 해일이 덮친 자리에 남아 있는 것은 언제 죽을지 모르는 공포와 두려움뿐이었다. 폐허 속에 살아남은 사람들과 동물들에게 죽음이 그림자처럼 따라다녔다.

대륙 간의 지각판 이동이 전 대륙에 걸쳐 일어났고, 땅덩어리의 무게가 이동하며 지구의 무게 중심도 옮겨가는 영향을 받았다.

"쿵!!!!!"

굵직한 소리가 신계와 인간계에 동시에 울렸다.

신계의 기단들이 움직이면서, 지상의 지각판이 움직이며 무게 중심이 이동하여 그동안 기울어져 있던 지축(地軸)이 바로 서는 소리였다. 이 소리를 끝으로 더 이상의 지진은 일어나지 않았다. 다만 거대한 지진의 여파로 엄청난 해일이 생겨났고, 지진해일은 어디랄 것도 없이 광범위하게 나타났다.

지축의 변화는 지구상에 살던 온갖 생물들에게 재앙(災殃)으로 다가왔다. 각 지역마다 기후에 맞게 적응하며 살아가던 생물들이 한순간에 바뀐 기온에 속수무책으로 노출되었다. 동식물들이 죽어가는 지역이 곳곳에 생겨났다. 적도가 바뀌었고 극지방이었던 곳이 온도가 올라갔다. 뜨거운 태양 아래 살던 동물들과 사람들이 영상의 기온임에도 동사(凍死)하고, 추웠던 북쪽 지방에는 햇빛이 강렬해지고 기온이 올라갔다. 지구 표면의 온도는 아직도 화산 폭발과 용암이 분출될 때 뜨거웠던 열기로 후끈거렸다.

신계의 기단이 아래로, 아래로 내려오고 있었다.

사람은 누구나 죽는다. 그것은 3차원에서 살기 때문에 필연적으로 찾아오는 숙명이었다. 좌, 우, 앞, 뒤 위치를 알 수 있는 3차원에 갇혀 살았던 인간들의 가장 큰 욕망은 시간을 지배할 수 있는 영생(永生)이었다. 그래서 과거 독재자들이 불로불사(不老不死)할 수 있는 방법을 찾아 별의별 짓을 다 했지만 시간, 즉 공간의 4차원의 벽을 넘어서지는 못했었다.

시공간이 더해진 벽 너머에 4차원의 신계가 있었다. 벽은 눈에 보이지 않았어도 신의 세계에서 일어나는 것이 인간 세상에 그대로 투영되어 일어나는 현상을 겪으며 절대적인 상관관계에 있었다. 시공간의 벽에 막혀 시간의 제약을 받을 수밖에 없었던 인간들에게 23.5도 기울어져 있던 지축이 바로 서면서 차원(次元)의 벽이 터졌다. 시간의 벽이 사라지면서 인간계와 신계가 드디어 맨얼굴을 마주한 것이다. 이 현상을 사람들은 믿는 바에 따라 '휴거' 또는 '개벽(開闢)'이라고 불렀다.

게다가 지구 내부에 들끓던 마그마가 지상으로 대거 쏟아져 나오면서 지구 내부의 에너지가 약해졌고 끌어당기는 중력도 그만큼 약해졌다. 전쟁, 악다귀, 지진, 폭우, 해일에 그나마 살아남았던 생명들이 갑자기 바뀐 환경에 장기 파열을 일으키며 내장이 터져서 눈과 코, 입, 귀에서 피가 흘러나왔고 머리와 가슴을 움켜잡고 고통을 호소하며 쓰러졌다. 살갗이 갈라지고 터지며 피가 솟구쳐 나오고 고통스러운 신음을 내며 픽픽 쓰러졌고 그 위에 또 쓰러졌다. 서 있는 생명체가 거의 남지 않았는데 하늘은 여전히 비가 쏟아지고 번개가 번쩍이고 돌풍이 몰아쳤다.

식물들도 누렇게 떠서 시들고 그나마 남아 있던 키 큰 나무들도 산에서 쓸려 내려와 물속으로 잠겨 들어갔다. 하늘은 온통 두터운 구름에 덮여 그칠 줄 모르고 비가 쏟아져 내렸다. 수십 일에 걸쳐 쏟아진 비에 어디가 하천이고 어디가 강인지 바다인지 구분이 안 되었고 보이는 건 온통 물바다였다.

서서히 내려오던 신계의 기단이 내려오는 것을 멈췄다. 멈춘 신계의 기단은 구멍이 뚫리고 군데군데 빛의 바다가 사라져 버렸으며 새로운 기단이 생기기도 해서 형태가 완전히 바뀌어 있었고 너덜너덜하게 파괴된 모습이었다.

시간이 얼마나 흘렀을까!

용암으로 따뜻해진 물이 수증기가 되어 올라가 바로 비로 내렸기에 비도 미지근했다. 그래도 이 미지근한 비 때문에 용암은 서서히 식어 갔고 대기 중에 화산재와 돌풍으로 날아오른 것을 차분히 가라앉힐 수가 있었다. 비가 그치지 않고 와서 바닷물이 내륙으로 들어오자 죽은 물고기들은 시내까지 물길을 타고 흘러들었다. 낮은 집들은 물속에 잠겼고, 지진에 고층 건물들도 무너지고 꺾인 사이로 물이 휘감고 돌았다. 물의 압력을 이기지 못해 무너지는 건물도 속출하면서 그나마 남아 있던 인간 세계를 물이 평정해 버렸다. 차원의 벽이 터진 후에도 태풍 때문에 비바람과 천둥, 번개가 쉴 새 없이 번쩍이며 여전히 으르렁댔다. 물과 흙과 커다란 돌들이 뒤섞여 몰아치는 폭풍우에 휩쓸리면서 지상에 온전하게 남아 있는 것이 없어 보였다.

습기로 가득 찬 대기가 조금씩 식기 시작했다. 아직 열기가 남은 대지와 뜨뜻미지근한 바다 사이에 안개가 자욱하게 끼었다. 차츰 식어

가는 대기에 밀려 내륙의 안개는 점점 사라지고 하늘이 군데군데 드러났다. 습하고 미지근한 공기가 대지를 지배하고, 아직 식지 않은 바다 위에 안개가 스멀거리며 옮겨 다녔다.

얼마나 시간이 지났는지 물이 바다로 빠져나가면서 물에 둥둥 떠다니던 주검과 잡동사니와 온갖 쓰레기들이 바다로 쓸려갔다. 구름 사이로 해가 보이기 시작하고 세상이 조금씩 모습을 드러내고 있었다. 오랜만에 드러난 대지 위에는 부서진 건물의 잔해와 물이 할퀴고 간 흔적밖에 없어 아무것도 남아 있지 않은 것처럼 보였다. 산의 나무도 뿌리째 뽑히고 꺾여서 거의 민둥산이 되었고, 물에 잠겼다가 드러난 넓은 들판에도 펄만 가득 찬 채 텅 비어 생명의 흔적이라곤 찾아볼 수 없었다.

한울은 자신의 영역 안에서 많은 생명이 스러져 가는 것을 안타까운 마음으로 지켜보았다. 빛을 펼치기 전에 이미 많은 사람들이 죽어 버렸고 지축이 서면서 또 죽었다. 모두 살아남은 것은 아니지만 그래도 자신이 펼치고 있는 빛의 막 안에서는 많은 생명이 살아남았다.

한울은 살아남은 생명의 수를 세어 보았다. 살아남은 이가 불과 오백만 명밖에 되지 않았다. 살아 있는 사람들에게는 수십, 수백의 조상신들이 붙어 있어서 빛을 거둔다 해도 그들이 잘 보살필 것이다. 더 이상 생명을 위협할 요소는 없어져서 서서히 빛을 거두고 바람의 결계도 모두 풀었다. 낮에는 뜨거운 태양으로부터, 밤에는 추위로부터 조상신들이 지켜 줄 것이다.

한 가지 다행인 것은, 악다귀가 말끔하게 없어졌다는 것이다. 끊임없이 쏟아지고 비바람이 몰아치는 속에서도 끈질기게 살아 있던 악다귀들이 지축이 바로 서면서 어떠한 보호줄도 잡지 못하고 소멸했다.

"어차피 혼줄이 끊어진 시한부 생명들이었다. 생명끈이 없는 상태라 다 소멸되었구나. 모두에게 피해를 입혔지만 그리되지 않을 수도 있었던 생명이었는데…… 모든 것은 신과 인간들이 만들었던 결과이다."

한울은 신계와 인간계를 돌아보기 위해 움직였다. 신계의 기단이 많이 내려와 있어서 빨리 손을 써야 했고 세상이 어떻게 바뀌었는지 직접 돌아봐야 했다. 얼마나 파괴되었는지, 사람은 얼마나 살아남았는지, 동물들은 얼마나 남아 있는지…… 그것이 한울로서 자신이 해야 할 일이었다.

다행히 한울의 빛 안에 있던 한국은 한강이 잠시 넘쳐서 물에 잠겼던 침수 피해 말고는 그대로였다. 전기도 들어왔고 전기가 들어오니 전기로 할 수 있는 모든 것이 작동되었다. 수돗물도 잘 나왔다. 단지 생명체만 많이 사라졌을 뿐, 사라진 인간들이 건설해 놓은 문명은 그대로 남았다. 이제 살아남은 인간들이 남아 있는 문명을 사용해 앞으로 잘 살아가면 되는 것이다.

조상신들은 여전히 그들의 자손들을 겹겹이 감싸고 있었고 주위의 고약한 환경과 추위로부터 자손을 지켜 주었다. 차원의 벽이 터진 충격이 아직 가시지 않는 상태였다. 자손들이 살아야 조상신들도 지상에 붙어서 물리적인 힘을 자손들을 통해서 사용할 수 있었고, 그래서 소멸되는 위험을 감수하고 자손을 지키려고 애썼던 것이다. 말 그대로 서로 돕지 않으면 살 수 없는 새로운 세상이 열린 것이다.

신계가 사라진 것도 아닌데 삼대 성소의 기능이 완전히 멈춘 상태라 신장들이 할 일은 없었다. 신계의 기단도 인간 세상으로 많이 내려와 있었고 기단 자체도 불안정해서 소멸하지 않은 일반 신은 신계에 있지 않고 자손들에게 내려가 신계는 텅 비어 있었다.

한울은 자신의 보호막만을 펼친 채 서서히 영역을 살피러 움직였다. 신계를 다니는 것이었지만 지상까지 연결되어 보였다. 똑같은 두 면을 같이 보고 있는 셈이다. 많은 사람들이 소멸되어 기가 약하게 느껴졌다. 남동해 쪽이 조금씩 가라앉았지만, 동해의 섬들은 일본이 가라앉았음에도 꿋꿋이 자리를 지키고 있었다. 서해안은 전체적으로 융기하여 섬이었던 곳이 완전히 육지가 되었고, 썰물 때 펄이었던 곳이 솟아올라 육지가 되고 언덕이 되어 광활한 육지가 되었다. 중국과 맞닿은 곳도 있고 강 같은 바다를 끼고 가깝게 마주 보고 있었다. 이쪽에서 소리치면 건너편에 들을 수 있을 정도였다. 하지만 이제 막 바다에서 올라와서 그런지 온통 모래와 펄로 채워져 있었다. 조금 위쪽으로 올라가니 간간이 산 위나 유리창이 다 깨진 높은 건물에서 생명의 기운이 느껴졌다. 아마도 물을 피해 높은 곳으로 대피해 살아남은 사람들과 가축들일 것이다. 높은 산 위에는 각종 동물들이 무리 지어 몰려 있었다.

한국의 영역을 지나 중국을 돌아보았다. 생명이 제일 많이 살았던 만큼 죽기도 제일 많이 죽었다. 기가 드문드문 있는 것이 느껴졌다. 동남아시아의 섬들도 많이 사라졌고 다시 떠오른 섬들도 있었는데 전체적으로 작은 섬들끼리 붙어서인지 큰 섬들이 많아졌다. 유럽 기단도 모양이 많이 바뀌었고 생명의 기가 군데군데 느껴졌지만 많지는 않았다. 유럽의 중앙을 가로지르던 알프스산맥이 지진으로 여기저기 끊기고 내려앉아 평범한 다섯 개의 산으로 나뉘어져 있었다.

한울은 한 곳을 유심히 바라보다 피식 웃었다. 프랑스와 영국의 영역이 맞닿아 있었던 것이다. 오랜 시간 아웅다웅하며 다퉜던 두 영역 사이를 바다가 가로막고 있었지만, 판이 대이동 하면서 바다의 밑면이 융기되어 맞닿은 것이다.

'앞으로 친하게 지내라는 조물주의 배려다. 인간들이 알아줘야 할 텐데…….'

하지만 영국의 윗부분과 그 위에 있던 반도의 동쪽과 아래쪽이 바닷속으로 들어가 지형이 크게 바뀌어 있었다.

모래로 덮여 있던 아프리카 북부의 기단이 폭풍에 날리고 밀려든 바닷물에 침식되어 갈라지고 푹 꺼져 바다의 일부가 되어 버렸다. 이곳도 역시 생명은 곳곳에서 감지되었지만, 생존자는 많지 않았다.

망망대해여야 할 빛의 바다에 못 보던 커다란 기단이 우뚝 솟아 있었다. 빛의 바다에서 방금 나온 듯 해초나 바다의 생물이 군데군데 있어서 새로 생긴 기단이라는 것을 알 수 있었다. 한 바퀴 둘러보는 데도 여느 대륙 못지않은 위용을 갖춘 기단이었다. 고대에 있던 기단이 빛의 바다에 잠겼다가 이번에 다시 솟아오른 것임을 알 수 있었다.

한울은 아래를 내려다보았다.

온갖 해초와 산호초, 물이끼가 잔뜩 낀 채 미처 바다로 빠져나가지 못한 물고기들이 여기저기서 파닥거리기도 하고 이미 죽은 물고기들도 바위와 모랫바닥 곳곳에 널브러져 있었다. 길게 우뚝 솟은 바윗덩어리가 산처럼 뻗어 있고 사이사이에는 협곡이 있었다. 펄과 모래가 구릉지를 이루고 있어 오랜 시간 비에 씻겨 소금기가 빠지면 풀이며 나무가 자랄 수 있는 곳이었다.

꼼꼼하게 살펴보던 중에 눈길을 확 끌어당기는 것이 있었다. 물이 끼와 작은 해초가 다닥다닥 붙어 있었지만, 자연적인 모양이 아닌 누군가 인공으로 만든 형태의 것이 보인 것이다. 딱딱 각이 져 있는 위에 일정한 간격으로 둥근 기둥이 서 있었다. 집터의 잔해인 듯 네모 모양의 작은 공간들이 여러 곳에 많이 남아 있었다. 다 뭉그러진 형태지만 어렴풋이 집터 같은 것도 있고 여러 가지 형태의 형상들이 보였다. 오랜 세월 바닷속에 잠겨 있다가 거대한 판끼리 부딪쳐서 밀려 올라온 고대의 사라진 아틀란티스 대륙이었다. 앞으로 식물이 자리 잡고 생육한다면 대륙 내 여러 산맥이 있어 아름다운 경치를 만들 것이다. 광활한 대지와 골이 진 곳에 하천이 곳곳에 흘러 풍요로운 땅이 될 것이고 움푹 팬 곳은 호수가 될 것이었다. 그렇게 되기까지 많은 시간이 흘러야겠지만.

한울의 최대 관심사인 이전 천왕의 영역이었던 북아메리카 기단으로 왔다. 천왕이 살아 있다면 소환할 수 있겠지만 소멸했는지 기가 느껴지지 않았다. 미국의 기단은 미시시피 강줄기의 폭이 대폭 넓어졌고 강줄기를 따라 위로 쭉 갈라져서 디트로이트를 지나 캐나다 퀘벡까지 관통하여 해협을 이뤘다. 동부 해안가를 중심으로 번영을 누렸던 도심들이 사라졌고 여러 개의 태풍과 지진해일로 내륙과 해안이 모두 진흙펄에 묻혔다. 부서진 고층 빌딩들의 잔재가 회색 구름과 함께 을씨년스러운 분위기를 연출하고 있었다.

서쪽으로 이동 중 중앙에도 흙탕물을 잔뜩 담고 있는 대형 호수가 세 군데나 보였다. 땅이 갈라져서 없던 강줄기가 생겨났고 로키산맥 일부가 푹 꺼져 사라진 곳도 있었다. 로키산맥을 울타리처럼 감싸고 있던 산이 사라지면서 그 사이로 거대한 강이 생겨났다. 그만큼 서쪽은 피해가 심했다. 캘리포니아반도가 뚝 떨어져 나가 작은 섬으로 떠있었으며 번영을 누리던 해안의 도시가 바다 밑으로 사라져 흔적조차 없었다. 미국 영역 중에서 서해안이 변화가 제일 심했다. 생명의 기운도 희미해서 천지가 요동치는 와중에 가장 많이 희생되어 감지된 생명의 숫자는 많지 않았다.

남아메리카도 안데스산맥을 중심으로 서쪽에 길게 위치한 칠레가 가장 영역의 손실이 컸다. 해안선을 따라 바닷속으로 들어간 부분이 많았기 때문이었다. 남아메리카의 등줄기 같던 안데스산맥도 지진으로 군데군데 무너져 내리고 움푹 꺼진 곳이 있긴 했지만, 이 거대한 산맥 때문에 지진해일로부터 산의 중턱과 산의 반대쪽에 자리 잡고 살던 많은 생명이 살아남았다. 화산과 지진의 열기로 나무들은 거의 죽었고, 동물도 더위에 강한 동물들이 일부 살아남았다.

러시아는 여전히 추웠다. 지축의 이동으로 극에 붙어버린 중앙 시베리아는 예전과 달리 높은 바위산 위에 위치했다. 판과 판이 움직일 때 북극의 많은 해협과 섬들이 해저에서 솟아오른 땅으로 인해 광활한 대지를 형성한 것이다. 바다에서 나온 바위와 땅덩어리들은 즉시 얼어서 차갑고 하얀 풍경을 만들어 냈다. 하지만 남쪽은 기온이 온화해져서 하천과 강줄기가 흘렀다. 중앙에 위치한 바이칼 호수는 원래도 컸지만, 지진으로 바다와 연결되어 호수가 아닌 해협이 되어 바닷물이 넘실거렸다. 전체적으로 살아남은 사람의 수도 신들의 수도 대폭 줄어들었다.

신계와 인간계를 한 바퀴 돈 한울은 바뀐 세상을 보고 다시 한국 영역으로 돌아왔다. 지구 한 바퀴 둘러보는 데 걸린 시간은 1분도 채 걸리지 않았다. 조물주가 자신에게 말했던 것처럼 지축이 바로 섰다. 그래서 별자리도, 태양이 뜨고 지는 위치도 좀 달라져 있었다.

"이러면 날짜도 달력도 모두 바뀌어야 하는구나……. 시간도 좀 바뀌고…… 사람들은 신들에게 배우면서 알아가겠구나."

한울은 왕신과 신장, 나라신들을 소집했다. 하지만 그의 부름에 달려온 왕신은 없었다. 모두 소멸된 것이다. 나라신조차 한 명도 소환되지 않았고 한울 앞에 모인 신은 신장과 신관들뿐이었다. 신관들도 몇 명 소멸되어 줄어 있었고 신장만 그대로였다.

오로라 빛이 휘황찬란하게 빛나는 한울을 보고 신장들이 먼저 고개를 숙였다.

"얼마 전까지 대한민국 나라신이었고, 지금은 모든 신들의 한울이다. 엄청난 변고에도 불구하고 잘 견뎌 주었다."

한울의 말에 신장들과 신관들이 일제히 고개를 숙이고 예를 갖췄다.

"전설이 현실이 되었습니다."

동지 신장이 한울을 우러러보며 말했다.

청명 신장이 고개를 숙인 채 질문했다.

"신장들이 전설의 신께 뭐라 불러야 합니까?"

"한울이라 불러라."

"한울이시여! 빛에 다섯 빛깔이 다 있습니다. 정말 아름답습니다."

한울이 자신을 돌아보았다. 전에 정동희가 말했던 것처럼 빛은 붉은색, 푸른색, 노란색이 섞여 있어 무지개처럼 빛나고 있었다.

"모든 것이 통합되었습니다, 한울이시여!"

동지 신장이 의미심장하게 말했다.

"그렇다. 그런데 신관들까지 모두 왔는데 숫자가 좀 줄었구나."

"예! 다섯 명 줄었습니다."

"삼대 성소가 기능을 못 하니 지금 신계로 들어오는 신은 없을 것이다. 사람도 너무 많이 죽고 신도 너무 많이 소멸되었구나."

한울의 말에 동지 신장이 대답했다.

"삼대 성소가 모두 기능을 상실했습니다. 살아남은 신들도 인간계로 내려가 자손들과 섞여 있어서 신계가 거의 비어 있습니다. 신들이 소멸하고 사람들이 소멸한 만큼 기록관의 혼줄도 대폭 소멸했습니다. 신계에서 신장들이 할 일은 없습니다, 한울이시여!"

동지 신장의 말에 한울이 고개를 끄덕였다.

"그러니까 삼대 성소를 원상태로 돌려놔야 생명의 순환이 되겠구나."

"그렇습니다. 한울님께서 가장 먼저 하실 일이기도 합니다."

동지 신장의 말에 한울이 제동을 걸었다.

"지금 이렇게 모든 것이 망가졌는데 일의 선후부터 정해서 하겠다. 삼대 성소의 일은 좀 뒤에 하겠다."

"예?"

신장과 신관들이 놀라서 한울의 얼굴을 쳐다봤다.

"여기 온 나라신이 한 명도 없구나."

말을 돌리는 한울에게 추분 신장이 대답했다.

"환란 속에서 나라신은 다 소멸했습니다. 일반 신들도 자손들에게 내려가서 일부만 살아남았습니다."

동지 신장이 나섰다.

"저~어, 한울이시여! 아무래도 다시 말씀드려야겠습니다. 삼대 성소에 대해서요, 어떤 계획을 갖고 계신지요? 성소가 전혀 기능을 못하니 매우 걱정이 됩니다."

한울이 고요한 음성으로 말했다.

"나라신 시절부터 삼대 성소가 망가지는 걸 봐왔다. 고치는 것보다 새로 만들어야 하겠지만, 지금 당장은 아니다. 그러니 수천 년 동안 쉬지 않고 일했던 신장과 신관들은 걱정 말고 휴가라 생각하고 쉬거라. 이미 벌 받고 소멸될 생명체는 다 사라졌으니 당분간 죽을 생명도 없다. 먼저 뚫린 신계를 고치고 엉망인 곳을 손을 본 다음에 삼대 성소를 다 만들기까지 시간이 좀 걸릴 것이다. 돌아다니면서 사람들 도울 일이 있으면 돕고 즐길 일이 있으면 즐기거라."

동지 신장을 비롯한 신장들과 신관들이 일제히 놀랐다.

"새로 만든다고요? 고치는 게 아니라……."

"상태가 안 좋은 데다가 오래되어 낡았다. 거기다 빛 폭탄을 무수히 맞아서 여기저기 패인 상처가 많아서 새로 만들어야겠다. 기록관에 남아 있는 혼줄 일부만 옮기면 되니 그렇게 하는 게 나을 것이다. 신계도 손봐야 할 곳이 많더구나."

동지 신장이 머리를 조아렸다.

"신장들을 대표해서 아무쪼록 신계와 삼대 성소를 잘 부탁드립니다, 한울이시여!"

동지 신장의 뒤를 이어 다른 신장과 신관들이 일제히 허리까지 굽혀 고개를 숙였다.

추분 신장이 질문했다.

"한울이시여! 지금 성소가 구실을 못 하니 죽는 생명이 있으면 갈데가 없습니다. 호랑이나 사자 같은 맹수들도 있는데 그들이 잡아먹어서 죽는 영혼들은 어떡합니까?"

한울이 싱긋 웃었다.

"지금 자라고 있는 식물 중에는 피 맛을 내고 고기 맛을 가진 식물들이 몇 종류 있다. 맹수들은 서로 죽이지 않고도 먹이를 구할 수 있으니 걱정하지 않아도 된다."

한울은 부드럽게, 하지만 근엄하게 말했다.

"난 신들의 신! 한울이다. 큰 환란 속에 지축이 바로 서면서 그동안 인간계와 신계를 가로막고 있던 차원의 벽이 무너졌다. 그 벽이 무너짐으로써 사람들도 신을 볼 수 있게 되었다. 그동안 사람들이 신을 두려워했던 것은 우리가 보이지 않았기 때문이었다. 신이 사람의 눈에 보이는 이상, 앞으로 사람들은 신을 더 이상 두려워하지 않을 것이다. 그러므로 사람의 마음을 조종하지 마라. 그들의 의지대로 할 수 있게 놔두고 도움을 원하거든 도와주고, 신들이 원하는 것이 있으면 그들에게 허락을 받으라. 사람과 다투지 말고 신들끼리의 다툼도 금한다. 오늘날 이렇게까지 된 것은 신들의 욕심이 지나쳤기 때문이다. 앞으로 욕심을 내면 바로 벌을 받을 것이고 탐욕을 부려도 즉시 그에 따른 벌이 주어질 것이다. 지금 살아남은 사람들은 선한 사람들뿐이다. 그러니 나의 자손이 아니라도 모든 사람들을 살피고 파괴된 자연을 되살리는 데 힘이 되도록 하라."

한울의 이 말은 살아남은 모든 신들의 귀에 그대로 들렸다.

살아남은 자들

　살아남은 사람들이 여기저기서 움직이기 시작했다. 서울의 고층 빌딩은 전면이 유리로 된 건물들이 많다. 계속되는 태풍에 그 유리가 절반이 박살 나서 건물 골조만 앙상하게 남아 흉물스러운 모습이었다. 그나마 남은 절반의 유리들도 지축이 바로 설 때 모두 깨졌다. 온통 유리로 된 초고층 건물들이 즐비해서 미래 도시라 불렸던 서울이었다. 그런 서울의 한복판이 유리 없이 휑한 골조만 남은 건물로 폐허가 된 분위기였다.

　그래도 한올의 보호 아래 기본적인 시설은 전혀 손상을 입지 않았다. 전기가 온전하니 컴퓨터도, TV도, 가전제품도 잘 돌아갔다. 수백 개의 방송이 난립하던 한국 내의 방송도 방송하던 사람들 태반이 죽어서 방송은 겨우 다섯 군데밖에 나오지 않았다. 공영 방송만 태풍과 물난리, 지진해일로 24시간 긴급뉴스를 내보냈고, 나머지 4개 사는 사망한 방송 인력으로 인해 단축 방송만 겨우겨우 하는 상태였다. 게다가 다른 나라의 소식은 전하는 사람이 없어서 얼마만큼 세상이 망가져 있는지 몰랐다. 외국에 있던 지사가 거의 폐허가 되고 파견된 특파원이나 직원들이 사망했기 때문이다.

살아남은 사람들이 뉴스에서 한시름 놓아도 된다는 말을 듣고 고개를 돌렸을 때 그들은 지금까지 들었던 뉴스보다 더 크게 놀랐다. 사람 모양을 한 투명한 귀신들 수십, 수백이 자신을 에워싸고 있는 모습을 본 것이다.

"헉! 누…… 누구세요. 억! 악! 귀, 귀신이다. 귀신이야."

조상신들도 놀랐다. 한울의 음성으로 사람들의 눈에 자신들이 보인다는 소리는 들었지만, 막상 닥치니 당황할 수밖에 없었다. 지금까지는 자신들이 아무리 눈앞에서 설치고 다녀도 못 보던 사람들이었는데 갑자기 모든 사람들의 눈에 자신들이 노출된다는 생각이 미치자 사람들만큼이나 신들도 당황스러웠던 것이다. 놀라서 집을 뛰쳐나오는 사람을 따라가며 조상신들이 자신들을 해명하려 했지만 그럴수록 사람들은 더 멀리 도망갔다. 사람들은 차원의 벽이 무너진 걸 모르고 있었기 때문이다. 거리로 뛰쳐나온 사람들끼리 모여들어 서로 귀신을 봤다며 웅성거렸다.

"저게 뭐야? 저승사자 아냐? 우리 잡으러 온 거야?"

"귀신이다. 귀신이야."

"다 같이 보이는 거 보니 우리가 다 죽어서 저승에 왔나 보다."

"그러게. 여기가 저승이면 그럴 수도 있겠네. 그리고 보니 나 몸무게가 안 느껴져. 저승 맞네!"

"나도 몸이 가벼워졌어요. 여긴 저승인가 봐. 그럼 우리도 귀신인데 귀신을 보고 도망간다는 게 우습잖아요?"

"하지만 저 귀신들은 모두 흑백으로 보이는데 우리는 색깔이 있잖아요. 피부색, 옷색, 하다못해 건물에도 색이 있는데 그건 아닌 것 같아요. 우리가 귀신이라면 우리도 흑백으로 보여야겠지요."

"그럼, 우리가 살았다는 거야, 죽었다는 거야?"

"이게 무슨 현상이야. 사람과 귀신이 마주 보고 있다니…… 죽은 것 같기도 하고 산 것 같기도 해."

"세상에! 갑자기 수십이나 되는 귀신들이 나를 감싸고 있지 뭐야. 저기 봐. 나를 따라온 귀신들 저기 있다. 아이구! 무서워라."

"나도, 나도…… 저기 저 귀신들이 갑자기 보여서 심장 내려앉는 줄 알았어. 근데 여기까지 도망 오는데 계속 따라오더라고. 정말 무서워 못 살겠어요."

"정말, 귀신들이 하나둘도 아니고 이렇게 떼거리로 보이다니 너무한 거 아냐. 우리가 살아 있는 거야, 죽은 거야? 그것부터 알았으면 좋겠어요."

"무당도 아닌데 우리가 단체로 귀신들을 보다니요. 그것도 모든 귀신들이 다 보이는 것 같아요. 정말 우리가 죽은 건가?"

"으악! 저게 움직인다. 우~으! 나한테 오면 어떡하지. 제발~ 꿈이면 깨라."

"어라, 정말 움직이고 있어. 어쩌지? 어떡해. 어디로 도망가야 해?"

"도망가도 또 따라올 거야. 어떻게 해."

"허깨비지. 저거…… 귀신이지?"

와글와글 몰려 있는 사람들이 저마다 한마디씩 하며 웅성거렸다.

대낮에 한두 사람도 아니고 십여 명의 사람들이 무리 지어 있는 신을 보고 놀라는 이러한 현상은 이곳뿐만이 아니었다. 똑같은 현상이 세계 모든 곳에서 벌어지고 있었다.

23.5도 기울어져 있던 지축이 바로 서면서 인간계와 신계를 가로막고 있던 벽이 사라지고 신들은 3차원의 세계에 갇혀 살던 인간들과 민낯으로 자신들의 신비를 고스란히 노출시켜야 했다. 신들은 당황했고 사람들 또한 경악할 만큼 크게 놀랐다.

한울의 음성을 들었던 신들은 현실을 이해하기 시작했고 이 상황을 사람들에게 전달해야 한다고 생각했다. 조상신들 중 하나가 나서서 말했다.

"우리가 보이는가? 우리가 하는 말도 들리는가?"

사람들이 서로 쳐다보며 두려움에 서로 부둥켜안고 부들부들 떨다가 외면하기도 하고 손으로 눈을 가리기도 했다.

"맙소사! 이제 소리도 들려. 역시 우리는 죽었나 봐."

"귀신이 우리에게 말을 걸어요. 어떡해요?"

"꺄악! 가까이 오지 마. 무서워."

"저승에 와 있는 거 맞네, 맞아. 그러면 우리도 귀신인데 두려워할 필요가 없지."

한 사람이 자기 팔뚝을 꼬집어 보더니 인상을 찡그리며 말했다.

"세상에…… 내 살이 아픈 걸 보니 꿈은 아니고, 죽은 것 같지도 않아요. 어떻게 된 걸까요?"

남자 한 명이 용기를 내어 말했다.

"모여 있는 거 다 보이고 말하는 것도 다 들린다. 우리가 죽어서 저승에 온 것인가?"

덜덜 떨리는 목소리로 간신히 질문하는 사람에게 조상신이 대답했다.

"너희가 죽은 것이 아니다. 우리 신계가 무너져 이승에 내려온 것이다."

옆에 있던 신들도 제각기 한마디씩 했다.

"맞아, 우리야 원래 사람들이 보였지만 사람들 눈엔 우리가 안 보였었지. 뒤죽박죽되어 버렸네."

"한울님 말씀대로 사람들이 우리를 보는군요. 우리 자손이 우리를 봐요."

"우리가 귀신은 맞는데 다 너희들 조상신들이다. 김두현! 내가 네 고조할아버지다. 이쪽이 증조할아버지고, 이쪽은 증조할머니다."

한 신이 한 남자를 가리키며 자신들을 소개했다. 그러자 다른 신들도 각자 자기 자손들 앞으로 슬금슬금 다가가서 자신들을 소개하였다.

"내가 네 증조할머니다, 손자야."

"내가 너 어렸을 때 사고로 죽은 삼촌이다."

하지만 귀신들이 다가가는 만큼 사람들은 뒤로 물러났다.

"내가 네 할애빈데 알아보겠느냐? 여기 할머니는 기억나니?"

신들이 다가오자 사람들이 두려움에 주춤주춤 물러서다 조상신임을 재차 강조하며 말하는 대목에서 뒤로 물러서는 것을 멈췄다.

"정말 조상신이세요? 정말 할머니세요?"

조상신들이 고개를 끄덕이자 남자가 조상신들을 바라보았다. 그들 옆에서 한 여자가 울음보를 터트리며 조상신들에게 다가가 두 팔로 안는 시늉을 했다.

"엄마! 아빠!"

"선희야!"

여자가 죽은 부모를 만났는지 울면서 안으려 하지만 형체만 있는 신들인지라 자꾸 손이 허공을 허우적거리고 있었다.

"이게 꿈이어도 좋아. 부모님을 이렇게 볼 수가 있다니…… 믿기지가 않아요."

"꿈이 아니란다. 네가 살아서 우리가 이렇게 다시 볼 수가 있구나."

"꿈이 아니면 내가 어떻게 엄마 아빠를 볼 수가 있는 거야. 이게 말이나 돼요?"

아버지 신이 말했다.

"우리도 이게 뭔 상황인지 모르겠다만 꿈이 아닌 것은 확실하다. 왜냐면 음…… 뭐야, 어떻게 설명해야 하지. 음, 하……."

설명 못 하는 아버지 신이 답답해 하자 옆에서 어머니 신이 거들었다.

"신계와 인간계를 가로막고 있던 벽이 무너져서 서로 볼 수 있게 된 거야. 쉽게 말하면 말이지."

사람들 사이에서 웅성거리는 소리가 들렸다.

"벽이 무너져? 벽이 무너지면 개벽이잖아? 이게 개벽이라고?"

"맙소사! 이게 개벽이라고? 말도 안 돼."

"이게 개벽이면 개신교는 휴거잖아. 이게?"

놀란 사람들은 더 이상 뒤로 물러서지 않았다.

젊은 남자 하나가 한 손을 들고 큰 소리로 말했다.

"저의 조상님은 어느 분이신가요?"

그 말이 끝나기가 무섭게 수십의 신들이 우르르 젊은 남자 앞으로 몰려갔다. 젊은 남자의 조상신 중의 하나가 말했다.

"우리가 네 조상신이다. 너를 지키는 데 수십이 소멸되고 그나마 우리가 이렇게 남았구나."

"저를 지키고 계셨다고요?"

젊은 남자가 놀라서 묻자 조상신들이 서로 나서서 한마디씩 했다.

"그럼. 악다귀들이 달려들 때도 그랬고, 뭔가 소리가 들렸을 때도 굉장히 위험했었지."

"맞아. 밤에 뚝 떨어지는 추위로부터 우리가 겹겹이 너를 감싸서 따뜻하게 해주었어."

"네가 살아야 우리가 사니까…… 바람이 세차게 부는 것도 막아줬지."

"우리가 너를 여기로 인도해서 살게 한 거야."

"악다귀라고? 악다귀가 뭔데요?"

젊은 남자가 질문하자 조상신이 대답했다.

"너희가 괴질이라 불렀던 질병이다. 사람들은 바이러스를 찾아내기 위해 세계의 과학자들을 모두 동원했지만 전부 실패했지. 그것은 신계가 망가져서 이승으로 환생하지 못한 신들이 악다귀가 되어 신들과 사람들을 공격한 것이었어. 그러니 어떠한 바이러스도 나오지 않은 것이지. 죽음의 원인은 한결같이 급성심근경색이나 뇌경색, 뇌출혈이었지. 악다귀로 변한 귀신들이 한 짓이었으니까."

젊은 남자가 환하게 웃으며 말했다.

"그렇구나. 제가 항상 누군가의 도움을 받고 있다고 생각하고 있었는데 조상님들이셨군요. 믿어요. 그렇지만 이 상황은 정말 어떤 상황인가요? 반갑기는 하지만 한편으로는 두렵고 무섭거든요. 저뿐만이 아니라 모든 사람들이 그럴 거예요."

젊은 남자가 동의를 구하듯 양옆을 돌아다보았다.

"여러분들도 그렇지요?"

사람들이 맞다고 대답하기도 하고 고개를 끄덕이며 동감을 표했다.

"그러니까 너무 서운해하지 마시고요. 이 상황이 어떤 상황인지 파악이 될 때까지 사람들에게 시간을 좀 주셔야 할 것 같아요."

조상신 하나가 나서며 말했다.

"사람들만 당황스러운 것이 아니라 우리도 황당하다."

'맞아, 한울님께서 미리 말씀하셨지만, 우리도 너희가 우리를 본다는 게 무섭다.'

젊은 남자가 물었다.

"한울님이 누군데요?"

"신계의 유일한 절대신이시다. 그분이 말씀하시길…… 앞으로 사람들과 신들이 상생해서 살아가는 세상이라 사람들과 잘 지내야 한다고 말씀하셨지. 말씀은 들었지만 막상 이렇게 닥치니까 황당하구나."

젊은 남자가 말했다.

"사람들을 매일 보던 신들이 황당하면요, 아무것도 못 보던 사람들이 이렇게 많은 신들을 한꺼번에 보고 있는데 그 혼란은 어떻겠어요?"

주변 사람들이 또 한마디씩 거들었다.

"맞아요. 기절초풍하는 줄 알았다고요."

"난 죽어서 저승에 온 줄 알았어요. 주변에 사람은 나밖에 없고 다 귀신들만 보여서."

"나도 그랬다고요. 지금도 솔직히 이 상황이 믿기지가 않아요."

"난 꿈도 이런 꿈을 꾼 적이 없어. 생각조차 해 본 적이 없다고."

"앞으로 계속 귀신들과 이렇게 마주 보고 살아야 한다고? 말도 안 돼."

"오, 맙소사! 귀신들과 상생이라니…… 이런 일이 가능할까?"

"아냐, 아냐. 우린 다 죽어서 귀신이 사는 세상에 와 있는 걸 거야."

지금 상황을 강하게 부정하는 사람도 여럿 있었다.

중년의 여자가 철퍼덕 주저앉으며 울상이 되었다.

"말도 안 돼. 이게 내가 바라던 휴거라니…… 이럴 수 없어. 우리는 들림을 받아 하늘로 올라가는 줄 알았는데 귀신들과 맞대면이라니……."

중년 여자의 말에 젊은 남자가 눈을 껌벅이다 중얼거렸다.

"이것이 말로만 떠돌던 개벽이구나. 하! 개벽이라니……."

두 사람의 입에서 나온 '휴거'와 '개벽'의 소리에 사람들이 웅성거렸다.

"개벽이라고?…… 맞네, 맞아. 우리 몸도 가벼워졌고 귀신과 같이 사는 세상이 되었잖아."

"개벽도 싫고 휴거도 싫어. 이런 게 어떻게 사람이 살 수 있는 환경이겠어."

젊은 여자가 머리와 팔을 흔들며 소리쳤다.

조상신들 중 한 노인이 나서서 말했다.

"피차간에 당황스러운 건 마찬가지일 거요. 한울님께서 한 자손씩을 살려서 우리도 살아남으라고 하셨으니 싫든 좋든 현실을 받아들여야 합니다. 우리는 여러분이 필요하고 여러분은 우리를 이용해 지금의 어려움을 이겨 나가야 합니다. 이게 우리가 한울님에게 전달받은 말씀이에요."

사람들 중에서 한 여자가 나섰다.

"그 한울, 한울님 하시는데 그분에 대해서 말씀해 주세요."

노인 조상신이 다시 설명했다.

"예전에는 신계에 다섯 분의 왕신이 있었어요. 각기 다른 능력들을 가지고 계셨지요. 그런데 지상에서 전쟁과 재해, 악다귀가 설치고 이변이 속출해서 많은 사람이 죽었잖아요. 그런 엄청난 일이 신계에서도 똑같이 일어나서 신들도 엄청나게 소멸되었어요. 그 과정에서 모든 왕신들도 소멸되고요. 개벽이 되면서 모든 능력을 한 몸에 가진 신이 나타났습니다. 신들의 신, 한울님입니다."

여자가 다시 물었다.

"그럼, 앞으로 우리가 의지해야 할 신이 한울님이란 말인가요? 좀 생소한데요? 하느님, 부처님도 아니고요."

노인 조상신이 대답했다.

"그 하느님이 한울님이시오. 모든 종교의 왕신들이 사라졌으니 이제 한울님만 믿으시면 되는 겁니다."

"아!…… 예! 그렇군요. 하느님이셨군요."

"한울님께서 이 땅을 빛으로 막아 지켜 주셨어요. 그래서 다른 곳과 달리 피해가 훨씬 덜했고 한강도 넘치기 직전까지 갔어도 완전히 넘치진 않았지요."

노인 조상신의 말에 젊은 남자가 이의를 달았다.

"괴질로 사람들이 엄청나게 죽었고 태풍으로 물 폭탄에다 지진이 난 곳도 있고, 폐허가 된 곳이 많아요. 이렇게 많이 죽었는데도 지켜주셨다고요?"

다른 조상신이 나섰다.

"한울님이 되시기 전에 일어난 건 어쩔 수 없는 일입니다. 지축이 서기 바로 전에 한울님이 되셨고요. 한울님이 되자마자 바로 빛을 한반도에 펼쳐서 한국에 더 이상 재앙을 입지 않도록 하신 겁니다."

여자가 다시 질문했다.

"하느님이라면서요. 왜 하느님이 한국을 따로 구하신 건가요?"

노인 조상신이 대답했다.

"좋은 질문이요. 한울님은 한국의 나라신이셨거든요. 이승에서 나라마다 대통령이 있는 것처럼 신계에도 각 영역마다 나라신이 있었는데 한울님이 한국 나라신이셨어요. 그래서 한국을 보호하신 거고 지상에서 인구 대비 가장 많은 사람이 살아남은 곳도 한국이요."

"나라신? 신계라고요?"

여자가 계속 질문하고 남자신이 다시 대답했다.

"지상에는 대통령처럼 나라를 대표하는 사람이 있잖아요. 신계에도 각 영역마다 영역을 대표하는 나라신이 있어요. 한울님이 한국의 나라신이었다가 한울님이 되신 거요."

모여 있던 사람들 사이에서 탄성이 일제히 나왔다.

"와!"

"그렇구나!"

노인 조상신이 다시 말했다.

"여러분은 조상신들에게 선택되어 살아남은 사람들이요. 목숨을 소중히 하고 한울님의 은혜에 감사하며 살도록 합시다."

젊은 남자가 머뭇거리며 질문했다.

"저어…… 화내지 말고 들어 주세요. 한울님이라는 호칭이 왠지 미신처럼 들려서 그러는데요. 토속 종교에서 서낭당에서 무당들이 부르는 명칭 같아서 그러는데요. 그냥 하느님이라고 부르면 안 될까요?"

"그래요. 이 젊은이 말처럼 뭔가 어감이 익숙지 않아요."

사람들이 이구동성으로 젊은 남자의 말에 동감하자 조상신들이 서로 마주 보면서 난감한 표정이 되었다. 조상신들이 잠시 웅성거리더니 노인 조상신이 말했다.

"아무래도 인간계와 신계의 의식 차이인 것 같소. 이 명칭은 한울님께서 직접 내리신 명칭이니 우리가 바꿀 수 없어요."

"하느님이 우리에겐 더 익숙한데 어쩔 수 없군요."

"근데 몸 컨디션이 좋은 것 같아. 먹은 것이 별로 없어서 그런가…… 몸이 굉장히 가벼워졌어요."

"어, 그건 나도 그런데…… ."

"나도요. 굶어서 말라서 그런 것 아닐까요?"

"맞아, 체중이 감소하면 찌뿌드드한 게 싹 없어지니까 그래서 그렇겠지요."

"24시간 재난 방송만 봤으니 식욕도 없었지요."

사람들이 일제히 한마디씩 했다.

하지만 사람들이 모르는 사실이 있었다. 땅속에서 부글거리며 끓고 있던 용암의 엄청난 에너지가 지구의 자기장과 인력(引力)을 만들어내고 있었다. 그것을 지상으로 많은 부분을 토해내면서 줄어든 에너지만큼 지구핵의 에너지는 상당 부분 소진되어 중력이 감소되어 있었다. 그래서 체중이 많이 나가는 사람도 원래 날씬했던 사람도 자신의 몸무게를 별로 느끼지 못하고 언덕을 올라갈 때나 무엇을 들 때에도 전보다 힘이 들지 않았던 것이다.

말은 조상신이라니까 반갑다고 했지만 아직도 귀신의 존재를 완전히 받아들이기에는 마음의 벽이 깨지지 않고 있었다. 살아남은 사람들은 마음 한 켠에 두려움을 담고 눈앞에서 자신들을 바라보고 있는 조상신들과 마주해야 했고 다른 신들까지 다 보이니 미칠 지경이었다. 살아남았다는 안도보다 그들은 자신들이 어떤 상황에 처했는지 파악하는 데 많은 시간을 필요로 했다.

소만, 망종 신장이 지나가다가 그들에게 다가왔다. 두 신장이 그들 앞에 서자 일반 신들이 일제히 공손하게 절했다. 한 조상신이 소리쳤다.

"소만, 망종 신장님이시오. 모두 예를 표하시오."

은은한 빛을 뿜어내는 신장을 놀란 눈으로 바라보며 인간들은 영문도 모르고 두려움에 사로잡혀 머리를 깊숙이 숙였다.

망종 신장이 고개를 들지 못하는 사람들을 향해 말했다.

"이쪽은 소만 신장이고 나는 망종 신장이다. 두려워 마라. 시련의 시간은 지나갔다. 천지가 뒤섞이는 요동 속에 이 땅의 중심축이 이동하면서 기울어져 있던 지축이 바로 섰다. 그것 때문에 인간계와 신계를 막고 있던 벽이 무너졌다. 너희 사람들 눈에 신이 보이는 것은 이 시공간의 벽이 무너졌기 때문이다. 막고 있던 벽이 무너져 인간들이 신들을 보게 되었구나. 그러므로 이제부터 신과 사람이 공존해서 살아야 하니 자손들은 자신의 조상신을 찾아 도움을 받도록 하여라. 신들도 마찬가지다. 서로 힘들게 살아남았으니, 자손들을 도와서 이 땅을 되살리는 데 힘을 보태도록 하라. 지금까지와 달리 시간도 계절도 다 바뀔 것이고 일 년의 날짜를 비롯한 모든 것이 바뀔 것이다. 서로 상생하는 세상을 한울님이 다스릴 것이다. 조상신들은 신계의 보수가 끝날 때까지 사람들과 함께 지상의 파괴된 모든 것을 복구하는 데 온 힘을 다하라."

여자 한 명이 더듬거리며 질문했다.

"시공간의 벽이 없어졌다는 것은…… 정확히 무엇입니까? 사람이 죽지 않는다는 건가요?"

소만 신장이 대답했다.

"살아남은 자들은 조상신들이 선택한 선한 자들이다. 거짓되고 악한 자들은 모두 죽고 소멸했다. 이후라도 나쁜 생각, 악한 행동을 하는 자는 살아서 바로 벌을 받을 것이다. 한울님께서 당분간 인간의 생로병사가 없을 것이라 하셨으니 그대의 말과 같구나."

"당분간이면…… 어느 정도를 말하는 겁니까?"

"그건 나도 모른다. 한울님만 아시겠지."

그곳에 있던 사람들은 그제야 무슨 일이 일어났는지를 알았다. 살아남은 자들에게 이 신세계는 사후 세계처럼 느껴질 만큼 두렵고도 매력적인 요소들을 가지고 있었다. 두렵고도 불편한 것은 신들이 어디에나 있다는 것이었다. 매력적인 것은 신에 대한 두려움이 있어도 그들을 통해 무엇이든지 알 수 있는 도움을 받는 것이다.

서울과 경기도 권역에서는 살아남은 사람이 많아서 금방 무리를 만들었다. 하지만 시골이나 작은 도시, 산간 마을은 살아남은 사람이 드

물어서 조상신들과의 대면에 깊은 충격을 받았고 그것을 현실로 받아들이기까지 많은 시간이 필요했다.

한국이나 중국, 동양권에서는 조상신을 받드는 풍습이 있어서 그래도 좀 나은 편이었다. 제사나 조상을 모시는 풍습이 없는 서양권에서의 혼란은 더 심했다. 갑자기 주변에 수십 명의 귀신들이 보이자 사람들을 혼비백산하여 기절하기도 하고 도망치고 숨는 데 급급했다. 살아남은 사람이 드문드문 있어서 이들의 공포는 한층 심했다. 한울이 이 모습을 지켜보다가 신장과 신관들을 불러서 사람들이 현 상황을 인식하고 받아들일 수 있도록 돕게 했다.

프랑스의 한적한 시골에서 포도 농사를 짓던 안드레는 최근에 모든 가족을 잃었다. 게다가 포도 농장에서 일하던 주변 사람들마저 모두 죽고 전기와 수도까지 들어오지 않아 절망한 가운데 도움을 청할 곳을 찾고 있었다. 통신선마저 끊어지고 전화를 해도 받는 곳이 없었지만, 전화번호부를 뒤적이고 있는 안드레에게 조상신이 말했다.

"내가 도와주마."

고개를 든 안드레의 눈에 거무칙칙한 귀신들 수십이 보였다. 기겁한 안드레가 뒤로 몸을 젖히면서 의자가 우당탕퉁탕 뒤로 넘어졌다. 넘어진 몸을 일으키자마자 안드레는 집 밖을 향해 냅다 뛰었다. 자동차를 타려고 하니 그곳에도 귀신이 있어서 자동차를 버리고 귀신을 피해 달아났다. 달리고 달려서 숨이 턱까지 차올라 더 이상 뛸 수 없을 지경에 이르러서 도롯가에 철퍼덕 주저앉았다.

"헥헥…… 더 이상 쫓아오지 않겠지."

안드레가 뒤를 돌아보자 조금 전과 같이 귀신 수십이 바글바글하게 있었다. 안드레는 눈을 질끈 감고 두 손으로 머리를 감싸며 바닥에 엎드렸다.

"안드레! 엄마를 몰라보겠니?"

"아빠를 보고 도망가는 거냐, 안드레!"

안드레가 소리쳤다.

"죽은 엄마, 아빠 흉내 내는 귀신들아! 물러가라, 물러가."

"우리가 귀신은 맞다만 이곳에 있는 귀신은 네 엄마, 아빠를 비롯해서 할아버지, 할머니, 그 위에 증조부, 고조부까지 너와 친인척 관계인 귀신들이다. 너 하나를 살리기 위해 많은 조상들이 너를 도왔단다."

안드레가 벌떡 일어나 앉더니 두 눈을 꼭 감은 채로 두 손을 모아 기도하기 시작했다.

"하늘에 계신 하나님, 제가 기도를 잘 하지 않지만 오늘은 진심을 다해 기도하겠습니다. 제 가족을 다 데려가신 걸로도 부족해서 저에게 이런 시련을 겪게 하십니까? 제게 제 부모님, 증조부모, 고조부모님이라고 사칭하는 귀신들이 와글와글 몰려와서 나를 괴롭히고 있습니다. 부디 저 귀신들을 하늘에 있는 원래 자리로 돌아가게 해주시고 다시는 제 눈앞에 보이지 않게 해 주십시오."

"눈을 뜨고 현실을 보아라."

누군가 안드레의 어깨를 치며 말을 걸었는데 포근한 온기가 전해져 왔다. 눈을 뜬 안드레의 앞에 하얀 옷을 입고 하얀 머리칼을 휘날리는 신이 있었다.

"누구십니까?"

"나는 신계의 신관이다. 대재앙으로 신계가 파괴되고 지축이 바로 서면서 분리되어 있던 신계와 인간계의 벽이 무너졌다. 그동안 사람들은 신들을 못 봤겠지만 신들은 사람들을 계속 보아왔다. 이번에 가로막고 있던 벽이 사라지면서 사람들도 신들을 볼 수 있게 된 것이다. 여기 있는 신들은 네 조상들이다. 너를 지키기 위해 여러 조상신들이 희생되었지만 그래도 꽤 많이 남았구나. 앞으로 파괴된 현실을 헤쳐 나가려면 신들의 도움이 절대적으로 필요할 것이다. 앞으로 서로 도와서 살아남도록 해라."

안드레가 소리쳤다.

"나도 죽고 싶어요. 아내도 죽고 딸과 아들도 죽었다고요. 나 혼자 무슨 의미로 산답니까? 주변의 밭과 농장, 집들은 다 흙탕물에 잠겼다가 빠져서 펄밭이라고요. 먹을 것도 없고, 사방을 둘러봐도 사람 그림자도 없는데 눈에 보이는 건 귀신뿐이라니…… 이런 젠장! 차라리 날 죽게 내버려 둬요. 나 죽을래!"

신관이 씨-익 웃었다.

"죽겠다는 놈이 귀신에게 잡히지 않겠다고 온 힘을 다해 뛰더라. 살려고 뛴 것 아니냐?"

"그건, 그냥 무서워서……."

"아무리 큰 역경이 닥쳐도 넌 죽지 않는다. 신계가 망가져서 네가 돌아갈 자리가 없기 때문이다. 여기 있는 조상신들의 도움을 받아 살아 있는 사람이 있는 곳으로 가서 살아갈 방법을 찾아라. 조상신들은 너를 대재앙에서 구했고 앞으로도 너를 도울 것이다. 너도 조상신들을 잘 대접하면서 마찰 없이 지내도록 해라, 안드레."

"제 이름을 어떻게 아십니까?"

"난 일반 신이 아니다. 신계에서 일하는 일꾼 신관이다."

"일꾼이 빛이 나요? 저 조상신이라고 했나? 저 조상신들은 거무튀튀한데요."

"그야 일반 신이니까…… 난 신계의 성소에서 일하는 특별한 신이거든."

"특별한 신은 다 빛이 나요?"

"그렇다. 어쨌든 다 네 조상신들이니 무서워 말고 도움을 받아라. 그리고 아까 기도를 하던데 누구에게 한 기도냐?"

"하나님한테요."

"너의 하나님은 과거 태양왕이었다. 지금 그 태양왕은 없고 오로지 한 분 한울님이 계신다. 앞으로 기도할 때는 한울님께 하거라."

그 말을 남기고 신관은 사라졌다.

영국도 재앙을 비껴가지 못했다. 한때 런던의 번화가였던 곳이 성한 건물이 없을 정도로 부서지고 무너져 거리에 잔해들이 어지럽게 널려 있었다. 도로에는 물이 찼다가 빠져서 펄이 차 있고 지나다니는 사람이 없어서 썰렁하다 못해 스산한 분위기가 감돌았다. 반쯤 무너진 아파트 건물 안에서 여자아이가 옆집의 문을 두드리고 다녔다.

"여보세요. 누구 있어요? 여보세요?"

아무리 문을 두드려도 어느 집에서도 문을 열고 나오는 사람은 없었다. 여자아이는 아래층으로 뛰어 내려갔다.

"여보세요. 누가 있으면 대답 좀 해봐요. 아무도 없어요?"

여자아이는 울부짖으며 보이는 문을 차례로 있는 힘껏 두드렸다. 아무도 나오는 사람이 없자 아래층으로 내려가려는데 문이 하나 열리고 중년의 여자가 머리를 내밀었다.

"아줌마, 살아 계셨군요."

여자아이가 뛰어가서 문을 왈칵 열어젖히고 중년 여자를 끌어안았다. 중년 여성은 말없이 눈물을 흘리며 여자아이를 안고 흐느꼈다.

"무서워 죽겠어요. 무슨 악몽이라도 꾸는 것 같은데 이게 꿈이 아니라는 게 믿어지지 않아요."

여자아이가 울먹이며 말하자 중년의 여자도 눈을 감은 채 흐느끼며 대답했다.

"나도 그래. 이게 무슨 일이야. 눈을 뜨고 싶지 않아. 차라리 죽었으면 좋겠어."

"아줌마도 저 귀신들 보이시죠?"

"응, 무서워 죽겠어. 정말. 말까지 하길래 귀 막고 눈도 꼭 감고 있었어. 문을 살살 두드렸으면 못 들었을 거야."

"저 귀신들이 그동안 사람들을 죽인 걸까요? 그렇다면 우리는 왜 안 죽이는 걸까요?"

"난 가족들이 다 죽고 나만 남아서 살고 싶지도 않아."

"저도 가족들이 다 죽고 저만 남았어요. 4층에도 살아 있는 사람이 없는 것 같고 우리 3층에는 나 혼자 살아남은 것 같아요. 2층에 아줌마가 계시니까 혹시 돌아다니다 보면 살아 있는 사람을 좀 더 만날 수 있지 않을까요? 사람이 많아지면 덜 무서울 거예요."

중년의 여자가 눈을 뜨고 고개를 좌우로 돌려 보더니 이내 고개를 흔들었다.

"아냐, 틀렸어. 귀신들이 우리 주변을 에워싸고 있어서 우린 아무 것도 할 수가 없어. 우린 죽을 거야. 십자가에도 아무 반응이 없어."

"저도 해봤어요. 십자가를 들이대 봐도 귀신들이 꿈쩍도 안 했어 요. 아줌마, 우리가 살아 있다면 어딘가 우리처럼 살아남은 사람들이 있을 거예요. 우리 함께 그 사람들을 찾아봐요."

여자아이가 말하자 귀신 중의 한 명이 말했다.

"길 건너편 아파트 4층 405호에 한 명이 살아 있다. 가서 만나 봐 라."

"뭐라고?"

귀신의 말에 여자아이가 놀라서 되물었다. 귀신이 다시 말했다.

"나를 자세히 봐라. 네가 어렸을 때 죽었던 네 할머니다. 이쪽은 네 할아버지, 증조할머니이고 여기 있는 신들은 모두 너의 친척들이야. 저쪽은 그 아줌마의 부모 형제 친척들이란다. 그러니 도망만 가지 말 고 말 좀 들으려무나. 다 너를 돕고자 여기 있는 것이란다."

"우리를 죽이려는 게 아니라고…… 할머니라고?"

여자아이가 잠시 할머니라고 말한 귀신을 빤히 쳐다보다가 말했다.

"할머니가 맞는 것 같긴 한데 귀신은 다 귀신인 거지. 귀신이라면 할머니 모습처럼 하고 나타날 수도 있는 거잖아."

"여기를 나가서 다른 살아 있는 사람을 만난다면 그 사람 주변에도 수십 명의 귀신들이 있을 거다. 그 수십 명의 귀신들도 그 사람의 조상 신들인 거지. 여기 두 사람처럼 말이야."

귀신의 말에 여자아이가 질문했다.

"예전에는 보이지 않던 귀신들이 왜 보이는 거지? 우리가 엑소시스트라도 된 건가? 세상의 모든 사람들이 귀신들을 볼 수 있다는 거야?"

"한울님 말씀대로라면 지금 살아 있는 모든 사람들의 눈에 귀신들이 보인다. 대재앙 속에서 신계가 망가지고 신계와 인간계를 막고 있던 벽이 터졌기 때문이야. 3차원에 갇혀 살던 사람들이 그동안 볼 수 없었던 시공간 너머를 보게 되면서 우리들을 보게 된 것이다. 애야, 이해하겠니?"

여자아이가 몸서리를 치면서 고개를 흔들었다.

"도저히 이해를 못 하겠어. 신계가 망가지는 건 또 뭐야? 벽이 뭐가 어째? 무슨 소린지 하나도 못 알아듣겠어. 아줌마는 알아듣겠어요?"

"난 저 귀신들이 보인다는 것 자체가 매우 두렵다. 네 말대로 우리가 엑소시스트가 된 게 아닌가 싶구나."

중년 여자가 훌쩍이며 대답하자 여자아이가 답답해하며 말했다.

"아니요, 아줌아! 저 귀신들이 하는 말 알아듣겠냐고요. 뭐 벽이 무너지고 신계가 망가졌다는 말이요."

"몰라. 모르겠어."

중년 여자가 계속 훌쩍이며 손에 쥐고 있던 십자가를 들며 눈을 떴다.

"사악하게 부모님 형상을 한 귀신들아, 물러가라. 하나님이 두렵지 않으냐. 성부와 성자와 성령의 이름으로 기도하노니 썩 물러가라!"

중년 여자가 날카롭게 소리치며 십자가를 쥔 손을 앞으로 쭉 내밀었다. 하지만 귀신들은 미동도 하지 않았고 멀뚱멀뚱 쳐다만 볼 뿐이었다.

"너희가 믿고 따르던 십자가의 주인은 소멸했다. 이번 대재앙 끝에 다른 종교의 왕신들도 소멸되었어. 그러니 십자가는 아무런 힘이 없다."

중년 여자가 기겁하며 부들부들 떨며 소리쳤다.

"그럴 리가 없다. 전지전능하신 하나님이 소멸되다니, 사악한 귀신이 사람을 현혹하는구나. 썩 꺼지거라."

"아줌마, 기운을 차리셨으면 저 귀신들을 뚫고 길 건너 아파트로 가봐요. 거기에 살아 있는 사람이 있을지도 모르잖아요. 저 귀신의 말처럼요."

"저 귀신들을 뚫는다고? 어떻게 뚫어?"

"귀신이니까 허상이잖아요. 그러니 그냥 지나가면 되지 않을까요?"

"그러다가 저 귀신들이 우리 몸으로 들어오면 어쩌지?"

"아! 그러네요."

두 여자가 망설이자 조상신이 말했다.

"우리는 너희를 돕기 위해 있는 것이지, 결코 해코지하려고 있는 게 아니다. 지금까지 사람들은 신들이 안 보였지만 앞으로 모든 사람은 모든 귀신들을 보게 될 거야. 사람과 신은 한 공간에서 살아야 한단 말이다."

여자아이가 소리를 빽 질렀다.

"말도 안 되는 소리 하지 마. 귀신과 사람이 어떻게 같이 살아. 우리가 엑소시스트도 아닌데 어떻게 모든 귀신을 보고 산다는 거야? 끔찍하고 소름 끼치게."

뒤에 있던 조상신이 앞으로 나서서 말했다.

"우리도 황당하긴 마찬가지다. 얘야. 차원의 벽이 열리고 사람과 신이 마주 보고 살아야 한다고 처음 한울님께 들었을 때 우리도 매우 당황했었다. 너의 당황하고 믿지 못하는 마음을 이해하지만 현실을 받아들여야 한다. 이건 살아남은 모든 사람들에게 주어진 현실이거든."

"한울님이라고? 그게 누군데?"

"모든 신들의 신! 인간계와 신계를 다스리는 절대신이시다. 전에 있던 모든 왕신들이 사라지고 모든 능력과 권한을 가진 한울님이 모든 신들의 신이시다."

"한울님!"

"새로 정립된 신계와 인간계를 통치할 유일한 절대신! 한울님이시다."

또 다른 신이 부연 설명을 했다.

"신계에는 종교의 왕신 세 명이 있었다. 이승 사람들이 믿는 삼대 종교의 왕신이었는데 이번 대재앙에서 셋 다 소멸되었다. 그리고 모든 것을 통합한 새로운 신이 나타났는데 그분이 한울님이시다. 앞으로 인간계와 신계가 합쳐져 통합된 세계를 한울님이 통치한다고 하셨고 사람과 귀신들이 서로 도와야 살 수 있는 세상이라고 말씀하셨다."

중년 여자의 손에서 십자가가 스르륵 떨어졌다. 여자아이가 질문했다.

"그러니까 우리를 해치려는 건 아니란 말이지?"

"아니다. 대재앙 속에서 우리도 너를 지키기 위해 많은 희생을 했단다. 여기 있는 조상신들은 살아남은 조상신들이고 너를 지키다가 소멸된 조상신들도 많다. 우리가 너를 선택해서 살린 만큼 네가 우리 때문에 나쁜 일이라도 겪게 된다면 우리가 한울님께 벌을 받을 거야."

"그러면 지금까지 죽은 수많은 사람들은 어떻게 죽은 거야?"

신 중의 한 명이 대답했다.

"자연재해와 악다귀, 전쟁과 질병으로 죽었다."

"악다귀?"

"신계가 망가지면서 인간계로 오지 못한 영들이 악다귀가 되어 신들도 사람들도 가리지 않고 공격해서 엄청나게 많이 희생당했다. 우리의 소행이 아니란 말이다."

두 여자가 서로 쳐다보다가 깊이 절망한 표정을 지었다.

"오! 세상에 맙소사! 우리가 귀신의 도움을 받아야 하다니."

"귀신에게 선택을 받았다고? 살아 있는 게 원망스럽고 슬프구나."

두 여자는 자포자기한 심정으로 눈물을 닦았다.

성소 탄생기

대재앙이 지나간 세상은 멀쩡한 곳이 한 군데도 없었다. 한울이 지상에 내려갔던 신장과 신관들을 불러들여 대대적으로 신계 보수 작업에 돌입했다. 신계가 밑으로 많이 내려와 있어서 신관들은 간혹 사람들과 마주치기도 했다. 그럴 땐 현재 상황을 사람들에게 친절하게 설명하고 적응하는 데 도움되는 말을 해주었다. 한울도 간혹 사람들과 마주치기는 했지만, 사람들은 한울을 볼 수 없었다. 한울은 자기 모습을 빛 속에 감추고 있어서 사람들이 볼 수 없었기 때문이다.

한울은 먼저 신계의 한국 영역을 보수하기 시작했다. 동남쪽에 무너지고 갈라진 부분이 많았고 서쪽에는 새로 생겨난 부분이 거의 중국 영역과 맞닿아 있었다. 부서져서 위태롭게 걸려 있는 기단들을 떼어내서 새로 생겨난 부분의 기단들에 던져 쌓았다. 쌓인 기단들은 그 자리에 스며들어 안정된 기단의 모습을 만들었다.

돌풍으로 기단이 푸석푸석하고 불안정한 곳이 많아서 어떤 곳은 얇고, 어떤 곳은 뭉쳐져 심하게 단단한 곳도 있었다. 아래에서부터 차례로 손을 봐 올라가는데 중간 지점에 이르자 산등성이에 구릉지가 있었다. 넓지는 않아도 주변을 돌아볼 수 있는 전망이 좋은 곳이었다. 한울은 이곳을 꼼꼼히 둘러보고 기단을 세심하게 다졌다. 따라다니며 일손을 돕던 십여 명의 신장들이 이곳에 유난히 공을 들이는 것을 보고 물었다.

"이곳에 뭘 세울 겁니까?"

"신전 겸 내가 거처할 곳을 이곳에 지어야겠다."

"누구의 신전입니까? 한울님의 신전입니까?"

"조물주의 신전이다. 과거의 왕신들처럼 되지 않으려면 나도 교만해지지 않기 위해서 언제나 나의 마음을 들여다보는 기회를 가져야겠다. 이곳이 그 장소가 될 것이다."

한울의 기는 강력해서 마음먹은 대로 기단을 움직이고 주변을 정리할 수 있었다. 북쪽의 기단은 들쭉날쭉해도 많이 망가지지는 않았다. 원래 기단이 아름다웠던 북쪽은 분단을 겪으면서 기단의 기를 쥐어짤 대로 짜서 척박해질 대로 척박해져 있었다. 그런 기단이었던 만큼 이번 보수를 통해서 이곳도 신들이 살아가기 좋은 환경을 만들어 주고 싶었다. 한울은 대서양에 떠오른 기단의 일부를 가져왔다. 오랫동안 빛의 바다에 잠겨 있던 기단이 솟아오른 것이라 아직 생명체가 살지 않아서 마음 놓고 퍼다 날랐다. 골고루 북쪽의 영역에 뿌리고 다지면서 한울은 기분 좋게 자신이 하는 일을 되돌아보았다.

'이승에 있을 때부터 예습 하나는 철저하게 잘하고 있었구나. 이것도 비밀의 방에서 충분히 예습해 둔 결과로 손쉽게 할 수 있는 거다. 그때는 힘들었는데 지금은 전혀 힘이 들지 않는다. 능력이 엄청나게 올랐기 때문이겠지.'

내심 뿌듯함과 소소한 기쁨을 느끼자 슬며시 미소가 지어졌다.

북쪽의 아름다운 기단은 여전했지만, 지축이 바로 서고 시공의 벽이 터지면서 일어난 극심한 변화로 생명력을 잃고 있었다. 아무리 모양이 좋아도 생동감이 없는 모습은 어딘가 허전했다. 한울은 자신의 빛 중에 황금빛 기를 펼쳤다. 은은한 빛이 포근한 기운을 담고 영역 내로 퍼져 나갔다.

'뭐라도 자라야 사람들이 먹고살 수 있으니 기온이 적당해야지.'

그러자 풀과 나무들이 조금씩 푸른빛을 띠며 생장하기 시작했다. 온통 회색으로 가득했던 세상에 푸른빛이 감돌자 한결 생동감이 돌았다.

한울은 신장과 신관들을 모아 놓고 신전 공사를 대대적으로 시작했다. 빛의 바다에서 새로 솟아오른 기단을 떼어다 신전을 짓는데, 신장과 신관들이 기단을 옮겨오면 한울이 신전을 지었다. 흰색으로 바닥을 높게 하고 계단을 만들었다. 회색의 신계에 흰색은 매우 눈에 띄는 색이다. 두툼한 기둥 열두 개를 사각으로 세우고, 지붕의 네 각이 가운데 모이는 곳을 높이고, 한옥처럼 끝이 살짝 올라가게 하였다. 북쪽을 향해 제단이 있고 사방의 벽은 트여 있어서 어디서나 제단을 볼 수 있게 하였다. 신력으로 짓는 신전이니 금세 모양이 갖추어졌다.

동지 신장이 한울에게 질문했다.

"한울님! 한울님의 표식은 달지 않습니까? 맨 꼭대기에 어떤 표식이 있어야 할 텐데요."

한울이 지붕의 솟아오른 곳을 보았다. 지축이 바로 서기 전에 각 종교에는 표식이 있었다. 한울은 조물주와의 대화가 떠올랐다.

"표식은 없다. 공기를 표식으로 만들겠는가. 바람을 표식으로 표현하겠는가…… 구름이고 하늘과 땅, 빛의 바다, 어느 한 곳도 조물주의 품속 아닌 곳이 없다. 그런 표식을 만들고 표식에 매달리는 어리석음부터 버려라. 이곳은 조물주께서 나의 소리를 듣는 자리다."

한울은 신장과 신관들에게 지붕 위를 가리켰다. 지붕은 밋밋하기 그지없지만 소박한 신전은 오히려 경건한 느낌을 주기에 충분했다.

"자! 신전이 지어졌으니 여기서 우리가 해야 할 일은 조물주께 우리의 마음을 담아 제사를 올린다. 지금 바로 준비한다."

한울의 말에 따라 신장과 신관들이 일사불란하게 움직였다.

비록 난리통에 남아 있는 것은 거의 없었지만 그래도 신장들은 어디서 구했는지 제사에 필요한 것들을 제단에 차곡차곡 가져다 진설하였다. 신장과 신관들도 하늘 제사 준비는 처음이었지만, 다들 아무 소리 없이 준비에 열중하였다.

한울 역시 종교가 없었기 때문에 기도를 해본 적도, 절을 해본 적도 없었다. 단지 새해에 세뱃돈을 벌기 위해 부모님과 친지에게 세배했었고, 할아버지가 일찍 돌아가셨기 때문에 해마다 제사 지낼 때 아버지, 형과 함께 큰아버지 댁에 가서 절한 것이 전부였다.

준비가 끝나자 양옆으로 신장과 신관들이 나뉘어 섰다. 한울이 가운데로 들어서며 북이 울렸다. 한울이 몇 발짝 앞으로 나아가 서자 북소리가 멈췄다. 향로에 타오르고 있는 불길에 손을 한 번 살짝 휘두르자 향긋한 향기가 사방으로 퍼져 나갔다. 한울이 절을 하자 신장과 신관들도 일제히 따라서 절을 했다. 다섯 번의 절을 하고 한울은 무릎을 꿇은 채 두 팔을 위로 뻗고 손바닥을 하늘로 향했다. 낮고 읊조리듯 말하는 한울의 목소리가 모든 신들의 폐부에 스며들었다.

"이 세상 모든 것의 주인께 고합니다. 모든 생명의 근원이시고 세상의 정의와 질서의 주인께 한울이 기도 드립니다. 조물주께서 뿌리신 사람의 종자가 오랫동안 왕성하게 번성하며 이 땅에 차고 넘쳤습니다. 분수를 모르고 교만한 사람들은 그들이 잠시 빌려 쓰는 세입자인 처지를 망각하고, 주인의 곳간을 털고 해하였어도 반성할 줄 몰랐으며 오히려 그것을 당연히 여겼나이다. 이에 주인께서 하늘과 땅을 움직여 가증스러운 인간을 벌하시니 살아남은 자가 얼마 되지 않습니다. 지금은 오로지 선택하신 자들만 살아남았고 그들을 대신하여 여기 한울이 경배를 드리나이다. 이 땅의 주인께서 제게 말씀하셨습니다. 이 신계와 인간계의 막을 틀 것이니 조화롭게 살도록 너에게 맡기겠노라고……. 저에게 놀라운 능력을 주시고 신세계의 희망을 저에게 심으셨으니 막중한 임무를 잘 수행하도록 하겠나이다. 이 땅과 하늘을 잘 보살펴서 영광되고 아름다운 미래를 만들어 나가겠나이다. 만물의 주인께 한울이 다짐의 기도를 올립니다."

한울은 팔을 내리고 일어서서 다시 다섯 번 더 절을 했다. 문득 한울은 자신이 왜 한울이 되었는지를 깨달았다. 정화의 숲과 기록관, 천 개의 방을 고칠 수 있는 신은 그것을 만든 신이 고칠 수 있었고 그것은 바로 자신이었다.

먼 옛날, 아주 먼 옛날이었다. 들판과 산을 돌아다니며 사냥으로 살았던 남자가 있었다. 머리는 떡지고 푸석푸석한 채로 길었으며 수염은 제멋대로 자라 꼬질꼬질한 얼굴을 덮고 짐승의 가죽을 몸에 둘렀다. 침엽수가 가득한 추운 지방이었고 사람은 거의 없었으며 덩치 큰 짐승들이 떼 지어 숲을 질주하고 날개에

발톱 달린 새가 날아다녔다. 맑고 깨끗한 시냇물이 흘렀으며 공기는 티끌 한 점 없이 깨끗했고, 하늘은 푸르고 맑았다. 덩치 큰 짐승들에게 가족을 다 잡아먹히고 혼자 작은 짐승을 쫓는 사냥에 몰두한 사이 동족과도 떨어져 혼자가 되었다. 혼자 남은 남자는 짐승들에게 잡아 먹히지 않기 위해 늘 긴장하며 두리번거렸다. 뾰족한 돌멩이를 찾아다녔고, 긴 나무를 갈아서 자신을 향해 달려드는 짐승들로부터 방어도 하고 죽기 살기로 도망 다니기도 했다.

어느 날, 잡은 동물을 먹고 쉬고 있는 남자의 눈에 짧은 흰머리 남자가 지팡이를 짚고 자신을 향해 걸어오는 것이 보였다. 반사적으로 일어나 긴 나무 막대기를 두 손으로 움켜잡으며 흰머리의 남자를 향해 겨누고 위협적으로 휘둘렀다. 흰머리 남자는 눈도 끔쩍하지 않고 그대로 걸어와 남자와 마주 섰다.

"네가 잡은 짐승들의 가죽을 나에게 다오."

"넌 누구냐?"

"너를 만들어 이 땅에 내보낸 자다."

흰머리 남자는 입도 움직이지 않고 말하고 있었다. 머리카락은 하얬으나 피부는 팽팽했고 수염도 없었다. 아기 같은 피부가 투명하도록 빛나고 눈에는 광채가 났으며 온몸에 찬란한 오로라가 감싸고 있었다. 눈부시게 하얀 옷 한가운데에 늘어뜨린 두 개의 긴 끈이 옷자락과 함께 나풀거리며 매우 환상적인 분위기를 자아냈고 그것이 흰머리 남자를 더욱 고귀하게 보이도록 하고 있었다.

"뭐야. 그럼 내 어미, 아비라도 된단 말이냐? 말도 안 되는 소리 하지 마라. 내 어미, 아비는 큰 짐승들에게 먹혔다."

남자가 경계를 늦추지 않으면서 흰머리 남자가 자신보다 약해 보이기도 했고, 가족이 죽고 오랜만에 사람을 보는지라 한편으로 반가운 마음에 긴 나무 막대기를 거두었다.

"네가 가지고 있는 가죽을 나에게 다오. 그리고 내 일을 좀 도와 다오."

"내 걸 빼앗으면 널 죽일 거다. 내가 어렵게 벗겨놓은 가죽을 왜 줘. 이건 추워지면 내가 걸칠 거다. 네 건 어느 짐승의 가죽이 냐? 좋아 보이는데."

가족이 큰 짐승에게 잡아먹히고 나자 남자는 사람을 찾으러 길 을 떠나기로 마음먹었다. 아래쪽으로 가면 날씨도 따뜻하고 더 많은 사람들이 있다고 들었던 그는 만나는 사람들에게 줄 선물 로 동물의 가죽을 모았다. 사냥을 하면 고기는 먹고 가죽은 벗 기고 말려서 차곡차곡 준비하고 있었다. 그렇게 모은 가죽이 들 고 갈 무게를 넘어서고 있어서 남자는 은근히 줄 마음도 들었지 만, 다짜고짜 달라는 흰머리 남자에게 그냥 내어 줄 생각은 없었 다. 남자를 훑어보니 남자는 가진 것도 지팡이 하나가 전부였고 눈부시게 하얀 옷은 처음 보는 것이라 갖고 싶은 욕심이 들었다.

"네가 걸칠 것 치고는 좀 많구나. 너에게 줄 것은 따로 없지만 동물들로부터 너를 지켜 주마."

"나보다 힘이 세 보이지도 않는데 어떻게 나를 지켜 준다는 거냐?"

흰머리 남자가 웃었다.

"그럼 보겠느냐?"

흰머리 남자가 손을 들어 천천히 한 번 휘둘렀다. 흰머리 남자의 팔이 지나간 쪽으로 50미터 앞에 검치호, 맘모스 등이 있었다. 남자가 몸을 돌려 도망가려 했지만, 몸이 말을 듣지 않았다. 소리치려고 했지만 목에 무엇이 걸린 듯 소리도 나오지 않았다. 남자는 이제 자기 가족들처럼 큰 짐승들에게 먹잇감이 되어 죽을 거란 공포감에 휩싸여 아무 생각도 들지 않았다. 눈을 질끈 감았다가 다시 떴을 때, 남자는 검치호가 흰머리 남자의 앞까지 낮은 자세로 기어 와서 엎드린 것을 보았다. 그 뒤로 거대한 맘모스 두 마리가 병풍처럼 서서 흰머리 남자에게 머리를 조아리고 있었다. 바위 위에는 날개를 접고 앉아 있는 커다란 주둥이의 새가 있었고, 그 옆에는 날개에 날카로운 갈고리발톱이 있고 부리 안에 이빨이 있어 육식을 하는 새가 '끽끽' 소리를 내며 날개를 퍼덕였다.

"너희들은 이 아이와 앞으로 잘 지내도록 하여라. 내가 필요한 사람이니라."

흰머리 남자가 짐승들에게 남자를 소개하자 짐승들이 남자를 보았다. 남자는 기겁했다.

"노인네! 무슨 짓을 하는 거냐."

"너에게 친구를 소개해 주는 거다. 너를 먹이로 생각하던 짐승들이다. 또한 네가 사냥감으로 여기던 짐승들이지만 앞으로 서로 도우며 살아갈 것이다."

"큰 짐승과 내가 함께 살아간다고? 그게 가능해?"

남자는 흰머리 남자의 주변에 오로라가 움직이는 것을 보고 신기해하면서 언제든지 죽을 수 있다는 긴장감에 검치호와 거대한 맘모스, 육식하는 새들에게서 눈을 떼지 않았다. 흰머리 남자가 지팡이로 땅을 콩! 콩! 두드렸다.

"네가 아래쪽으로 가려는 것은 여자를 찾아서 떠나는 거지? 여자를 만나면 저 가죽을 선물로 줄 거고……. 그렇지?"

"그렇다."

"여자를 내가 주겠다. 그럼, 네가 가죽을 짊어지고 아래쪽으로 갈 필요도 없고 이곳을 떠나는 일도 없을 것이다."

흰머리 남자가 조용히 말하자 남자가 두리번거리며 주변을 한바퀴 돌아보았다. 겁에 질려 있던 좀 전의 표정과는 사뭇 다르게 환한 표정으로 흰머리 남자에게 다가왔다.

"여자, 여자가 어디 있냐. 보게 해줘."

남자의 목소리가 밝아지자 흰머리 남자가 말했다.

"나를 위해서 일을 해야만 여자가 올 것이다. 그리하겠느냐?"

"여자가 어디 있냐고, 노인네야!"

남자가 흰머리 남자에게 산발한 머리를 들이대고 냄새나는 누런 이를 드러내며 으르렁댔다. 주변의 동물들이 일제히 움직이며 위협적으로 으르렁거리는 낮은 소리를 냈다. 남자가 주변을 돌아보며 한발 물러섰다.

흰머리 남자가 낮은 소리로 웃었다.

"미련하구나. 이 짐승들은 무섭고 나는 안 두려운 것이냐?"

"큰 짐승들이야 커다란 이빨이 있고 빠르니까 내가 잡아 먹힐 수도 있지만, 노인이 뭐가 무서워. 내가 이길 건데……."

"그러냐."

흰머리 남자의 말이 끝나자 남자가 '헉' 소리와 함께 허리가 꺾이며 머리가 땅에 처박히고, 다리가 하늘로 향해 발버둥 쳤다. 두 손으로 머리를 빼낸 남자가 다시 발딱 일어섰다.

"이 노인네가……."

흰머리 남자에게 달려들려고 크게 두 팔을 벌린 남자가 그대로 뒤로 나가떨어졌다. 남자가 다시 발딱 일어서자마자 다시 두 무릎이 꺾이고 무엇이 등을 누르는 듯 바닥에 엎어진 채 일어나질 못했다. 남자가 괴로운 신음 소리를 냈다.

"너는 지금까지 살면서 했던 말보다 오늘 나와 한 말이 더 많을 것이다. 안 그러냐?"

노인의 말에 남자가 신음 소리를 멈추고 곰곰이 생각하는 것 같았다.

"그렇다. 오늘 내가 노인과 말이 많다. 하지 않았던 말들이 자꾸 나온다. 내가 몰랐던 말들이다."

남자는 어미, 아비와 동족들과 어울려 살던 때를 돌아보았다. 기껏해야 '도망가!' '먹어' '자' 같은 단순한 소리였고 그것도 손짓·발짓으로 하는 경우가 많아서 언어랄 것도 없었다. 이렇게 노인과 여러 단어로 감정 표현을 할 수 있다는 게 신기했다.

"내가 너의 뜻을 전달할 수 있는 능력을 주어서 말로 표현을 할 수 있게 하였다. 네가 나와 대화를 하기 위해서지. 지금 내가 하는 말을 네가 다 알아듣고 있지 않느냐?"

남자가 다시 곰곰이 생각했다.

"그런 것 같다. 노인은 뭐냐?······ 그 빛은 뭐냐? 알고 싶다."

"나를 알고 싶다고······ 그렇게 나와야지. 이제야 좀 대화가 되는군. 음, 일어나 앉아라. 너도나도 서로 부를 수 있는 이름이 있어야 하겠구나. 네 이름이 처음이지?"

"나는 처음이다. 아비가 그리 불렀다."

남자가 엄지손가락을 세우며 말했다. 첫 번째로 태어나서 그리 붙였던 것이다.

"그 이름 그대로 불러 주마. 내 일을 처음 도와주는 사람이기도 하니까 너를 '처음'이라고 하자. 처음······ 그리고 너는 나를 '하늘님'이라 부르면 된다. 저 짐승들도 나를 그리 부르고 있거든."

"짐승들도 말을 한다고? 자꾸 헛소리를······."

처음은 더 이상 말을 할 수 없었다. 갑자기 지팡이가 날아와 머리통을 세차게 때렸기 때문이다. 화가 머리끝까지 치밀어 올랐지만, 처음의 몸은 아까처럼 움직여지지 않았다. 얼굴이 벌겋게 달아오른 채 소리를 지르고 싶어도 앞에 사나운 맹수들이 자신을 쳐다보고 있어서 소리도 낼 수 없었다. 처음의 머리에서 피가 흘렀다. 검치호가 커다란 몸을 움직여 남자 앞에 섰다. 처음은 겁에 질려 부들부들 떨다가 검치호의 쩍 벌어진 입에서 커다란 곡괭이 같은 이빨을 보자 그대로 기절해 버렸다.

"담력이 약하구나. 이래서야, 하하하······."

다시 눈을 떴을 때 검치호의 까칠까칠한 혀가 처음의 터진 머리를 핥아주고 있었다. 검치호의 날카로운 이빨이 얼굴에 스칠 때마다 다시 정신이 아득해지는 것 같았지만 다시 기절하지는 않았다.

숨을 쉬면 검치호의 거대한 송곳니에 꿰어져 커다란 입속으로 자기 몸이 부서져 들어가 갈가리 찢기고 씹혀 사라질 것이다. 식은땀이 나며 파들파들 떨려오는 팔다리에 힘을 주고, 숨 쉬는 것도 참아가며 죽은 듯 가만히 있었다.

하늘님의 목소리가 들렸다.

"그 아이가 정신이 들었구나. 너는 물러나 있거라."

검치호가 처음에게서 고개를 돌리고 서서히 물러났다. 처음이 실눈을 뜨고 검치호가 좀 멀어진 것을 확인하자 숨을 크게 쉬었다. 좀 전까지 피가 흐르던 머리의 상처는 신기하게 피도 흐르지 않았고 아프지도 않았다.

"일어나 앉거라."

처음은 이제 하늘님의 말을 고분고분 들었다. 일어나 앉아서 주변을 한 바퀴 둘러보았다. 아까 보았던 짐승들보다 더 많은 짐승들이 하늘님과 자신을 에워싸고 있었다. 주변에 사는 검치호는 다 온 듯 일곱 마리나 됐고, 3미터가 족히 되는 하얗고 누런 털을 가진 늑대가 열두 마리에, 맘모스도 다섯 마리나 되었다. 여우의 조상뻘쯤 되는 주둥이가 긴 하얀 털을 가진 짐승 열네 마리가 검치호의 눈치를 힐끔거리며 옆에 있었고, 뿔이 멋진 사슴들도 맘모스 옆에 붙어서 이십여 마리, 그 밑에 귀가 작고 뒷다리가 발달한 토끼를 닮은 짐승이 삼십여 마리 있었다. 꼬리털이 풍성한 강아지만 한 다람쥐도 오십여 마리나 와서 북적거렸다.

바위마다 날개를 접고 거대한 새들이 무리 지어 앉아, 가끔 날카로운 이빨을 내보이고 '끽끽' 소리를 지르며 하늘님을 보았다. 평소 같으면 잡아먹기 위해 사냥하고 도망 다니는 관계였던 동물들이 한자리에 다 모인 것이다.

"처음아! 이 짐승들은 앞으로 너를 해치지 않을 것이다. 도망갈 필요도 없고 겁먹을 필요도 없다. 그저 덩치 큰 동무가 생겼다고 생각하면 될 거야. 그리고 너도 지금부터 이 동무들을 죽이지 않고도 먹고 살아가는 법을 가르쳐 줄 테니 아까 말한 대로 나를 도와다오. 알았느냐?"

처음은 고개를 끄덕였다. 마음속에 하늘님에 대한 반감은 여전히 남아 있지만 상황은 처음을 고개 숙이게 만들었다. 어떻게 짐승을 죽이지 않고 먹고 살 수 있는지 말도 안 되는 소리를 하늘님이 말하고 있었던 것이다.

그 속을 들여다보듯 하늘님이 말했다.

"짐승만 먹을 수 있는 게 아니라 풀과 나무에 달린 열매를 먹을 수도 있고 물고기도 먹을 수 있느니라. 동무들이 너와 다니며 먹을 수 있는 것을 가르쳐 줄 것이니 잘 기억해 두거라. 그리고 저 가죽들……."

하늘님이 손짓하자 나뭇가지로 덮어 한쪽에 쌓여 있던 가죽 뭉치가 처음의 앞으로 순식간에 옮겨졌다. 처음은 눈이 휘둥그레져서 하늘님을 바라보았다.

누가 손을 댄 것도 아니고 나뭇가지도 그대로인데 가죽 뭉치가 눈앞에 놓인 것이다. 당황한 처음은 한걸음에 달려가 나뭇가지를 걷어내고 안을 들여다보았다. 역시 가죽 뭉치는 그곳에 없었다. 잠시 그대로 있던 처음은 축 늘어진 어깨로 천천히 작은 바위에 걸터앉은 하늘님 앞으로 와서 가죽 뭉치 옆에 철퍼덕 주저 앉아 자포자기한 상태로 자신의 가죽 뭉치를 쳐다보았다. 그 중에는 지금 자신을 둘러싸고 있는 동물들의 가족도 있을 것이다. 검치호와 맘모스 같은 큰 짐승을 빼고 작은 짐승은 닥치는 대로 사냥하다 보니 때로 큰 상처를 입기도 했었다. 작은 짐승이라도 날카로운 이빨과 발톱은 큰 짐승 못지않았고 생존이 걸린 싸움에서 짐승들은 날렵했다. 그래서 처음의 몸 곳곳에는 큼직한 상처 자국이 있었고 그 상처로 인해 죽을 고비를 여러 번 넘기기도 하였다.

하늘님이 손도 대지 않고 가죽뭉치를 뒤적이며 고개를 흔들었다. "필요 이상으로 짐승을 죽인 것 같구나. 아까 내가 말한 것 기억나지? 이 가죽들 중 내가 필요한 것을 빼고는 다시 생명을 주어야겠다."

"생명?…… 뼈도, 살도, 피도 없고 오직 마른 가죽만 있는데…… 거기 붙어 있던 고기 내가 다 먹었다."

하늘님은 처음이 중얼거리는 것을 신경 쓰지 않고 가죽들을 공중에 펼쳤다. 바위에 걸터앉은 자세 그대로 지팡이에 두 손을 포개고 눈으로 허공에 펼쳐진 가죽들을 살펴본 다음, 하얀 털가죽 네 개를 서서히 땅에 내려놓았다. 땅에 내려오면서 가죽에는 살이 붙고 오장육부와 사라졌던 머리가 생겨나고 피가 돌면서 땅에 내려왔다. 하얀 짐승들은 하늘님에게 한 번 엎드려 인사를 하고 지켜보던 가족들에게로 가서 재회의 기쁨을 나눴다. 처음의 눈이 놀라서 휘둥그레졌다.

하늘님은 갈색의 꽤 큰 늑대의 가죽도 몸을 만들어 주어 가족들에게 돌려보냈고, 큰 토끼 가죽에게도 생명을 주어 돌려보냈다. 공중에 펼쳐진 가죽들은 이제 가장 큼지막한 세 개의 가죽만이 남았다. 넋을 놓고 쳐다보고 있는 처음을 보면서 하늘님이 빙그레 웃었다.

"너도 가족이 있었지만 저들에게 먹혔지. 저들도 너에게 잡혀먹히고 가죽까지 주었으니 서로 비긴 거다."

"그럼, 내 가족도 돌려줘. 그래야……."

"너에게 새로운 가족이 생길 것이다. 여자와 살면서 아이를 낳고 기르게 될 거야. 여자를 얻기 전에 넌 지금부터 내가 시키는 일을 해야 한다."

여자라는 말에 처음은 침을 꿀꺽 삼키고 질문했다.

"여자는 어디 있나?"

"네가 찾지 않아도 올 것이니 저쪽 숲에 가서 납작하고 얇은 돌을 찾아오너라. 네가 이 아이를 데리고 다녀오너라."

하늘님이 조금 전에 새 생명을 얻은 하얀 짐승들 중 하나를 지목하자 하얀 짐승이 따라오라는 듯 앞장서서 갔다. 하얀 짐승을 따라 숲 안쪽으로 들어가자 바위 아래에 매끈하고 얇은 돌이 있었다. 처음은 그 돌을 가지고 왔다.

처음이 다시 왔을 때 하늘님이 앉았던 바위가 반들거리며 평평하고 둥글게 변해 있었다.

"가죽을 이 돌 위에 놓고 그 돌로 밀어 털을 뽑고 계속 얇게 무두질을 해라."

하늘님은 그 돌로 가죽을 다치지 않게 살살 문지르게 했다.

"찢어지면 다시 해야 한다. 그러니 찢어지지 않게 조심스럽게 해라. 털이 다 빠지고 얇아질 때까지, 아주 얇아질 때까지 해야 한다. 시간이 좀 걸릴 것이다."

"그러면 그렇게 변하나? 얇으면 춥다."

처음이 하늘님의 옷을 가리키며 고개를 흔들었다.

"이건 입으려는 것이 아니다. 내가 너를 통해 또 다른 피조물을 만들려는 것이지. 이것이 다 만들어지면 내가 다시 올 것이다."

말을 마치자 하늘님은 온데간데없이 사라졌다.

처음은 어쩔 수 없이 하늘님이 시키는 대로 했다. 평평한 바닥에 가죽을 쫙 깔고 납작한 돌을 가죽 위로 살살 밀고 또 밀었다. 가죽의 털들이 다 떨어져 나갔다. 추운 지방에서 살았던 짐승이라 지방층이 두꺼워서 밀 때마다 기름이 흘러나왔다. 가죽은 매일매일 아주 조금씩 얇아져 갔다. 배가 고프면 짐승들이 나무 열매나 물에서 잡은 물고기를 가져다주며 처음을 도왔다. 서로 잡아먹고 먹히던 관계였던 짐승들과의 어색함은 시간이 지남에 따라 차츰 친숙해져서 장난치고 함께 노는 사이가 되었다. 사계절이 두 번 가고 짐승들과 교감을 나누며 하는 일에도 조금씩 재미를 느낄 때쯤 한 개의 가죽이 투명하리만큼 얇게 무두질 되었다. 누르면서 살살 밀어서인지 원래의 크기보다 몇 배나 커졌고 매끈해졌다. 처음이 얇은 가죽을 조심스럽게 만지고 있는데

2년간 보이지 않았던 하늘님이 다시 나타났다.

"처음아! 잘 있었느냐?"

"어, 나타났네. 나한테 일 시키고 안 나타나면 어쩌나 했는데……."

"내가 원한 건 세 장이다. 이제 한 장이 되었으니 두 장을 더 해야겠구나."

"그런데, 하늘님이 하면 금방 할 것 같은데 왜 나한테 시키는 거야? 피, 살, 생명까지 다 만들어 내면서 이런 거 내가 오래 걸려서 만들지 않아도 하늘님이 바로 만들 수 있잖아."

"그건…… 이걸 다 만들고 아주 오랜 시간이 지난 후에 네가 이걸 다시 관리할 수 있는 기억과 능력을 몸속에 익히기 위함이다."

"이렇게 얇은 막으로 무엇을 하려고 하나?"

"다 만들고 나면 그 의문도 풀릴 것이다."

"여자는 언제 생기는가?"

인간 종족이 없는 지역에서 가족조차 없이 꽤 오랜 시간 혼자 지낸 처음이었다. 일이 지겨워지거나 짐승들이 저희끼리 어울려 놀고 있으면 처음은 하늘님이 했던 '여자' 얘기를 떠올렸다. '여자를 주겠다'는 하늘님의 말은 처음의 머릿속에서 한 번도 떠난 적이 없었을 정도로 절대적인 희망이었다.

"머릿속이 온통 여자 생각으로 가득하구나."

"그렇다. 시키는 일 다 한다. 그러니 내게 여자를 주라."

"네가 세 개의 가죽을 다 폈을 때쯤 오지 말라고 해도 아래쪽에서 여자가 너를 찾으러 올 것이다. 빨리 만나고 싶으면 열심히 하고 늦게 보고 싶으면 천천히 해도 된다.”

처음이 잠시 좋아했다가 다시 시무룩해졌다. 하나의 가죽을 얇게 펴는데 사계절이 두 번이나 바뀌었다. 두 개를 다시 완성하려면 얼마나 시간이 걸릴 것인지 생각하니 기운이 빠진 것이다.

하느님이 처음이 손질한 가죽을 공중에 띄워 놓고 햇빛에 비추며 꼼꼼히 보았다.

“잘했구나. 이것처럼 두 개도 잘해 주길 바란다. 네가 두 개를 완성할 때쯤 다시 오마.”

하늘님은 처음이 다음 질문을 할 사이도 없이 사라져 버렸다.

처음이 눈을 크게 뜨고 하늘님을 찾았지만 어디에도 없었다. 처음은 철퍼덕 주저앉았다가 드러누웠다. 며칠을 먹지도 않고 그 자리에서 누워서 잠들고 눈 뜨면 그 자세 그대로 생각에 잠겼다. 고독과 외로움에 지친 절망과 몇 년을 더 버티면 여자가 온다는 희망 사이를 오가며 그렇게 며칠을 보내고 처음은 일어나 앉았다.

생각해 봤자 어떠한 해결책도 없었고 돌파구는 오로지 가죽 두 장을 펴면 되는 것이었다. 가죽 두 장을 펴면 여자가 아래쪽에서 알아서 온다고 하였으니 두 장, 두 장을 펴면 되는 것이다.

하얀 짐승이 옆에 과일을 가져다 놓았다.

“이 숲에 저 돌처럼 생긴 돌이 또 있니?”

처음이 하얀 짐승에게 물었다. 두 해 동안 쓴 돌이 많이 닳기도 하고 모서리가 깨져 있었다.

‘비슷한 게 있다.’

"그럼, 가보자."

처음은 하얀 짐승의 등에 올라타고 숲으로 들어갔다. 하얀 짐승이 내려준 곳은 비탈진 곳에 흙 속에 묻혀 약간의 암석층이 드러난 곳으로 그 주변에 부서져 떨어진 크고 작은 돌들이 많았다. 처음은 그 돌들을 하나하나 살피며 들어 보았다. 바닥 면이 납작하면서 매끈해야 했고 무게감이 있어야 했다. 어떤 것은 들어서 힘을 주자마자 부서졌고 어떤 돌은 너무 가벼웠고, 어떤 돌은 면이 거칠었다. 처음이 낙담하고 있자 하얀 짐승이 돌 하나에 앞발을 얹고 불렀다. 처음이 가서 그 돌을 들어 보았다. 한 면은 매끄럽고 평평했으며 다른 반대쪽은 약간 거칠었지만, 오히려 손잡이로 쓰기엔 좋은 모습이었고 무게도 적당했다.

돌을 새로 바꾼 처음은 아무 생각 없이 가죽 미는 일을 했다. 머릿속을 비우고 밤이고 낮이고, 천천히 천천히 가죽을 밀었다. 이미 익숙해진 무두질은 조금씩 속도가 붙어서 두 번째 가죽이 털과 기름이 빠지고 얇게 펴질 때까지 걸린 기간은 사계절을 한 번 보내고 여름이 올 때쯤이었다. 다시 세 번째 가죽은 사계절을 한 번 보내니 완성되었다.

가슴까지 자란 수염과 헝클어진 머리카락이 허리까지 내려왔고 앞머리가 얼굴을 온통 뒤덮인 사이로 눈만 반짝이며 처음이 햇빛이 많이 들어오는 공터에 서 있었다. 팔에 걸쳐진 가죽을 펴고 햇빛에 비추며 두께가 일정한지 보고 있었다. 자기가 한 것이지만 정말 잘 만들었다고 속으로 감탄하며 어깨를 으쓱거렸다. 긴 시간 노고의 산물은 햇빛에 반들거리며 투명하게 빛이

났다.

멀리서 짐승들 짖는 소리가 들려왔다. 침입자들로부터 자신의 영역을 지키기 위한 짐승들의 자기방어적 울부짖음이었다.

"무슨 일이 있나?"

'낯선 짐승이 이 숲에 들어왔다.'

하얀 짐승이 처음에게 말하며 소리 난 쪽을 향해 달려갔다. 하얀 짐승은 금방 시야에서 사라졌고 짐승들의 울부짖음은 금세 잦아들었다. 아마 침입자가 제압당한 모양이었다. 흔히 있는 일이었고 대부분 침입한 짐승들이 죽임을 당하거나 쫓겨났다.

처음이 가죽을 접어 어깨에 둘러메고 자신의 움막으로 향했다. 자신의 움막 근처에 오로라가 빛나고 있어서 처음은 하느님이 와 있는 것을 직감으로 알았다. 언제나 하늘님의 주변에 오로라가 있기 때문이다.

움막은 바위와 바위 사이에 나무와 가죽으로 둘러쳐진 작은 공간에 불과했지만, 처음은 그곳에서 산 지 벌써 여섯 해나 되었다. 역시 하늘님이 움막 옆에 앉아 있었고 자신의 옆에 있다 달려간 하얀 짐승도 옆에 엎드려 있고 처음 보는 커다란 짐승이 우뚝 서 있었다. 그 주변으로 검치호 몇 마리와 하얀 짐승들의 가족, 스라소니 닮은 짐승들 몇 마리가 둘러서 있었다.

"가죽이 다 되니 왔구나."

"그래, 고생했다. 그리고 여기…… 그 아이를 내려놓거라."

커다란 낯선 짐승은 인간과 비슷했지만, 온몸에 털이 빼곡했고 몸도 엄청 컸으며 얼굴은 검고 주름이 많았다. 그 짐승이 두 팔로 감싼 것을 조심스레 땅에 내려놓았다. 낯선 환경 때문에 겁을 먹었는지 아니면 나뭇잎과 줄기로 만들어진 것을 두르고 있어서 추워서인지 오들오들 떨고 있는 작은 여자였는데 두 손에는 무언가 큼지막한 것이 들려 있었다.

"처음아, 네 움막에 있는 가죽 하나를 가져다 여자에게 주어라. 따뜻한 남쪽과 달리 이곳이 좀 추울 터이니……."

"여자! 여자!"

처음이 달려가 여자를 요리조리 훑어보다가 끌어안았다. 여자가 밀쳐내면서 두 손으로 움켜쥔 것을 놓치지 않으려고 애쓰고 있었다.

"이놈아, 여자가 얼어 죽으면 너한테 더 이상의 여자는 없다. 어서 가죽을 가져다 입혀 주어라."

처음이 여자를 다시 휘둘러 보고는 서둘러 움막에 들어가 가죽 하나를 들고나와 여자에게 걸쳐 주었다.

"손에 든 것을 내려놓아라. 너도 고생했다. 모양은 좀 없다만, 내가 말한 남자다."

하늘님이 얘기하자 여자가 손에 든 것을 내려놓았다. 그것은 대나무로 만든 통이었는데 허벅지만 한 두께에 팔길이만큼 긴 통이었다. 처음이 입이 벌어진 채 침을 흘리며 여자를 한 번 보고 죽통 한 번 보고 다시 하늘님을 봤다.

"이 여자는 남쪽에서 먼 길을 왔으니 네가 잘 보살펴 주어라. 그리고…… 가죽은 이어서 하늘에 띄울 것이다."

"하늘에 띄워?"

처음은 하늘님의 말을 건성으로 들으며 신경은 온통 여자에게 가 있었다. 자신보다 체구도 작고 피부도 살짝 까무잡잡했지만, 까만 눈망울에다 작은 콧날, 도톰한 입술이…… 처음 보는 여자의 매력에 빠져서 정신을 못 차리고 있었다.

"여자, 네가 내 설명을 들어야겠다. 처음이 너 때문에 정신이 나가 있구나. 이래서야 마무리 작업을 제대로 하겠나. 쯧쯧."

하늘님이 여자에게 가죽 이어 붙이는 것을 설명해 주었다. 여자가 검은 눈을 치켜뜨고 하늘님의 설명을 경청하고 있었고 처음은 여자를 쳐다보며 어서 하늘님이 사라지기만을 기다렸다.

"여자, 이 일은 네가 처음을 잘 이끌어서 내가 말한 대로 만들도록 하여라. 만약, 이 가죽을 상하게 하거나 내가 말한 대로 지키지 않으면 내가 너희에게 벌을 내릴 것이다."

여자가 말했다.

"서로 자란 곳이 달라 의사가 통하지 않습니다."

"그것은 걱정 말아라. 소통하게 해 주리라. 명심하거라. 처음을 잘 이끌어야 할 것이야."

하늘님은 그 말을 남기고 사라졌다. 오로라도 사라지자 처음이 여자에게 득달같이 덤벼들었다. 처음이 수년간 어쩔 수 없이 잊고 지냈던 동족의 그리움이 폭발하면서 여자를 덥석 끌어안았다. 여자도 반항하지 않고 처음의 덥수룩한 머리카락과 수염을 걷어내며 처음을 바로 보려고 애쓰는 모습이었다. 둘러싸고 있던 다른 짐승들이 지켜보든 뒤돌아서 가든 말든…… 처음은 유일한 동족인 여자에게 홀딱 빠져서 마냥 행복한 마음이 되어 있

었다. 여자에게 들러붙어 하루 종일 떨어질 생각을 하지 않자,
여자가 처음에게 말을 건넸다.

"배고파."

처음이 눈을 동그랗게 떴다.

"배고파? 말할 줄 알아?"

"하늘님이 소통하게 해준댔어. 그래서 말할 수 있는 거야."

"하늘님?…… 노인?"

"응. 배고파."

"기다려 봐."

처음은 여자를 위해 먹을 것을 구하러 나섰다. 그제서야 자신도
하루 동안 먹지 않았던 것이 생각났고 갑자기 몹시 배고파졌다.
처음은 하얀 짐승을 불렀다.

"배고파!"

하얀 짐승이 말했다.

"우리가 동무 사이인 건 맞지만, 먹을 걸 가져다주는 건 네가 가
죽을 손질할 때까지만이야. 지금부터는 네가 구해서 먹어야 해."

"언제나 네가 가져다주었잖아. 네가 가져다줘."

"어리광 부리지 마라. 너도 암컷이 생겼으면 새끼도 생길 거고
암컷도 지키고 새끼도 지켜야 하니 수컷답게 굴어라."

그 소리에 한층 심각해진 처음은 하얀 짐승에게 다시 물었다.

"열매는 어디에 있고, 생선은 어디에 있는 거야?"

"열매는 나무에 매달려 있어서 올라가서 따면 되고, 물고기는
저기 산 밑에 있는 개울에 가서 잡으면 돼."

하얀 짐승이 말을 마치고 가벼운 걸음걸이로 사라졌다.

사냥밖에 해본 적이 없었던 처음은 막막해졌다. 자신뿐만이 아니라 여자까지 먹여야 했다. 아직 날씨가 따뜻해서 열매는 많이 있었지만 나무를 잘 타지는 못했다. 미끄러지고 정강이가 까지면서 여러 번 시도한 끝에 열매 몇 개를 따서 여자에게로 왔다.

"거기 피 난다."

"나무에서 내려오다 까졌다."

여자가 혀를 날름 내밀더니 손가락에 침을 묻혀 정강이에 발라 주었다.

"자, 이러면 금방 나을 거다."

처음이 마음이 흐뭇해져서 나무 열매를 잘라 나눠 먹었다.

"내일부터 나는 먹을 걸 구하러 다녀야겠다. 너와 내가 먹을 거."

"알았어. 나는 저 가죽 붙일 준비를 할게."

여자가 말하자 처음이 말했다.

"할 필요 없어. 그 노인이 시키는 거 지금까지 엄청 했다구, 그러니까 지금부터 우리를 위해서 살아야지."

"하늘님이 처음이 그런 말 할 거라고 하셨어. 만약, 저 가죽 붙이는 걸 마무리 짓지 않으면 벌을 내린다고 하셨거든. 난 어떤 벌이든 받고 싶지 않아. 무서워!"

"내가 널 지켜줄게. 짐승들과 친해졌으니 이 숲에선 안전할 거야. 절대 이 숲에서 나가지 마."

여자가 해맑게 웃으며 처음을 쳐다보며 말했다.

"응, 다행이다. 말을 할 수 있어서…… 수염과 머리카락이 정말 무성해서 늙은 사람인 줄 알았어. 수염이 길어서 그렇겠지."

처음이 눈을 끔벅거리다 웃음을 터트리자 여자도 같이 웃었다.

"짐승을 쫓으려면 밤에 불을 피워야 해. 그런데 여긴 짐승들이 너를 보호하는 것 같더라. 하늘님이 너에게 시킨 일 때문인가 봐."

처음이 곰곰이 생각을 했다. 가죽 무두질을 하면서 동물들이 먹을 거라든가 물 등을 가져다줘서 따로 신경을 쓰지 않고 일을 할 수 있었다.

"그런 것 같아. 그런데 지금부터 먹을 거는 우리가 구해야 해."

그렇게 말하고 처음은 이후에도 며칠 동안 가죽 근처에도 가지 않았다. 여자가 걱정을 하면 할수록 처음의 마음은 가죽에서 멀어져 갔다. 여자가 하늘님 얘기를 할 때마다 반감이 생겼고 알 수 없는 질투가 무럭무럭 자라나고 있었다.

어느 날, 걱정이 된 여자가 혼자서 대나무통을 열고 가죽을 붙이려고 하자 처음의 눈꼬리가 올라가며 대나무통을 걷어차 버렸다. 여자가 깜짝 놀라서 풀밭 위에 쏟아진 액체를 손으로 마구 퍼 담았다. 처음이 소리쳤다.

"그까짓 거 내버려 둬. 내가 얼마나 많은 날을 그따위 것 때문에 고생했는데…… 이젠 하지 않아도 돼."

"안 돼. 그러면 안 돼. 벌 받을 거야."

여자가 울먹이며 액체를 손으로 퍼 담아 다시 채워 놓았다. 처음이 여자의 손을 잡아 대나무통으로부터 질질 끌어와 떼어 놨다.

"하지 마. 저런 거…… 노인네 없잖아. 벌주려면 주라고 해. 나일 시키려면 죽이지는 않을 거라구. 그냥 놔뒀다가 우리가 내킬

때 하면 되는 거야."

"하늘님에게 벌 받을 거야. 난 무서워."

"하늘님이라고……? 음, 그 노인네 이름이 하늘님이었지. 그 하늘님이 대단하긴 하더라. 가죽만 남아 있던 것에 살과 피를 만들고, 생명을 불어넣어 살리더라. 어…… 뭐야?"

처음이 여자의 손을 잡았다가 떼려고 하자 끈끈이에 붙어버린 두 손은 잘 떨어지지 않았다. 당황한 두 사람은 두 다리를 뻗고 서로의 발바닥을 대어 힘을 주었다. 두 사람의 두 손바닥에서 긴 실 같은 것이 생겨나며 손이 떨어졌다. 손은 떨어졌지만 손바닥에 잔뜩 묻은 끈끈이를 닦아내기 위해 두 사람은 풀 위에 손바닥을 마구 문질렀다. 여자가 처음을 나무라는 투로 툴툴댔다.

"너 때문에 나까지 힘들잖아. 그냥 가죽을 붙였으면 이러지 않을걸."

처음은 대꾸하지 않았다. 여자가 너무 하늘님을 두려워하는 것 같고 자기보다 많이 생각하는 것 같아서 그냥 싫었다. 여자가 손바닥과 손가락 사이사이를, 풀잎을 뜯어 꼼꼼히 닦아내더니 대나무통과 뚜껑을 들고 움막으로 들어가 버렸다. 여자가 토라진 채 들어가 버리자 처음은 움막으로 들어가지 않고 바깥에서 별을 보다 잠이 들었다. 하늘에 박힌 별들이 참 예쁘다고 생각하면서.

다음 날 해가 중천에 떴는데도 여자가 나오지 않자 슬며시 움막을 걷고 들여다보았다. 여자는 깊은 잠을 자는지 꿈쩍도 하지 않았다. 잠시 여자를 쳐다보다가 움막을 나와 숲속을 돌아다니며 여자가 잘 먹던 열매를 잔뜩 따서 돌아왔다. 해가 뉘엿뉘엿 넘어갈 때까지 여자가 나오지 않자 처음은 다시 움막으로 들어갔다.

여자를 툭툭 치며 말을 건넸지만 여자는 작은 움직임도 없었다. 이상한 생각이 든 처음이 여자를 거칠게 안아 자기의 얼굴을 여자의 얼굴에 댔다. 여자의 체온은 차가웠고 숨은 멎어 있었다. 처음의 머릿속이 하얘졌다. 정신없이 여자를 밖으로 안고 나와 풀밭에 누이고 아직 햇살이 남아 있는 곳에서 여자의 상태를 살폈다. 눈을 뒤집어 보고, 입을 벌려 보고, 코에 손도 대보고, 가슴에 귀를 대보고 해도 역시 여자는 죽어 있었다. 아무런 외상도 없었고 밤새 기침 소리 한 번 없던 여자가 죽은 것이 믿어지지 않았다.

"어…… 어…… 어떡해!"

부모가 큰 짐승에게 잡아 먹혔을 때의 충격이 다시 밀려오면서 처음의 머릿속이 혼란스럽게 뒤섞였다. 자신이 어렸을 때 둘째가 용변을 보다가 날짐승에게 붙잡혀 갔었다. 그리고 자신이 거의 다 커갈 무렵, 부모도 큰 짐승들이 들이닥치며 잡아 먹히고 자신만 혼자 살아남았었다. 십여 명의 동족들이 떠나간 후에, 짐승들에게 잡아 먹히지 않으려고 언제나 긴장 상태에서 살았고 성격은 포악하고 공격적으로 변해 갔다. 혼자 다니면서도 늘 외롭고 동족에 대한 그리움이 있어서 동족이 있다면 세상 끝까지라도 찾아갈 마음이었다. 그렇게 긴 인고 끝에 만난 여자였다. 만난 지 얼마 되지 않았지만 의사까지 완벽하게 소통할 수 있는 동족이었다. 부모를 잃었을 때와 또 다른 억장이 무너지는 아픔이 가슴을 갈가리 찢어놓고 있었다. 처음은 어쩔 줄 모르고 여자를 마구 흔들다 눈에서 눈물이 흘러내리는 것을 느꼈다.

"으~ 아~ 아~!"

고통의 긴 절규가 처음의 폐와 가슴을 뚫고 터져 나왔다. 숲 전체로 퍼져 나간 처음의 처절한 울부짖음에 짐승들이 모여들었다. 처음이 가슴 아프게 울부짖는 절규는 짐승들까지 숙연하게 만들었다.

소리를 지르며 울고 가슴을 쳐봐도 이미 숨이 멎은 여자는 다시 눈을 뜨지 않았다. 처음은 여자가 왜 죽었는지 몰랐다. 멀쩡했던 여자가 갑자기 죽은 것에 안타깝고 괴로운 마음만 가득해서 몸부림칠 뿐이었다. 울부짖다 지쳐 흐느끼는 처음의 머리 위로 별이 지고 해가 다시 떴다. 해가 뜨겁게 내리쬐자 처음은 여자를 안아 나무 그늘로 옮겼다. 그리고 여자 옆에 누워 그대로 3일 밤낮을 보냈다. 처음이 여자와 같이 보냈던 짧은 기억들을 되새기다 벌떡 일어났다.

덜렁 가죽만 남았던 것에 살을 붙이고 없어졌던 머리와 다리를 붙이고 피와 생명을 주었던 하늘님이 생각났던 것이다. 하늘님이라면 여자를 살려내는 것쯤 일도 아닐 것 같았다. 처음은 하늘님을 불렀다.

"노인네! 노인네! 노인네!"

처음이 아무리 목 놓아 불러도 처음이 아는 하늘님은 나타나지 않았다. 처음은 다시 생각했다. 여자가 노인을 부른 이름이 달랐으니 그 이름을 부르면 나타날지 모른다고 생각한 것이다.

"하늘님! 하늘님! 하늘님!"

간절한 마음에 처음은 자신도 모르는 사이에 무릎을 꿇고 두 손을 맞잡았다. 오로라가 나타나며 처음이 아는 흰머리의 하늘님이 나타났다. 처음의 눈에서 눈물이 솟구쳤다. 절망의 늪에서 한 가닥 희망의 줄을 잡은 것이다.

"하늘님! 여자가 죽었어. 여자가 안 움직여."

처음이 울먹이며 하느님에게 기어가 허리를 굽히고 납작 엎드렸다. 짐승들이 절대강자에게 꼬리를 내리고 엎드려서 순종을 표시하는 방법이 자연스레 처음에게서 나오고 있었다.

"하늘님! 여자가 죽었어."

"네가 내 말을 듣지 않아서 여자가 죽은 것이다. 네가 내 말대로 했다면, 여자가 하자고 하는 대로 했다면 여자는 죽지 않았을 것이야."

"그러지 않을게. 여자를 살려 줘. 하늘님! 여자를 살려 줘."

처음이 하늘님의 발밑에 엎드려 눈물, 콧물 범벅이 되어 매달렸다.

"너에게 일을 시켰을 때 나는 그에 맞는 대가를 주었다. 이 숲의 짐승들을 적에서 동무로 만들어 주었고 여자를 먼 아래쪽으로부터 오게 했다. 그럼에도 너는 나를 실망시켰구나. 네가 나를 믿지 않으면 나도 너를 믿지 않는다. 또한, 나는 대가 없이 무엇을 하지 않는다."

처음은 하늘님이 갑자기 사라질까 봐 발을 꼭 붙들고 두려움에 부들부들 떨었다. 자신이 죽는 것보다 혼자 남게 되는 게 더 힘들고 두렵고 무서운 것이라는 걸 짧은 기간이었지만 여자를 통해 알아 버린 것이다.

"시키는 대로 무엇이든지 하겠어. 뭐든 할게. 하늘님!"

"이미 여자는 죽었다. 무엇을 바라고 무엇을 하겠느냐?"

"여자를 살려 주고 같이 살게만 해주면 뭐든 다 할게. 제발……."

하늘님의 손바닥이 위로 향하게 하고 한 손을 들었다.

"내 손바닥 안에 여자의 영이 있느니라. 영이 몸을 떠나면 죽게 되고 영이 몸에 들어가면 살게 된다. 모든 것은 죽으면 쉴 곳이 있어야 한다. 너도 나갔다가 돌아오면 쉴 움막이 있지 않느냐. 그처럼 여자의 영뿐만이 아니라 모든 생명에는 영이나 정령이 있다. 지금 생명이 죽으면 쉴 곳이 없어서 내가 그것을 만들려고 너의 손을 빌리고 있는 것이다. 너도 언젠가 죽을 것이고 그러면 몸과 영이 분리되어 몸은 흙으로 돌아가고 영은 신계에 들어가 새로운 삶을 살 것이야. 그러다 다시 이 땅에 태어나 살고 죽으면 다시 신계로 돌아가 쉬기도 하고……. 돌고 도는 삶이 되도록 할 것이다. 그래서 저 가죽 주머니를 만들라고 하였다."

처음은 하늘님의 말을 한마디도 놓치지 않고 가슴에 새겼다. 영도 정령도 이해되지 않았지만 왜 가죽 주머니를 만드는지는 이해가 되었다.

"내가 생명을 만들어 이 땅에 내보낼 때 각기 다른 모습으로 다섯 쌍씩을 내보냈다. 이제 번성한 종들이 워낙 많아져서 더 이상 새로운 종을 만들기보다 생명들을 위한 환생(幻生) 장치를 해 놓고 보다 나은 종족에게 세상을 맡기려고 한다. 신계에서 일어 나는 모든 것은 지상에 그대로 나타날 것이니 이 세상과 신계는 서로 마주 보는 거울과 같으리라."

"아직은…… 신계가 없어? 하늘님!"

"그래. 아까도 말했지만 난 그냥 무엇을 주지 않는다. 내가 너 에게 여자를 돌려주면 같이 주머니를 마무리 지어라. 그리고 또 한 가지…… 네가 수십 번 신계를 다녀갔을 때 이 주머니가 상 해 있으면 네가 만들었으니 네가 고치든지 새로 만들든지 해라. 그때가 되면 내가 다시 너를 부를 것이니 잊지 말고 잘 기억해 두거라."

"네!"

"대나무통의 끈끈이를 움막 밖으로 옮기고 나무 문을 밤까지 열 어 놓아라. 그 독(毒)으로 여자가 죽었구나. 다시 한 번 말해 두 마. 네가 나를 믿지 않으면 나도 너를 버린다."

처음이 엎드린 자세 그대로 고개를 조금 들었다. 하늘님이 서서 히 사라지면서 오로라도 사라지고 있었다.

머릿속이 맑아지면서 방금까지 하늘님이 한 말이 머릿속을 맴 돌았다. 처음은 팔뚝으로 눈물과 콧물로 얼룩진 얼굴을 훔치며 엉거주춤 일어나 앉았다. 뒤에서 뒤척거리는 소리가 들려서 돌 아보니 여자가 깨어나고 있었다. 무릎으로 몇 번을 기어서 여자 에게 다가가 안았다. 여자가 눈을 뜨고 처음을 보자 빙긋이 웃 었다.

"나 저 위에서 너 봤다. 하늘님과 얘기하고 있더라."

"너 죽었었다."

"응, 뭔가 머리가 아픈 듯하면서 잠에 빠져들었는데 내가 나를 내려다보고 있었어. 내가 내 몸을 일으키지 못하고 저 위를 떠돌고 있었는데 네가 하늘님을 불렀어. 정말 잘했어, 처음아!"

"그래! 네가 죽어서 다시 같이 다닐 수 없다면 나도 죽으려고 했어."

"그건 아닌 것 같은데……."

"그러려는데 너의 하늘님이 생각난 거야. 그래서 불렀지."

"나의 하늘님이 아니라 모두의 하늘님이지."

"그러네. 내가 그걸 몰랐어."

"이제 가죽 붙이기 할 거지?"

"응!"

처음이 여자의 말에 넙죽 대답했다. 여자가 하얀 이를 드러내고 깔깔 웃자 처음도 같이 따라 웃었다.

"내가 제일 무서워하는 게 뭔지 알았어."

"뭔데? 하늘님? 아까 하늘님한테 울고불고 매달리던데……."

"그랬지. 하늘님한테 울고불고 매달린 게 너 때문이야. 네가 없었을 때 내가 웃어본 적도 없고, 내가 살아 있다고 생각해 본 적도 없어. 그저 살기 위한 싸움의 연속이었지. 네가 오기 전까지…… 나 혼자 어떻게 살았는지 알 수가 없어. 정말 어떻게 살았지? 전혀 생각이 안 나. 둘째가 죽고, 아비 어미가 죽고 혼자 살아남아서 짐승들에게 먹히지 않으려고 하루하루 힘들었거든.

하늘님을 만나기 전까지 모든 게 다 나를 노리는 적이었어. 하늘님이 적을 동무로 만들어 주었는데 난 그걸 잠시 잊었네. 벌을 받아도 마땅해."

처음이 여자를 두 팔로 꼭 안았다.

"앞으로 네 말 잘 들을게."

"그치. 난 우리 어미가 큰 짐승에게 물려가서 잡아먹혔어. 혼자 남아 짐승들 쫓으려고 나무를 꺾고 나무에서 흐르는 끈끈한 수액을 받아서 그걸로 불을 붙이면 굉장히 잘 타. 불이 있으면 짐승들이 다가오지 못하니까 매일 그렇게 했어.

그런데 하늘님이 나타나셨어. 그 수액을 북쪽에 있는 남자에게 전해 주고 그 남자와 살면 내가 원하는 것을 다 들어주겠다고 하셨어. 아무것도 필요 없고 어미가 보고 싶다고 했더니 어미를 돌려주신 거야. 뼈 몇 조각밖에 없었던 어미가 아무 일도 없었다는 듯이 내 앞에 나타났어. 너무 기뻤지. 너를 만나러 오느라 어미와 떨어지긴 했지만 그래도 괜찮아."

여자가 자기가 여기까지 오게 된 경위를 말하며 처음의 팔을 빠져나왔다.

"여기 짐승들도 순해서 다른 곳보다 안전하고 너도 있으니까 든든해. 좋아!"

여자가 환하게 웃으며 두 팔을 펼치고 빙글빙글 돌며 춤을 추었다. 그러다 문득 춤추는 것을 멈추고 처음에게 물었다.

"가죽을 어떻게 붙이는지 알아?"

"너한테 정신 팔려서 못 들었어."

"내가 가져온 통에 끈적한 것이 들어 있어. 그게 한 번 붙으면 잘 떨어지지도 않고 늘어나기도 해. 그걸로 가죽을 이렇게, 이렇게 붙이고 양쪽을 조금씩 남겨두는 거야. 이쪽에서 들어가서 저쪽으로 나가는 거지. 알았어? 이 가죽 붙이는 일이 끝나면 우리 둘이 맘대로 살 수 있다고 하셨어."

여자가 두 팔을 벌렸다가 오므렸다가를 손으로 그리며 설명하자 처음이 고개를 끄덕였다.

"그게 그렇게 잘 붙는지는 이미 알고 있지."

처음이 두 손에서 액체를 떼어내기 위해 고생했던 기억을 떠올리며 말했다.

"응, 불에 엄청 잘 타기도 해."

다음 날부터 처음과 여자는 짐승들과 함께 숲속을 다니며 열매와 먹을 수 있는 뿌리들을 채집했다. 이 숲이 처음인 여자는 짐승들과 같이 다니며 얼굴을 익히고 어디에 뭐가 있는지를 열심히 보고 다녔다. 먹을 것이 구해지면 둘이 마주 앉아 죽통에 담긴 끈적한 액체를 발라 가죽을 이어갔다. 둘이 해서 재미도 있었고 무두질하는 것보다 수월해서 겨울이 오기 전에 세 개의 가죽을 모두 붙였다.

여자가 조용히 하늘님을 불렀다. 오로라가 공중에 나타나며 한 줄기 바람이 불어와 세 개의 가죽을 허공에 들어 올렸다. 가죽이 부풀면서 투명한 가죽의 속이 훤히 들여다보였고 원래의 크기보다 수백 배 더 늘어났다. 세 개의 가죽이 하늘을 가득 채우고 그 가죽들은 그대로 하늘 높이높이 날아가 처음과 여자의 시야에서 사라졌다.

한울은 환생(幻生)의 시작이 자신이 만든 가죽 주머니에서 시작된 것을 기억해 냈다. 그리고 김무영으로 이승에 태어난 것까지 총 마흔 여섯 번 이승을 다녀왔다.

첫 번째는 '처음'으로, 선사 시대였다. 문자도 없고 언어도 발달하지 않아 몸짓으로 간단한 의사소통만이 가능하던 시절이었다. 맨몸으로 무기 하나 변변치 않은 상태로 덩치 크고 사나운 이빨을 가진 맹수들로부터 하루하루를 버텨야 하는 위험천만한 생활이었다. 씨족 생활을 하며 사냥을 하거나 열매를 채취해서 살았지만, 맹수들이 덮칠 때는 운이 좋아야 살아남았다. 그러다 하늘님의 선택을 받아 삼대 성소를 만들 가죽을 무두질하며 주변의 동물들과 친구도 될 수 있었고 여자도 만날 수 있었다.

두 번째는 늑대로 태어나 우두머리가 되어 무리를 이끌었다. 태고의 늑대는 지금보다 덩치가 훨씬 컸고 호랑이 같은 기상을 가지고 무리 지어 다녔다.

일곱 번째는 배달국 치우 가문의 열 명이 넘는 아들 중 하나로 태어나 14대 환웅의 자리에까지 갔다. 이때가 가장 치열하게 살았던 시기로 중국의 황제 헌원과 무려 73번 맞붙어 싸웠다. 전쟁에 이기기 위해 그 시기에 쓰지 않던 철과 구리로 창과 방패를 만들고 갑옷과 투구까지 만들어 군사들을 무장시켰다. 많은 형제들의 도움으로 73번 이긴 끝에 중국의 황제 헌원에게 항복을 받아내고 대륙을 배달국의 천하로 만들었다. 당시 배달국은 여러 민족이 섞인 연방국이었고 매우 광활한

160

영토를 지배하였다. 사람들은 싸우면 이겼던 자오지환웅을 '전쟁의 신'이라고 불렀고 '천'이라는 이름을 따서 치우천왕이라고 부르기도 했다.

열두 번째부터 서른 번째까지는 이름 없는 가난한 농부의 아들로 태어나 어렸을 때부터 산으로 들어가 도를 닦으며 생을 마쳤다. 정말 심심한 생이었지만 전생의 환웅이었을 때의 고단함을 쉬고 충전하는 삶이었다.

서른일곱 번째는 조선 선조 때, 임진왜란이 임박해서 최씨 가문의 아들로 태어났다. 어린 나이에 이미 세상을 보는 눈이 트여 있었으나 벼슬이 없는 양민의 자식으로 태어나 출세하고는 거리가 멀었다. 출세보다는 나라를 구하는 게 먼저였지만 나라에서 받아주지 않아서 술을 좀 많이 마셨다.

마흔여섯 번째는 김무영으로 태어난 지난 생이었다. 짧았지만 나름 소신 있고 알차게 살다 온 생이었다.

정동희, 대통령이 되다

후텁지근했던 기온은 습기가 점차 걷히고 푸른 하늘이 보이는 쾌적한 날씨가 되었다. 신계와 인간계의 벽이 터진 지 한 달이 지나면서 처음에는 두렵고 어색하던 신과 사람들의 상생은 점점 익숙해지고 일상이 되어 갔다. 지축이 바로 서면서 돌아가는 자전축도 달라지며 식물과 동물의 세계에도 많은 영향을 미쳤다. 적도가 평행이 되고 위도와 경도가 바뀌었기 때문이다. 북극은 빙하가 거의 녹았다가 다시 얼음을 덮어쓰고 있었고, 남극은 거대한 지진해일로 인해 얼음덩어리들이 박살 났다가 다시 얼어붙었다. 본초자오선의 위치가 변경되며 하루의 시간이 변경되고 일 년의 날짜도 360일로 바뀌었다.

무엇보다 온갖 시련을 겪고 살아남은 사람들의 몸에 나타난 현상은 사람들을 어리둥절하게 만들었다. 중력의 감소로 몸이 가벼워졌을 뿐만 아니라 그로 인해 땅에 발을 딛지 않고도 걷는 사람들이 생겨난 것이다. 젊은이들은 컴퓨터를 했지만 나이가 좀 있는 노인들은 신들이 해주는 이야기를 듣고 방송의 도움으로 바깥소식을 들었다. 하지만 통신 두절이 된 곳이 많아서 얼마나 많은 사람이 죽고 살아남았는지 집계가 안 되었다.

복구하려면 앞에서 진두지휘하는 사람이 있어야 했지만, 대통령과 고위 관리가 대부분 사망해서 구심점이 없는 상황이었다. 중간 관리쯤 되는 사람이 새로운 지도자를 뽑기 위한 작업에 나섰다. 하급 관리들과 손발을 맞춰 TV와 라디오에 새로운 지도자를 뽑기 위한 추천자 공고를 냈다.

상황이 상황이니만큼 섣불리 하겠다고 나서는 사람이 없었다. 공고가 난 지 이틀이 지나자 누군가에 의해 정동희가 후보자로 추천됐다. 후보로 정동희가 등록되자 컴퓨터 자막에 정동희가 첫 화면에 떴다. 그리고 정동희를 치면 그 밑에 추가로 정동희를 알리는 댓글이 수백 개가 줄줄이 달렸다. 주로 정동희의 도움을 받아 살 수 있었던 사람들이었다.

정동희는 사람과 신들의 생각을 읽을 수 있는 능력이 생긴 것 같았다. 부모님이 다가와서 말을 걸기도 전에 무슨 생각으로 말하는지 알 수 있었고, 자신을 바라보는 조상신이나 다른 신들의 생각도 읽을 수 있었다.

정동희는 다른 사람도 자신과 같은 능력이 생겼는지 알아보고 싶었다. 전에는 자신만 신들을 볼 수 있었지만 지금은 누구나 신들을 볼 수 있으니 특별한 재능이 하나 소멸된 것 같은 기분이었다. 귀신을 처음 봤을 때는 기겁하면서 부들부들 떨었던 부모님이었다. 하지만 시간이 지나고 귀신이 조상신이고 현재 상황을 동희에게 들은 부모님의 태도는 조금씩 조상신들에게 마음을 열고 있었다. 어느덧 부모님은 텔레비전을 보는 것보다 조상신들과 이야기하는 것을 더 즐기게 되었다.

컴퓨터 앞에 앉아서 자신의 SNS에 무수히 달린 댓글을 읽어보던 정동희는 깜짝 놀랐다.

'대통령 후보가 되신 것을 축하드리며, 내친김에 당선까지!'

'미래의 대통령님!'

'우리의 새로운 세계를 열어 줄 대통령, 정동희!'

어리둥절해 있는데 방문이 열리고 아버지가 들어왔다.

"텔레비전에 자꾸 네 이름이 나온다. 동명이인인지 혹시 네가 아닌지 한 번 텔레비전 좀 봐라."

정동희가 거실로 나와 텔레비전을 보았다. 화면엔 후보자 1번으로 정동희가 올라 있었고 한쪽에 사진도 나왔다. 나온 대학과 지금까지 살아온 것을 어떻게 알았는지 세세하게 나열해 놓으며 설명하고 있었다.

'귀신들과 같이 사니까 숨길 수가 없구나.'

"네가 맞는 것 같은데…… 사진도 너고, 그렇지 않니?"

아버지의 말에 정동희는 기가 막혔다.

"저도 모르는 일이 벌어지고 있네요. 전 후보 등록한 적이 없어요."

"추천을 받아서 등록된 후보라는데, 누가 널 추천했다는 거구나."

"추천을 해요? 누가요?"

"그걸 왜 나한테 묻니? 네가 알아야 할 일 아니니?"

정동희는 다시 방으로 돌아와서 컴퓨터 검색창에 자신의 이름을 쳤다. 바로 대통령 후보의 사진과 함께 줄줄이 이력이 나열되어 있었다. 변변치 않은 대학을 나온 것부터 평범한 회사에 다니고 있는 것, 괴질이 돌 때 인터넷상에 괴질을 피하는 방법을 알린 것, 태풍이 줄지어 올라올 때 한국을 떠나지 말 것 등을 알린 것 등이 그대로 적혀 있었다.

그리고 사진 밑에 천 단위의 숫자가 계속 바뀌고 있었다. 추천인 숫자였는데, 왜 이렇게 많은 사람들이 자신을 후보로 미는지 어이가 없었다.

'사람들이 나의 무능을 몰라서 이러지. 내가 아무런 능력이 없다는 걸 알면 얼마나 기막혀할까? 정말 생각하기도 싫은 가정이다. 이건 아냐.'

다음 날, 회사에 좀 늦겠다고 전화하자 전화기 건너편에서 동료의 목소리가 들렸다.

"벌써 선거 유세 준비하려고 그러지? 우리도 도울게."

"아냐. 그게 아니라고."

"회사에서는 자네 언제까지 나올지 그걸 궁금해하고 있어. 아! 이 사람아. 대통령 되면 이런 작은 회사 다니는 것과 비교가 되겠어. 걱정하지 마. 내가 사장님께 잘 얘기해 놓을게. 마음 푹 놓고 일 보고 와."

"정말 자네까지 왜 이래. 아니래도."

"세상이 다 아는 사실을 본인만 아니라고 그러네. 바쁠 테니 빨리 일이나 봐."

괴질 때문에 절반이 죽고, 지축이 설 때까지 이래저래 죽고 회사에 남은 인원은 8명 정도밖에 없었다. 컴퓨터 프로그램을 개발하고 관리하는 일을 했기에 회사에는 인재들이 많았다. 중소규모의 회사지만 재정도 탄탄했고 복지도 좋았다.

정동희는 공채가 아닌 특채로 입사했다. 회사 경영진에 친척이 있어서 소위 '백'으로 들어간 것이다. 일류 학벌 출신 공채 신입사원들 사이에서 단연 보잘것없었다. 하지만 컴퓨터를 다루는 능력만큼은 누구보다 뛰어나서 성과는 동기 동료들 중에서 으뜸이었다.

'뒷배경'으로 들어왔다는 뒷담화는 성과를 내면서 자연스럽게 사라졌고 정동희는 어느새 인정받는 인재로 한 부서의 장이 되었다. 프로그램 개발하는 일이 적성에 맞았는지 일에 몰두하면 시간 가는 줄 모르고 앉아서 밤을 지새우는 날이 많았다. 그렇게 즐기면서 하는 노력과 열정은 고스란히 성과로 나타났고 주변의 찬사를 받았다. 정동희는 그런 면에서 일을 사랑하고 회사를 사랑했다.

그런데 어느 날 난데없이 괴질로 사람들이 죽어가는 중에 빛이 나는 젊은 신이 찾아와 괴질의 정체와 괴질을 피하는 방법을 알려 주고 사람들에게 알려서 구하도록 일을 맡겼다. 젊은 신이 다시 나타났을 때 빛은 오로라 빛을 내며 더 빛났고 또 사람들을 구하는 방법을 전하고 사라졌다.

동희는 빛이 나는 신이 시키는 대로 했다. 그랬더니 또 자기 의사와는 상관없이 이상한 일이 벌어지고 있었다. 정동희는 곧바로 선거관리위원회를 찾아갔다. 추천이라지만 자기 의사와 상관없이 진행되는 일을 막아서 후보 등록을 무효로 하기 위해서였다.

학교에 다닐 때 반장 한번 해본 적이 없던 정동희였다. 뭐 하나 내세울 것 없어서 사람들 앞에 나서 본 적도 없었다. 공부도 못해서 부모님 속을 썩이고 변두리 대학에 들어가서 겨우 졸업했다. 앞에서 남들이 잘하면 뒤에서 박수나 쳐 주는 지극히 평범한 소시민인데 그런 자신이 한 나라를 대표하는 대표자를 뽑는데 후보자라니 당치도 않는 소리였다. 될 리도 없겠지만 시켜 준다고 해도 잘할 자신도 없었다. 한마디로 말도 안 되는 상황이었다.

선거위원회 건물의 문을 열고 안내원을 지나쳐서 그대로 사람들이 분주하게 움직이고 있는 사무실로 들어갔다. 자신의 신분을 밝히지 않은 채 후보 등록 창구를 묻자 사무실 직원은 곧바로 정동희를 알아보았다.

"정동희 후보자님이시군요. 무슨 일로 오셨습니까?"

직원의 말 한마디로 사무실의 모든 시선이 집중되었다.

부담스러운 시선을 느끼며 정동희가 직원에게 말했다.

"제 의견도 묻지 않고 누군가의 추천으로 후보 등록이 된 걸로 아는데요. 전 누구 앞에 나설 만한 사람이 아니에요. 당장 취소하려고요."

"후보자님! 등록은 아무나 할 수 있는 게 아니니까 잠깐 이쪽으로 오세요."

직원 한 명이 다가와 잠시 앉아서 기다려 달라고 요청했다.

"잠시 기다려 주시면 후보자님의 말씀을 들어 줄 분을 모시겠습니다."

정동희가 의자에 앉아서 기다리는 동안 사무실 안에는 고요한 정적이 흐르며 자신을 주시하고 있는 수십 개의 눈들이 곁눈질하는 게 느껴졌다.

더불어 그들의 생각도 전달되었다.

'삼십 후반이라더니…… 정말 젊네.'

'저 사람이 정도령이구나. 도사 같진 않고 그냥 평범해 보이는데.'

'후보 추천 받기도 어려운데 사퇴라니…… 정말 순진한 사람일세.'

'정말 욕심이 없어 보이네.'

직원이 안쪽의 사무실에서 나이 지긋한 한 남자와 함께 나왔다. 남자가 정동희에게 허리를 깊이 숙이며 인사했다.

"안녕하세요? 제가 임시 선거관리위원장 박만수입니다. 정동희 후보님 오셨습니까? 이쪽으로 오셔서 차 한잔하십시오."

"차는 집에서 마셔도 되고요. 제가 원치 않았는데 후보자 등록이 되어 있다고 해서 취소하러 온 겁니다."

박만수가 연신 허리를 굽히며 사무실 안쪽으로 들어가서 얘기하길 권했다.

"그러십니까? 드릴 말씀이 있습니다. 좀 앉아서 이야기를 들어 주십시오."

정동희의 의사와는 상관없이 박만수가 잡아끄는 대로 사무실에 들어가 앉았다. 정동희는 박만수의 설득에 넘어가지 않으리라고 단단히 마음먹으며 박만수를 바라보았다.

"저어…… 저보다 연세도 많으신데 말씀 좀 편히 하십시오. 듣기 거북합니다."

"아, 예! 후보자님보다 제가 나이는 좀 있지만 나이가 뭐 벼슬은 아니지요. 그냥 나이테가 좀 더 있는 거니까요. 신경 쓰지 마십시오."

그래도 정동희는 나이 많은 임시 선거위원장이 꼬박꼬박 존댓말을 쓰고 굽신거리는 게 신경이 쓰였다. 육십 대 후반의 나이에 키도 작고 등도 살짝 굽은 데다 얼굴에 군데군데 검버섯이 있었다. 처진 눈꼬리에 주먹코, 입술은 얇고 머리는 하얘서 은근히 노년의 품격을 높여 주었다.

"그러니까요, 제 말은…… 제가 원치 않는데 후보로 등록이 되어 있다는 겁니다. 전 그럴 자격도 없고 그릇도 안 되거든요. 자신도 없고요. 도대체 어떤 분이 저를 추천했는지 모르지만, 그분들한테는 정말 죄송하지만 사람을 잘못 보신 겁니다. 전 정말 누구 앞에 나설 만한 사람이 못 되거든요."

"아, 예. 그렇게 생각하셨군요. 그런데요, 후보 추천은 한 사람이 추천해서 되는 것이 아닙니다. 본인이 등록하는 건 본인 한 사람만 하겠다고 마음먹으면 등록할 수 있지만 추천 등록은 500명 이상이 추천해야 등록이 가능합니다. 여길 보세요."

박만수는 소파에서 일어나 책상 위에 있던 컴퓨터 모니터를 정동희가 보기 편하도록 돌렸다. 박만수가 컴퓨터 자판을 몇 번 두드리자 정동희 화면이 뜨면서 작은 글씨로 추천자 명단이 빼곡하게 떴다. 박만수가 마우스를 스크롤 하면서 명단을 쭉쭉 올렸다.

"후보님을 추천한 사람은 이미 만 오천 명이 넘습니다. 오백 명만 넘으면 되는데 훨씬 많은 분들이 정동희 후보자님을 추천하신 거지요. 바로 이분들이요."

정동희는 눈앞에 있는 수많은 이름들을 본 적이 없었다. 어젯밤만 해도 몇천 명이던 사람들의 숫자는 이미 만 오천 명을 넘고 있었다.

"저 사람들이 어떻게 나를 알고 추천했지요?"

"저는 모릅니다. 후보 추천 공고가 나가고 첫째 날이었죠. 인터넷에 어느 한 분이 정동희 후보자님 이름을 거론하니까 연이어 동조자들이 생기고 빠른 속도로 천 명이 채워졌던 걸로 압니다. 그래서 이튿날 후보자 등록이 된 거고요. 지금 다른 후보자 두 분이 계십니다만 그분들은 몇 분의 지지자와 함께 스스로 등록하신 거라 정동희 후보자님과는 많이 다릅니다."

"하지만, 저는 아닙니다. 못해요. 생각해 본 적도 없고 누구 앞에 나서 본 적이 없어서 할 수 없어요. 못합니다."

박만수가 미소를 머금고 강경하게 말하는 정농희를 바라봤다.

"제가 사십 년 넘게 공직에 있으면서 정동희 후보자님 같은 분은 처음 봅니다. 이곳에 오시는 분들은 대부분 자신이 없어도 있다고 큰 소리치고, 없던 경력도 만들어 내거든요. 후보자님은 정반대시네요. 결정은 후보자님께서 하는 거지만 민중의 마음이 후보자님에게 있다면 거절하시는 것도 예의가 아닙니다. 후보자님이 부족한 것을 국민이 채워 줄 것이고요. 밑에 관리들도 있잖습니까? 그들을 잘 부리시면 훌륭한 지도자가 되실 수 있을 겁니다."

정동희는 머리를 저었다. 절대로 있을 수 없는 일이었다.

"아니에요. 아니에요. 고기도 먹어 본 사람이 맛을 안다고요. 저는 사람들 앞에 나서 본 적이 없다니까요, 참!"

"후보자로 등록이 된 거뿐입니다. 아직 투표를 안 했기 때문에 결과는 모르지요."

정말 결과는 달리 나올 수 있을까? 정동희는 조상신들뿐만 아니라 거리를 지나는 신들과도 종종 대화를 나눴지만 예전처럼 신들이 사람들의 미래를 보는 예지력은 없었다. 신계의 삼대 성소가 무너지면서 신들의 성소 출입도 금지되어 사람들의 미래를 전혀 볼 수 없게 된 것이다.

'결과는 한울님만 아시겠구나.'

"저어…… 그래도 본인이 희망하지 않으면 결과를 받아들이지 않아도 되지요?"

박만수가 웃었다.

"후보자님! 등록될 당시에 추천인이 오천 명이 넘었는데요. 앞으로 지지자들이 얼마나 늘어날지 생각해 보셨습니까? 후보자님을 지지하고 추천하는 분들이 아마 수십만 명을 헤아릴 겁니다. 어쩌면 우리 국민 대다수가 정동희 후보자님의 지지자인지도 모르지요. 그분들이 하시는 말씀을 들어 보세요. 왜 후보자님을 지지하는지를요. 만약 후보자님이 당선되었는데 나 몰라라 한다면 그분들을 배신하는 겁니다."

정동희가 깜짝 놀랐다.

"뭐요? 배신?"

"믿고 지지했는데 등 돌리면 배신이지요. 힘을 합쳐 이 난관을 헤쳐 나가도 부족한 판국에 나 몰라라 하면 누가 좋아하겠습니까? 보시다시피 지금 매우 힘든 상황입니다. 사람과 귀신이 섞여 사는 세상이고요. 멀쩡한 건물이 없을 정도로 파괴되고 망가져서 신속한 복구가 필요한데 구심점이 없습니다. 그래서 대표자를 뽑는 건데요. 만약에 후보자님이 당선되었는데 안 하겠다고 하면 혼란이 일어납니다. 지금 대통령, 총리 다 없습니다. 누군가 나서서 이 혼란을 진두지휘할 사람이 필요한 시점이지요."

"하지만……."

"자리가 사람을 만든다는 말이 있어요. 걱정하지 마십시오. 후보자님 지지하는 분들이 올린 글을 보니까 후보자님은 예지력이 있으셨던 것 같아요. 후보자님 덕분에 살았다는 분들의 글이 많습니다. 후보자님이 그분들을 살렸으니 그분들이 알아서 후보자님을 도울 겁니다. 그러니 그분들의 든든한 기둥이 되어 주세요."

그런 글은 정동희도 읽어서 알고 있었다. 한울이 일러준 대로만 했을 뿐이었지만 사람들은 한울의 대리인인 자신에게 고마워하였다. 가끔 이래도 되나 싶을 정도로 집으로 선물을 보내오는 이도 있었다. 어떤 이는 집까지 찾아와 덕분에 살았다며 절까지 하고 선물을 잔뜩 놓고 간 적도 있었다.

"만약에 후보자님이 당선된다면 저도 기쁠 것 같습니다. 아무래도 후보자님은 이 혼란을 가장 빠르고 정확하게 정리해 주실 것 같거든요. 컴퓨터 잘하시지요?"

"예. 하는 일이 컴퓨터 프로그램 개발이라서요."

"제 생각입니다만, 신과 컴퓨터가 함께 일하면 엄청난 시너지 효과가 있지 않을까요?"

"글쎄요. 그럴 것도 같네요."

어렸을 때부터 공부보다 컴퓨터가 더 익숙했기에 컴퓨터의 기능은 누구보다 잘 알고 있었다. 지금도 컴퓨터 회사에 다니면서 프로그램 개발자로 일하고 있고 그 일은 정동희의 적성과도 잘 맞았다. 그리고 신과의 접촉도 어렸을 때부터 했기 때문에 신에 대한 능력치를 아는 것도 어쩌면 다른 사람들보다 나을 수 있었다. 정동희는 갑자기 자기가 한울에게 선택된 이유가 이것 때문일 거라는 생각이 들었다.

'신과 컴퓨터!'

"제가 나이는 먹었지만 기계치는 아니거든요. 컴퓨터의 엄청난 기능도 알고 있고요. 신의 능력도 조금 알고 있는데…… 후보자님도 양쪽을 이용하는 능력이 있으신 것 같습니다. 제가 보는 눈이 맞는다면요."

박만수가 예리한 통찰력으로 정동희의 장점을 끄집어내었다.

"신의 능력에 대해 얼마나 아시나요?"

정동희의 질문에 박만수가 대답했다.

"제가 어렸을 때 할머니가 무당이셨습니다. 어렸을 때는 그게 왜 그렇게 창피했는지…… 할머니가 무당이라는 걸 모르게 하려고 길에서 할머니와 마주쳐도 못 본 척하고 그냥 지나가기도 했어요. 어린 마음에 속 좁게 그랬던 건데 할머니는 이해해 주시더라고요. 아니 이해하셨다고 생각했었는데 그게 아니었나 봐요. 사람과 귀신 세계가 섞이면서 얼마 전에 할머니를 다시 뵈었거든요. 정확히 그때의 일을 기억하시면서 속상했었다고 말씀하시더군요. 아니 말하려는 게 이게 아니고요. …… 제가 어렸을 때 할머니가 귀신과 얘기한다고 들었어요. 사람들 앞날도 봐주면서 점을 보는 거지요. 어쩌다 굿을 하거나 하면 귀신의 영향을 받는다고 주변에도 못 오게 했었어요. 이번에 할머니를 만나서 얘기를 했는데 그러시더군요. 예전과 달라서 지금은 귀신도 앞날에 대해서 아무것도 볼 수가 없다고요."

"지금 말씀하시는 것은 제한적인 신의 능력이에요."

"그렇죠. 전 이번에 처음 신을 봐서 그 전의 신은 어땠는지 모릅니다. 하지만 한 가지 분명한 것은 신들의 기동력은 광케이블 같아요. 순식간에 어디든 갈 수 있지요. 신과 컴퓨터가 다른 것은 신들은 하나의 생명체라 볼 수도 있고, 생각도 하고 바로 대화도 할 수 있다는 겁니다. 반면 컴퓨터는 스스로 생각하는 사고능력은 없지만 뛰어난 습득력과 입력된 것을 조합해서 재창출하는 능력이 있지요. 재창출의 속도가 엄청나게 빨라서 상상을 초월해요. 신과 컴퓨터의 조합, 어쩌면 앞으로 더 좋은 세상이 활짝 열릴 수 있을 거라는 생각이 듭니다. 어떻게 생각하세요?"

　정동희는 이런 생각을 해본 적이 없어서 느닷없이 들어온 질문에 잠시 생각해 보았다. 분명 자신은 신도, 컴퓨터도 다른 사람보다 잘 알고 있다고 자부할 수 있었다. 그렇지만 그걸 결부시켜서 생각해 본 적이 없었고 그걸로 미래가 획기적으로 바뀐다거나 더 발전하리란 것도 생각해 본 적이 없었다. 그저 회사가 요구하는 프로그램 개발에 몰두하고 사람들이 컴퓨터를 사용할 때 걸림돌이 되는 것을 치워 주는 환경을 만들어 주는 것이 주 업무였다.

　"저보다 위원장님이 이 나라를 위해서 더 일을 잘하실 것 같아요. 전 신과 컴퓨터를 연결지어 생각해 본 적이 없거든요. 컴퓨터가 점점 더 빨라지고 정보가 넘쳐도, 단지 과학이 발전해서 인간의 능력치가 한 단계 올라섰다고 생각했어요."

　"그 말씀도 맞아요. 과학의 발전은 인간의 능력치가 업그레이드 된 것이니까요. 하지만 사람과 귀신이 섞여 사는 세상이 된 이상 이 땅의 귀신도 등록을 해서 관리해야 해요. 사람만 관리해서는 안 된다는 겁니다. 제가 여러 신들에게 물어보니까 살아남은 사람은 500만 명이 조금 넘는데 귀신은 수천만 명입니다. 귀신이 압도적으로 많아요. 귀신이 문제를 일으키면 귀신들이 해결할 수 있도록 해야 하고요. 사람이 문제를 일으키면 사람이 해결해야 합니다. 만약 사람과 귀신이 함께 문제를 일으켰으면 같이 해결하는 게 맞고요."

　"정말 많이 생각하셨네요, 위원장님! 위원장님 같은 분이 이 나라를 이끌어 주셔야 할 것 같습니다. 제가 적극 추천해 드릴게요. 지금까지 관직에 계셨으니 경험도 충분히 있으실 테니 위원장님이 적격이세요."

"이것 보세요, 정동희 후보자님! 어리광 그만 부리고 앞으로 어떻게 해야 우리나라가 빨리 복구되고 잘 살 수 있을 것인가를 고민하세요. 하다가 이 늙은이 도움이 필요하면 부르세요. 그럼 아주 기쁘게 달려가서 도와드릴 겁니다. 후보자님을 추천한 분들도 역시 후보자님이 도와달라고 하면 언제든지 달려와 도와드릴 테니 혼자 문제를 해결할 생각하지 마시고 같이 해결해 나가면 돼요. 잘할 수 있습니다. 후보자님 뒤에는 민중들이 있다는 걸 잊지 마세요."

결국 정동희는 박만수에게 설득당하고 돌아왔다. 후보자들은 인터넷상으로 신상이 공개되고 그동안 한 일에 대해서 나열되어 홍보되었다. 정동희는 괴질의 정체를 알리고, 방어 홍보를 했을 뿐만 아니라 지축이 바로 서기 전에 나라 밖으로 나가지 말아야 살 확률이 높다고 알렸었다. 인터넷과 방송 제보로 이미 사람들에게 구세주로 떠올라 있었고, 정동희의 말이라면 무조건 따르는 무리도 생겨났다. 그들은 인터넷상에서 정동희를 위한 후원회를 만들고 정동희가 올리는 글을 열심히 퍼 날랐다.

다른 두 후보자들이 유세를 하는 모습은 바로 뉴스로 떴다. 정동희는 집에 틀어박혀 두 후보자의 유세를 TV로 인터넷으로 보았다. 정동희가 보기에 두 명의 후보자는 훌륭한 대학을 나왔고 경력도 자신과 비교도 안 될 정도로 훌륭했다. 두 사람과 비교해 보면 정동희가 나은 것이 하나도 없어서 정동희는 어이가 없어서 실소가 나올 지경이었다.

"사람들이 나한테 속고 있어. 저렇게 경륜이 있는 사람이 되어야 모양도 살고 그럴싸하지. 나 같은 놈이 되면 사람들이 금방 내가 아무것도 모르는 속 빈 강정이라는 걸 알게 될 거야. 참 내, 내가 될 리도 없는데 비교는 무슨 비교야. 그렇지, 누나?"

정동희는 옆에서 같이 TV를 보고 있는 큰누나에게 말했다.

괴질로 매형과 하나뿐인 딸이 죽자 혼자 축 처져 있는 큰누나를 불러들여 얼마 전부터 같이 살고 있었다. 혼자 있다가 그나마 가족과 함께 있게 되자 누나의 표정은 조금씩 살아나기 시작해서 엄마와 대화하고 서로 위로하며 치유의 나날을 보내고 있는 참이었다.

"넌 한울님도 봤다면서? 엄마도 아빠도 봤다는데…… 한울님은 신들이 그러는데 신 중에 가장 높은 신이라며? 그런 사람이 너를 점지했는데 저 사람들이 대수냐? 저 사람들은 한울님을 본 적도 없을걸?"

옆에 있던 아버지가 한마디 거들었다.

"그래, 신이 너를 선택한 거면 신이 도와주실 거다. 신을 믿고 그냥 흐르는 대로 따라가거라."

70대에 접어든 아버지가 천천히 말하자 동희가 고개를 저었다.

"뭘 알아야 하지요. 아시잖아요. 저 학교 다닐 때 공부 못해서 아버지 속 썩인 거……."

"그래도 시험은 잘 봤었지. 평상시엔 아무리 가르쳐 줘도 모르던 애가 시험은 맨날 100점 맞았잖아. 뭐 우리야 다 알지만, 다른 사람은 아무도 몰랐지."

큰누나가 초등학교 시절의 정동희를 떠올리며 낄낄 웃었다.

"그래서 에디슨이 공부를 잘했다니? 사람에게는 누구나 타고난 저마다의 소질이 다르단다. 저 사람들은 너보다 분명히 좋은 학교에 훌륭한 경력을 갖췄지만, 저 두 사람에게 없는 것이 너에게 있다는 걸 알아라."

아버지의 말에 정동희는 박만수 선거위원장의 말이 생각났다.

'컴퓨터와 신(神)!'

"컴퓨터는 저 두 분보다 제가 나을 수 있겠네요."

아버지가 고개를 저었다.

"컴퓨터는 지금 세상에 특별한 능력은 아니야. 자! 봐라. 지금 이 공간에 우리뿐 아니라 우리 조상신들도 빼곡히 있잖니. 지금은 우리도 신들을 보고 말하고 있지만 너는 어려서부터 신들과 대화하고 봤었잖아. 그건 아무나 있는 능력이 아니었어. 아주 특별한 능력이었지. 내가 생각하기에 그렇기 때문에 신들을 잘 아는 네가 한울님께 선택된 것이 아닌가 싶구나."

옆에 있던 누나가 엄지를 치켜세웠다.

"아! 역시…… 근데 너 어렸을 때 잠깐 귀신 본 적 있었잖아. 그래서 무섭다고 엄마, 아빠 방에 가서 자고 그랬잖아. 그런데 병원 치료받고 안 보였다며?"

아버지가 동희를 보고 말했다.

"병원을 다녀온 후로 동희가 태연한 척을 해서 그렇지 계속 신을 보고 있었던 거야. 우리가 걱정할까 봐. 그렇지?"

동희가 고개를 끄덕였다.

"일전에는 그동안 제가 귀신 안 보는 걸로 아셨다면서요. 알고 계셨어요?"

"난 네가 늘 걱정되었단다. 그리고 우리를 걱정하는 네 마음이 대견하고 기특하면서도 네 마음을 존중해 주기로 했어. 그래서 엄마와 나는 너에게 묻지 않았고 모른 척하고 지켜보기만 했던 거야. 그건 너도 알고 있을걸."

"예. 제가 공부도 안 하는데 어느 순간부터 언제나 백 점 맞는 깃 때문에 눈치채셨을 거라고 생각은 했어요."

"그래도 내가 너를 믿었던 건 대학 들어갈 때 시험 성적이 매우 좋았는데도 불구하고 한참 하향 지원을 했었잖니. 엄마는 네가 SKY 대학 안 넣었다고 닦달했지만 나는 오히려 네가 양심적인 것 같아서 좋더라. 분명 네 실력으로 나온 점수가 아니었으니까 말이야. 네가 서울의 명문대에 갔다면 다른 정직한 실력을 갖춘 학생들 기만한 게 되겠지."

"아! 뭐야, 그게 그렇게 된 거였구나. 그래서 그 높은 점수 가지고 구석진 대학에 갔구나. 난 또 아빠 등골 휠까 봐 4년 동안 장학금 받으려고 그런 줄 알았지."

옆에서 큰누나가 놀라운 표정으로 동희를 바라보았다.

"지금도 저는 사람들을 속이고 있는 것 같거든요. 그래서 마음이 무거워요."

"이해한다. 그래서 늘 자책하느라 네가 표정이 밝지 못했지. 하지만 그것 때문에 네가 많은 사람들을 살렸잖니. 너의 그 능력 때문에 말이다. 그리고 네 말을 믿은 덕분에 산 사람들은 너의 말을 믿고 따르는 거고. 그게 네 뜻이 아니라 한울님의 뜻이라면 너는 기쁘게 따라야 할 거야. 너를 통해 인류를 구할 빛을 내리셨잖니."

"한울님이 저를 통해 사람들을 좀 더 많이 살게 하신 건 맞지만 제가 앞으로의 지도자감은 아니라는 거예요. 아버지, 제 그릇은 아버지도 아시잖아요."

"알지……. 하지만 지금까지 신의 선택으로 여기까지 왔으니 앞으로의 길도 열어 주시지 않겠니? 그러니 한울님이 가라시는 데로 가면 될 것 같구나. 만약 네가 한울님이 선택한 자가 아니라면 일반인으로 살아가면 그뿐이다. 너무 앞날에 대해 걱정하지 말아라. 지금 닥친 것만 하나씩 해결해 나가면 된다."

"아빠! 밖에 사람들이 정동희 피켓을 들고 죽치고 앉아 있어요. 이틀째 보이는 사람도 있는데 무서워서 나갈 수가 없네."

큰누나가 창밖을 보다가 담장 너머로 보이는 사람들을 살펴보며 말했다.

어떻게 알고 찾아왔는지 정동희의 집 앞에는 차츰 지지자들이 몰려들었다. 처음에는 네다섯 명이었는데 삼사일이 지나자 수십 명이 되었고 선거 날짜가 다가옴에 따라 골목 밖까지 연일 북새통이었다.

선거 유세 기간에도 정동희는 회사에 정상 출근했다. 회사에 출근할 때도 사람들 사이를 지나가야 했고 집 앞을 나서면 취재진들도 따라붙었다. 마이크를 들이대며 따라오는 취재진을 뒤로 하고 회사에 오면, 텔레비전에 정동희가 출근하는 모습, 퇴근하는 모습이 보도됐다. 회사에서도 유세하라며 휴가를 내라고 했지만 정동희는 평상시대로 그저 일만 했다. 일도 집중이 안 돼서 오히려 이 유세 기간이 빨리 지나갔으면, 그래서 예전처럼 일에 집중하기를 바랐다.

지지자들은 정동희가 선거 유세를 할 생각이 없음을 알고 TV에 자발적으로 출연해서 지지 연설을 하고 인터넷으로 홍보전을 펼쳤다. 어디에도 정동희의 얼굴은 보이지 않았지만 지지자들의 적극적인 홍보 덕분에 세 후보의 예상 지지율 발표에서 큰 차이로 정동희가 앞섰다.

그리고 선거 후 결과도 예상 지지율과 다르지 않았다. 개표 결과를 가족과 함께 TV로 지켜보던 정동희는 우려했던 일이 현실로 나타나자 자신의 방으로 들어가 문을 잠갔다.

동희가 한울을 세 번 불러 소환했다.

"무슨 일이냐?"

두 손을 모으고 공손하게 절하는 동희를 보고 한울이 물었다.

"제가…… 사람들이 뽑은 대표가 되었습니다. 이건 제가 원한 것이 아니라 한울님이 저를 군중들 앞에 세운 것입니다. 그러니 한울님께서 제가 앞으로 해야 할 일을 가르쳐 주십시오."

"잘하고 있는데 뭘 가르쳐 달라고 하느냐. 조상신들과 잘 상의해서 이끌어 나가면 될 것을……."

"두렵습니다. 제가 지금까지 다른 이들보다 잘났다고 생각해 본 적도 없고, 여기까지 온 것도 제 노력이 아니라 한울님이 밀어서 온 겁니다. 그런데 터무니없이 대통령이라니요. 사람들은 제가 아무런 경험도 없고 정치가 스타일이 아니란 걸 알아차리는 데 오래 걸리지 않을 겁니다. 금방 들통이 날 거예요."

한울이 미소 지었다.

"이런, 예전의 위정자들이 너의 이런 마음을 조금이라도 가지고 있었다면 얼마나 좋았을까! 내가 밀어서 여기까지 왔다고 했느냐? 그럼 앞으로도 밀어주면 되겠구나. 내가 너에게 대한민국을 이끌어 갈 힘과 지혜를 주겠노라."

"그럼, 부디 못난 저의 길잡이가 되어 주시고 빛이 되어 주십시오. 당장 사람들 앞에 나서야 할 터인데 자신이 없고 무슨 말을 해야 할지 눈앞이 캄캄합니다."

"집 앞에 너의 지지자들이 환호성을 지르고 있구나. 그들부터 인사를 전하고 네 뒤에 내가 있다는 것을 항상 명심하고 용기를 내어라. 너는 이미 사람들 앞에 나설 준비가 다 갖춰져 있느니라. 단지 네가 모를 뿐이다. 잘할 것이야."

한울이 용기를 북돋워 주었다.

"그래도 제가 남들 앞에 나서 본 적이 없는 터라……."

"주변에 신들을 잘 활용해야 할 것이다. 전에는 네 눈에만 보였지만 지금은 사람들 모두가 신들을 보고 대화하는 시대가 되었다. 사람보다 신들의 수가 많으니 신을 통제하지 못하면 사람도 통제하기 어려울 것이다. 신들을 통제하면 사람들은 잘 따를 것이니 신들을 잘 다스려야 할 것이다."

"어떻게요?"

"너는 사람이 아니냐? 사람의 체계를 신에게도 적용하거라."

"사람과 신은 본질이 다른데 같은 체계를 적용해도 되겠습니까?"

"된다."

"네……. 그리고 제가 알아야 할 것이 있으면 말씀해 주십시오."

"이미 신들을 통해 다 알고 있는 것들뿐이다. 지금 살아남은 사람들은 다 선한 사람들이다. 만약 살아남은 사람 중에서 악한 마음을 품고 악한 행동을 하는 자는 몸이 아플 것이다. 죽지는 않겠지만 살아서 몸이 아픈 것으로 악한 행동의 제약을 받는다. 그러니 사람들을 통제하기가 수월할 것이라는 말이다. 또한 이것은 신들에게도 동일하게 적용될 것이다."

"아! …… 예!"

"그리고 이 땅에는 첨단 기반 시설을 그대로 남겨 놓았다. 살아남은 사람들이 풍족하게 누리고 살 수 있을 것이고, 오히려 점점 더 발전하여 사람들이 이곳을 이상 세계라고 말하게 될 것이다. 하지만 이 땅을 벗어난 다른 곳은 사정이 완전히 다르다. 모든 것이 파괴된 상태에서 살아남은 사람들이 세계 곳곳에 있다. 그 사람들이 식량을 구하러, 살기 위해 도움을 요청할 것이다. 너는 그들도 돌보아야 한다. 네가 실질적으로 인간 세계에 살아남은 사람들의 대표라는 것이다. 알았느냐?"

"예? 하지만 제가 그런 것까지요?"

또다시 정동희의 입에서 자신 없는 소리가 흘러나왔다.

"너의 그릇은 이미 내가 만들어 놓았다. 내가 시킨 대로 잘해서 여기까지 왔고 앞으로도 사람들을 잘 이끌 것이다. 단, 자만하지 말아라. 네 위에 나! 한울이 지켜보고 있으니 혹여라도 네가 오만하고 타락한다면 내가 너를 벌할 것이다."

"그렇게 하십시오. 만약 제가 자만하거나 오만해진다면 반드시 저를 벌해 주십시오, 한울이시여!"

정동희가 잠시 숨을 고르더니 다시 말했다.

"한 가지만 여쭤보겠습니다."

"말해라."

"혹시…… 나중에 전처럼 신계와 인간계가 분리될까요?"

"그건 내가 신계의 성소를 다 고치고 나서 생각할 문제다."

"그게 언제쯤일까요?"

"아직 예정이 없다. 그때까지 사람이 죽는 일은 없을 것이다."

"사람이 안 죽어요?"

"죽어도 갈 곳이 없지 않느냐."

"육신은 죽고 영혼은 지금 보이는 신들처럼 되지 않습니까?"

"아니다. 신계의 성소가 완성될 때까지 사람은 다쳐도 병들어도 죽지 않는다."

"알겠습니다, 한울이시여!"

한울이 오색 빛을 뿌리며 사라지자 정동희는 자신의 방문을 열고 나왔다. 집 앞 골목에는 지지자들이 연신 '정동희'를 외치고 있었다. 가족들을 지나쳐 정동희는 밖으로 나갔다. 사진 몇 장만 선거 유세 때 방송으로 돌기만 했고, 출퇴근 때 찍힌 영상 말고는 한 번도 유세를 한 적이 없는 당선인이 드디어 대중 앞에 모습을 드러냈다. 갑자기 모습을 드러낸 정동희에게 지지자들은 엄청난 함성으로 화답했다. 방송국 카메라와 신문 기자 등 매체들의 셔터가 쉴 새 없이 번쩍거렸다.

눈이 부셔서 잠시 그 자리에 멈춰 서 있다가 둘러선 카메라와 대중들을 향해 허리를 굽혀 정중히 인사했다.

"감사합니다, 여러분! 저를 한 번도 본 적이 없으셨음에도 불구하고 저를 믿어 주시고 뽑아 주셔서 감사드립니다. 앞으로 열심히 할 테니 여러분도 저를 많이 도와주십시오. 감사합니다."

정동희는 짧게 인사하고 쏟아지는 박수 소리를 뒤로하며 다시 집으로 들어갔다.

다음 날 아침, 선거위원장 박만수가 당선인증을 가지고 찾아왔다. TV에서는 '정동희 대통령 당선!'을 특집으로 내보내며 어제 집밖에 잠깐 얼굴 내비친 것을 반복해서 방송하고 있었다.

"축하드립니다. 당선되실 줄 알았습니다."

"고맙습니다. 앞으로 잘 부탁드립니다."

"바로 출근하셔서 집무를 보셔야 합니다. 죄송하지만 하실 일이 산 더미로 쌓여 있어서 당분간 쉬시는 건 포기하셔야 합니다."

박만수가 싱글벙글 웃으며 말하자 정동희도 피식 웃었다.

"결국 이렇게 되어 버렸군요. 어차피 된 거 잘해 봐야지요."

"그럼요. 국민들의 믿음과 신들의 믿음이 대통령님께 모인 겁니다."

"대통령?"

정동희가 고개를 갸웃거렸다.

"왜 그러십니까, 대통령님?"

"글쎄요. 왠지 대통령이라는 말이 어울리지 않는 것 같아서요."

"금방 익숙해질 겁니다. 처음이라서 그렇지요."

"그럴까요?"

집 밖으로 나오자 지지자들이 '대통령 정동희!'를 골목이 들썩거리 도록 연호했다. 그들은 진심으로 정동희에게 기대에 찬 응원을 보내 고 있었고 정동희는 그것을 마음속으로 한숨을 쉬며 받아들이고 있었 다. 사복을 입은 경호원들이 정동희 주변으로부터 사람들을 밀어냈다. 함성을 올리는 지지자들에게 손을 흔들고 허리 굽혀 절한 뒤 승용차에 올랐다.

호위 차량과 방송 차량이 요란하게 뒤따르는 가운데 첫 출근을 했 다. 청와대 입구에 들어서자 한눈에 봐도 상태가 정상이 아니었다. 잔 디는 누렇게 죽어 있고 나무들도 태풍에 가지가 꺾이고 뿌리까지 드러낸 채 누워버린 나무가 여러 그루 눈에 띄었다. 그나마 제대로 서 있는 나무들도 잎이 병들어 볼썽사납게 말라비틀어져 있었다.

정동희는 청와대를 한 바퀴 둘러보았다. 청와대 뒤에 위치한 인왕산 일부가 무너져 집채만 한 돌덩이가 굴러와 담장도 본관도 일부 무너졌다. 인왕산 쪽 담장은 거의 무너져 있었고 본관까지 커다란 돌덩이가 박혀 있었다. 지붕이 무너져 기왓장이 바닥에 뒹굴고 곳곳이 허물어져 보수와 청소가 시급한 실정이었다. 청소는 바깥만 되어 있었고 안에는 엉망이었다.

"지진도 없었는데 무너졌군요. 다른 곳은 어때요?"

정동희가 줄곧 따라다니던 박만수에게 물었다.

"지진은 없었어도 비가 엄청나게 와서요. 산 일부가 무너지면서 거대한 바위가 굴러떨어져 청와대 담을 치고 들어와서 이렇게 됐습니다. 전임 대통령과 각료들, 관직에 계신 분들이 많이 사망하셔서 어디부터 손대야 할지 몰라서 방치됐습니다. 통치 기관이 일시 정지됐었거든요. 이제 속히 복구 작업을 해야 할 텐데요. 또 비가 올까 봐 걱정입니다."

"비는 당분간 안 올 겁니다."

"그랬으면 좋겠습니다. 아! 예! 그렇게 장담하시니까 당분간 비는 안 오겠네요. 그동안 너무 지긋지긋하게 와서 온통 물바다라 서울이 잠기는 줄 알았습니다. 조금만 더 비가 왔었으면 정말 모든 게 잠길 뻔했어요. 혹시 구름도 신이 움직이는 건가요?"

"일반 신이 아니라 절대적 힘을 가진 분이 움직이시지요. 한울님이요."

정동희가 손가락으로 하늘을 가리켰다.

"아! 그럼 대통령님은 그분, 한울님과 직접 연결이 가능한가요?"

박만수가 더듬거리며 묻자 정동희가 슬쩍 웃었다.

"아! 역시…… 그러셨구나. 정말 잘됐습니다, 대통령님! 앞으로 이 나라 잘 부탁드립니다."

"넘겨짚지 마시고요. 제가 모르는 게 많아서 도와주시는 분들이 힘드실 거예요. 전임 대통령 사망하신 지 한 달이 넘었지요?"

"예! 그렇게 됩니다. 워낙 괴질로 사망하는 사람도 많았고 끊임없이 몰려오는 태풍 때문에 전국이 물에 잠기다시피 한 상태라 장례도 변변히 치르지 못하고 모셨습니다. 지금 살아 있는 사람들 숫자 파악도 아직 못한 상태고요. 얼마 전에 말씀드린 오백만 명은 신들에게 물어봐서 그렇게 말씀드린 겁니다."

"그렇군요. 그럼, 제가 당장 쓸 만한 공간부터 확보해 주세요."

"이쪽으로 오십시오."

박만수의 안내로 들어간 곳은 춘추관이었다. 평상시에 공보비서실과 청와대 출입 기자들이 쓰던 곳인데 돌들이 이곳까지 굴러오지는 않아서 멀쩡했고, 청소까지 깔끔하게 되어 있었다.

"며칠 전부터 이곳만이라도 괜찮아야겠다 싶어서 이곳을 먼저 수리하고 청소해 뒀습니다. 오늘부터 본관을 본격적으로 수리하는 작업을 할까 하는데요. 이제부터 모든 것은 대통령님이 명령을 내리셔야 합니다."

"좀 더 둘러 보고요. 저쪽 저 한옥은 뭡니까?"

좀 떨어진 곳에 아담한 한옥을 보며 내려다보며 물었다.

"상춘재입니다. 청와대 내의 소규모 접견실인 전통 가옥이지요."

아래로 내려가 상춘재 안을 돌아보던 정동희가 고개를 저었다.

"작긴 하지만 여기도 멀쩡하군요. 청소를 안 해서 그렇지. 오늘 이곳 내부 청소를 끝내고 일단 이곳도 사용하도록 하지요. 저쪽은 시간이 걸리니까 우선 상춘재 청소와 수리부터 합시다."

정동희가 말을 마치자 박만수가 뒤따르던 남자들에게 대통령의 말을 전했다. 남자 중 하나가 춘추관으로 뛰어가서 여러 남자들과 함께 청소 도구들을 챙겨 가지고 나왔다.

"이곳에 신들의 기관을 두어야겠어요."

정동희의 말에 박만수가 고개를 갸웃거렸다.

"신들의 기관이요?"

"사람보다 신들이 수십 배 더 많다고 말씀하셨잖아요. 신들에게도 법과 질서를 지킬 수 있도록 입법부와 사법부를 둬야지요."

"너무 좁지 않나요?"

박만수가 상춘재 내부로 머리만 들이밀고 훑어보면서 난색을 보였다.

"신들은 무게도 없고 부피도 없습니다. 이 공간도 넓을 수 있어요. 위원장님 조상님들 수십 분이 위원장님 방 안에서 같이 주무셔도 좁지 않잖아요?"

"아, 예! 그건 그렇지요."

"여긴 본관보다 아담해서 더 정감이 가는 곳이네요. 좁으니까, 청소도 금방 할 수 있고 아담하고 좋아요. 사람은 신을 벗고 들어와야 하니까 좀 번거롭긴 하지만요. 신들이 사용하기엔 괜찮을 겁니다."

박만수가 웃으며 말했다.

"신들이 쓰는 공간이라고요. 그동안 온갖 음모와 작당이 이곳에서 만들어지기도 해서 그런지 정말 적절한 판단으로 생각됩니다."

상춘재는 내부가 전통 가옥으로 되어 있어 온돌에 신을 벗고 들어가는 구조였다. 십여 명이 함께 마루와 방, 화장실까지 청소하니 삼십 분도 안 되어 끝났다.

누군가가 박만수 위원장에게 와서 말했다.

"춘추관에 케이블과 전화선 모두 연결됐습니다. 그리고 별관도요."

본관에 있던 사무용 책상과 집기 일부가 춘추관으로 옮겨졌다. 2층은 대통령 임시 집무실과 회의장으로 하고 1층은 회의장과 비서실이 쓸 수 있도록 꾸몄다. 출입 기자들의 자리는 1층 구석에 책상 몇 개와 의자를 놓고 케이블 선을 따로 빼주어 컴퓨터 사용과 전화를 쓸 수 있도록 했다.

2층 회의장에 회의용 긴 테이블과 의자가 양옆으로 놓이고, 물 한 잔씩이 조촐하게 놓였다.

"이렇게 임시방편으로 사용하고 본관이 수리되는 대로 옮깁시다. 자! 회의부터 합시다. 위원장님부터 오시고요. 거기 각 부처의 장급 이상 되시는 분들 들어오십시오."

정리가 거의 끝나갈 무렵 미리 연락해서 모여 있던 관리들을 불렀다. 바깥에 대기하고 있던 사람들이 한 사람씩 큰 방으로 들어왔다. 맨 먼저 들어온 이는 박만수였다. 박만수가 눈인사를 하고 자리를 잡고 서자 다음 사람이 뒤를 이어 줄줄이 여덟 명이 들어와서 인사했다.

"자! 들어오실 분 더 안 계신가요?"

정동희가 밖에 대고 조금 크게 말하자 밖에서 경호원이 얼굴을 내밀고 말했다.

"없습니다, 대통령님! 문 닫겠습니다."

문이 닫히자 아늑한 분위기에 옹기종기 모여 앉은 열 명 사이로 잠시 어색한 침묵이 이어졌다. 정동희가 헛기침을 하며 말을 꺼냈다.

"인사드립니다. 당선자 정동희입니다. 이렇게 뵙게 되어 반갑고요. 앞으로 잘 좀 부탁드립니다."

정동희가 인사를 하고 앉자 모두 자리에 앉았다.

"빈자리가 많군요. 명찰을 보니 장관님과 차관님은 없고 관리자분들 참석이 많으십니다. 워낙 많은 분들이 사망해서 먼저 살아 있는 분들부터 조사해야 할 것 같습니다. 투표는 어른들만 했으니까요. 투표에 참여하지 못한 분들도 많았던 걸로 압니다. 아시다시피 워낙 온갖 천재지변이 한꺼번에 닥쳐서 멀쩡한 곳이 없어요. 그래서 먼저 해야할 일들을, 순서를 정해서 하려고 합니다. 여러분들의 의견을 말씀해 주세요."

정동희가 노트북을 펼치며 말하자 다른 사람들도 일제히 가지고 온 노트북을 펼치고 준비하였다.

박만수가 먼저 입을 열었다.

"대통령님이 말씀하신 대로 먼저 살아있는 사람들의 인구 조사가 필요합니다. 지방은 도로가 끊긴 곳이 많아서 구조가 시급한 곳도 있습니다. 식량도 보내야 하고요."

"그렇지요. 인구 조사가 첫 번째. 어디에 몇 명이 있는지도 중요해요."

정동희는 첫 번째로 살아 있는 인구 조사를 썼다.

송두용 보건복지부 관리가 손을 들었다.

"한강이 좀 넘쳤다가 빠졌기 때문에 수인성 전염병이 돌 수 있습니다. 방역도 시급합니다. 그리고 청소도요. 건물마다 충격으로 유리가 남아 있는 건물이 없을 정돕니다. 유리 때문에 죽은 사람도 있고 다친 사람도 많습니다. 그리고 죽은 사체가 이미 많이 치웠음에도 불구하고 아직 외곽에는 눈에 종종 띈다고 합니다. 집안에 문이 잠겨 있어 발견되지 않은 시체도 많다고 합니다. 가족이 모두 사망했으면 신고할 사람이 없으니까요. 동물들의 사체도 그렇고요. 냄새도 나고 전염병 예방을 위해서라도 빨리 치워야 합니다."

"그렇군요. 사체 처리, 방역과 청소가 두 번째!"

내무부 강은명 명찰을 단 이가 손을 들었다.

"가게 문 닫은 곳이 대부분이어서 상당 기간 식료품을 비롯한 생필품을 공급받지 못해 시민들이 불편을 겪고 있습니다. 이미 굶주림에 시달리는 시민들도 있다고 들었습니다. 이 문제는 시간을 다투는 일입니다."

"그럼, 이 문제가 첫 번째군요. 맞아요. 굶주림에는 장사가 없지요. 잠시만요, 거기 김영광 본부장님 명찰 다신 분이 기획재정부였지요?"

"예!"

김영광 본부장이 냉큼 대답했다.

"현재 재정 상태를 간략하게 말씀해 주세요. 재정은 어떻습니까? 동그라미, 세모, 엑스 중에서 어딥니까?"

"동그라미에 속합니다."

"그래요. 그렇다면 농림부에서 오신 분이 안 계시잖아요. 그렇죠?

비서실장님! 농림부 누구라도 당장 오시라고 하세요. 그리고 조달청 관계자도 당장 오라고 하시고요. 어서요."

"예!"

비서실장이 메모한 종이를 들고 벌떡 일어나서 밖으로 나갔다.

강은명이 또 입을 열었다.

"이건 당장은 아니지만 역시 조속히 해결해야 할 문제인데요. 워낙 많은 사람들이 죽다 보니까 빈집들이 많습니다. 열 집 중 아홉 집이 빈집으로 추정됩니다. 이런 집들을 어떻게 할 것인지도 향후 의논해야 하고요."

정동희가 탄식하며 컴퓨터를 치다가 종이에도 열심히 받아 적었다.

"이것도 미룰 수 있는 문제는 아니네요. 알겠습니다. 다음!"

이때 문 두드리는 소리가 났다. 다들 시선이 집중된 가운데 문이 열리고 중년의 남자 두 명이 들어왔다.

"죄송합니다. 장관님, 차관님이 안 계셔서 제가 와야 하는지 몰랐습니다. 환경부 부장 권성태입니다."

"반갑습니다, 정동희입니다. 빈자리에 앉으세요."

"죄송합니다. 저도 몰라서 늦었습니다. 차관님 이상만 참석하시는 줄 알았습니다. 국토교통부 부장 조현입니다."

"그래요. 어서 가서 앉으세요."

두 사람이 자리에 앉자 정동희가 말했다.

"자 계속합시다. 우리는 당장 처리해야 할 문제들을 얘기하고 있어요. 지금 새로 오신 분들도 당장 처리해야 할 문제들을 말씀해 주시기 바랍니다."

교육부 부장이 손을 들었다.

"교육부 부장 이은숙입니다. 대통령님, 집에 아이만 남은 집도 있습니다. 아이들은 공포에 떨면서도 조상신들에 의해 근근이 살아가고 있어서 아이들의 보호가 시급합니다. 아이들의 실태를 파악하고 보호해야 합니다."

"아! 아이만 살아남은 집이요. 아이들만 남았으면 아이들이 무섭겠네요."

"예, 당장은 살아야 하니까 생필품이 필요하고요. 그다음 정서적인 것과 안전을 고려해서 또 다른 조치가 필요하다고 봅니다."

"그렇군요. 매우 시급한 문제군요."

정동희는 첫 번째 장에 이 안건을 적었다.

방금 자리에 앉은 환경부 부장 권성태가 손을 들었다.

"서울 시내 거리가 유리 조각과 펄 때문에 걸어 다닐 수 없을 정도입니다. 다친 사람도 많고 차도 펑크가 나서 다닐 수가 없어요. 먼저 거리 청소부터 해야 합니다."

"그건 맨 처음에 나온 얘기에요."

송두용 보건복지부 관리가 말하자 권성태가 머쓱해했다. 이때 문을 두드리는 소리가 들리고 문이 조용하게 열렸다. 조금 전 나갔던 비서실장이 다시 돌아온 것이다.

"아! 실장님 잘 오셨어요. 서울 시장님과 경기도 지사님도 이 자리에 오시라고 하세요, 당장!"

"아, 예!"

들어오려다 멈춰선 채 새 임무를 부여받자 고개 한 번 숙이고 다시 비서실장은 밖으로 나갔다.

"자! 계속합시다. 조현 국토교통부는 당장 시급히 해결할 문제를 말씀해 주십시오."

정동희가 메모한 명단을 훑어보며 방금 온 조현을 지목했다.

"아, 예! 좀 전에 말씀하신 것처럼 유리 조각이 엄청나서 차가 다니지 못할 정돕니다. 그것부터 치우고 나면 도로가 파손된 곳이 많아요. 서울, 경기 지역만 보면 수천 군데가 넘는다고 보고되고 있습니다. 차가 다니려면 도로 보수 공사부터 해야 합니다. 침수됐던 곳에 물이 빠지면서 도로가 유실되고 패인 거지요. 지방은 아예 파악조차 안 됐고요."

"수천 군데나요? 그렇게 많이 부서졌군요. 음……."

정동희는 이것도 첫 번째 장에 적었다.

박만수가 손을 들었다.

"지금 워낙 비상시라 불을 끄는 조치라 생각하셔서 이 회의부터 주관하시는 줄 압니다. 외람되지만 원래는 조각부터 하시고 그 조각된 장·차관과 일을 추진하시는 것이 정석입니다. 그러니……."

정동희가 박만수의 말을 끊었다.

"압니다. 전 제가 이 자리에 있게 될 거라고 생각한 적이 없었기 때문에 그런 생각도 해본 적이 없습니다. 그러니 그 문제는 조급하게 생각하지 않겠습니다. 지금 여기 계신 분들이 이 상황을 다 겪으셨고 기존에 계셨던 자리이기 때문에 새로 외부에서 영입되는 것보다 일을 더 잘 처리하실 수 있을 거라고 믿습니다. 부서나 직위는 차후에 다시 거론하구요. 우선 발등에 붙은 불부터 꺼야지요."

"예! 알겠습니다."

박만수가 수긍하며 고개를 끄덕였다.

외무부 부장 명찰을 단 이가 조용히 손을 들었다.

"우리나라도 엉망인데 주변국은 더 엉망이라 외국인들이 불법으로 입국하고 있습니다. 내칠 수도 없고, 수용할 수도 없는 입장이라 난감합니다. 당장은 아니더라도 이 문제도 차후에 재고해야 할 문제입니다."

"아! 대략 어느 정도나 되나요?"

정동희의 질문에 외무부 부장이 대답했다.

"이미 십만 명을 넘었습니다. 요 며칠 사이에 이 숫자고요. 나날이 늘어나는 추세인데 중국에서도 넘어오고 있지만 일본인이 특히 많습니다. 일본 섬이 사라졌으니까요."

"그렇군요. 그 정도면 많은 숫자인데요."

정동희는 두 번째 장에 이 문제를 적은 다음 말했다.

"지금은 신과 사람이 같이 사는 시대입니다. 사람이 문제를 일으킬 수도 있지만 신들끼리도 문제를 일으킬 수도 있고 사람과 신이 부딪칠 수도 있습니다. 그러므로 우리는 신들과 잘 지낼 수 있도록 해야 합니다. 사람들만 사는 세상에서는 종교라는 이름으로 신을 섬겼지만 이제 우리가 신들을 다 보고 살고 있잖아요. 그러니 신들도 우리와 같은 법질서를 만들어 지켜 나가도록 할 것입니다. 같이 사는 이상 신들도 우리와 같이 일을 하고 같이 동고동락하는 겁니다. 사람보다 신들이 수십 배가 되는데 잘 활용하면 매우 효율적인 관계가 되리라고 봅니다. 법무부에서 지금 말씀드린 내용으로 법 초안을 잡아 주세요."

육군 대위 문이혁 명찰을 단 이가 조용히 손을 들었다.

"대통령님! 과학을 더 발전시켜 귀신들이 안 보이게 하면 안 될까요? 온 세상이 귀신으로 뒤덮여 있으니까 아주 소름이 돋습니다. 전 처음에 제가 죽어서 저승에 와 있는 줄 알았다니까요. 아버지, 어머니를 항상 볼 수 있어서 좋지만 이승과 저승이 유별한데 이게 말이나 됩니까? 언제까지 이렇게 살아야 할까요?"

정동희가 웃자 다른 이들도 따라 웃었다.

"과학이 발달해서 이렇게 된걸요."

박만수가 물었다.

"귀신과 섞여 살게 된 게 과학이 발달해서 그렇다고요?"

"인간의 핵무기가 신계의 막을 녹여서 그 안에 있던 신들이 빠져나와 악다귀가 되었어요. 악다귀들이 사람에게 붙어서 심장질환과 뇌혈관 질환을 일으켰는데 그걸 사람들은 괴질이라고 불렀고요. 신계에 삼대 성소라는 게 있었어요. 사람이 하는 행동을 기록하는 기록관, 기록관의 기록에 따라 죄에 따른 벌을 받는 천 개의 방, 저승에 있다가 이승으로 오기 위해 기억을 지우는 정화의 숲, 그 삼대 성소가 다 인간들의 잘난 핵무기 열에 녹아내리는 바람에 악다귀가 생겨서 사람들도 엄청나게 죽었고 신들이 우리와 살게 된 거라고 생각하시면 됩니다."

이은숙 교육부 명찰을 단 이가 손을 들었다.

"저는 기독교인입니다, 대통령님! 저는 평생 믿어왔던 믿음이 최근에 깨지고 있어서 굉장히 마음이 괴로워요. 힘들 때마다 주님께 기도하고 의지했었는데 지금 그 주님이 계신지 어떤지 확신이 안 서요. 제 주변에 있는 조상신들은 제 주님은 사라졌다고 하더군요. 그러면서 한울님이 유일한 신이라고 하던데요. 대통령님은 한울님을 아십니까? 저는 지금 귀신들이 너무 싫습니다. 귀신과 함께 사는 세상이라니 이

건 너무 끔찍해요. 날마다 지옥에서 사는 기분이에요."

정동희가 컴퓨터 자판에서 손을 내리고 두 손을 깍지 끼었다.

"맞아요. 지금 기도하면 들어줄 신은 한 분밖에 없어요. 진에는 기독교 신, 알라신, 불교 신이 계셨는데…… 그분들이 다 소멸됐다고 들었거든요."

이은숙이 깜짝 놀랐다.

"뭐라고요. 그게…… 그게 정말인가요? 조상신들이 하는 말을 대통령님도 들었어요?"

박만수가 물었다.

"기도를 들어줄 한 분을 말씀해 주세요."

"신들은 그분을 하늘에 계신 한울님이라고 부릅니다. 모든 신들의 신! 모든 인간 위에 계신 분이지요. 땅이고 바람이고, 구름이고…… 세상 어디에나 계신 분이시지요."

문이혁이 물었다.

"대통령님은 정말 정도령이신가요? 사람들이 그러던데요. 말세에 정도령이 나타나 사람들을 구한다고요. 지금 말씀하시는 것 보면 정말 정도령 맞으신 것 같습니다. 성도 정 씨잖아요."

정동희가 폭소를 터트렸다. 하지만 다른 사람들도 문이혁의 질문에 공감하고 있었는지 웃지 않고 가만히 정동희를 쳐다만 보고 있었다.

"아이구, 하하하…… 나만 웃고 있네요. 정도령이라니요, 하하하. 아니에요. 그런 속설에 현혹되지 마십시오. 저는 그냥 평범한 사람입니다. 단지 제가 한울님을 세 번 뵙고 그분 말씀을 대중들에게 전한 것뿐이에요. 그게 전부입니다."

박만수가 말했다.

"그러니까 정도령이 맞아요. 괴질의 실체를 알고 계셨고, 대처법도 알려 주셨고 살 수 있는 방법들을 알려 주셨으니까요."

이은숙이 들떠서 질문했다.

"하늘의 신, 신들의 신이 한울님이라고요. 그 한울님을 직접 보셨다고요? 한울님의 모습은 어땠어요?"

정동희가 숨을 한 번 내쉬고 깍지를 풀고 볼펜을 쥐었다.

"자! 자! 지금 한가하게 그런 얘기 할 때가 아닌 것 같습니다.자! 다시 본론으로 들어갑시다."

반쯤 일어나 있던 이은숙이 슬며시 자리에 앉자 옆에 있던 문이혁이 재차 질문했다.

"사람이라면 누구나 궁금할 겁니다. 아무도 한울님을 본 사람이 없으니까요. 대통령님은 세 번이나 보셨다면서요. 그러니까 정도령이라는 거예요. 여기 계신 모든 분이 모두 궁금해하고 있는데 한울님에 대해서 말씀 좀 해주세요?"

정동희는 잠시 생각하다가 말했다.

"온몸에서 오색 빛이 납니다. 피부는 어린애처럼 맑고 투명한데 머리는 하얗고, 눈썹도 하얘요. 이목구비 뚜렷한 미남이시고 키도 크세요. 신비로움 그 자체시지요. 자! 됐죠. 끝! 일합시다."

또 문을 두드리는 소리가 들렸다. 문이 열리고 한 남자가 들어왔다.

"안녕하십니까? 저는 서울 시청에서 근무하는 국장 구영모입니다. 시장, 부시장님이 돌아가셔서 부득이 제가 왔습니다, 대통령님!"

"아, 예! 저기 의자 가지고 이쪽으로 오세요."

정동희가 자신의 오른쪽 옆자리에 와서 앉으라고 하자 구영모는 의자를 가져와 앉았다. 앉자마자 정동희가 질문했다.

"우리가 지금 당장 해야 할 일을 적고 있습니까, 국장님! 국장님은 서울 시정을 현장에서 지휘하고 계시니까 더 잘 아실 텐데요. 당장 해야 할 일이 뭡니까?"

"예! 당장 해야 할 일요. 저는 가가호호 방문해서 죽은 사람들 사체부터 처리하는 게 급선무라고 생각합니다. 너무 많은 사람들이 한꺼번에 죽어서 손쓸 겨를이 없었거든요. 땅이 엄청나게 흔들리며 충격이 왔을 때 시장님도 부시장님도 돌아가신 것처럼 집 안에 있다가 죽은 사람들이 많을 겁니다. 그 죽은 사람들을 아직 다 파악하지 못하고 있습니다. 그로부터 한 달이나 됐으니까요. 그러잖아도 서울에는 혼자 사는 가구가 많아 더욱 그렇습니다. 죽은 사람들은 조상신들도 없기 때문에 신들의 도움으로 신고도 되지 않고 있거든요."

"얼마나 죽었는지 파악이 되지 않고 있고 시체 수거도 안 되고 있다는 거군요."

"그렇습니다. 일인 가구가 워낙 많거든요. 거기다 이인 가구도 많아서…… 두 사람 다 사망하면 신고할 사람이 없으니까요."

"그럼, 살아 있다고 신고한 주민의 수는 얼마나 됩니까?"

"전화 신고로 확인한 숫자가 오십만 명이 좀 넘고요. 저희가 방문해서 확인한 숫자가 오십만 명이 좀 넘습니다. 일주일간 계속 구별로, 동별로 집집이 확인해서 문을 열어 주는 가구만 확인이 되니까요. 문을 열어 주지 않는 곳은, 외출했을 가능성보다 사망했을 가능성이 큽니다. 그런 곳이 워낙 많다는 거지요."

정동희가 탄식했다.

"아유~ 심각하군요. 그럼, 지금까지 가가호호 방문한 것은 얼마나 진척됐습니까?"

"주민센터마다 사망한 인원이 있어서, 인력이 워낙 없다 보니 신고하지 않은 집들만 방문해서 확인하고 있는데요. 한 30% 정도 방문한 것 같습니다. 아침 일찍부터 저녁 늦게까지 일하느라 고생이 이만저만 아닌 걸로 압니다."

"그래요. 앞으로도 당분간 고생해 주셔야겠습니다. 그리고 서울시에서 동원할 수 있는 청소차를 다 동원해서 거리 청소부터 합니다. 오후부터 당장이요. 문이혁 님!"

"예!"

"군용 트럭을 동원해서 서울시 청소를 도와주세요. 바닥에 널린 유리는 재활용해야 하니 유리만 따로 모아서 유리 공장에 보내고 사체 처리가 안 된 곳이 있다니까 사체 처리반 따로 가동해서 사람은 신원 확인하고 화장해 주고요. 동물도 소각 처리해 주십시오. 그리고 서울시 국장님!"

"예!"

"당장 내일부터 구호품을 풀 것이니 확인된 명단 작성해서 준비해 두세요. 서울시 국장님과 문이혁 님은 서둘러 가셔서 바로 수고해 주시기 바랍니다."

"예! 알겠습니다."

두 사람이 인사하고 나가고 비서실장이 들어와 앉았다.

"최 실장님! 조달청에서는 언제 온답니까?"

"아까 전화하고 곧바로 떠났다니까 이 근처에 와 있을 겁니다."

"그래요. 여러분들은 각 부처에 돌아가서 조금 전에 나온 문제에 대해 최우선으로 대처해 주시고요. 신속하게 업무 지시를 내리고 지금 이 11시 30분이니까 이따 오후 4시쯤 이 자리에 다시 모입니다. 오실 때에는 당장 처리해야 할 문제들과 어떻게 처리했으면 좋을지 생각해 오시기 바랍니다. 이만 나가 보세요. 그리고 박만수 위원장님은 남아 주세요."

모두가 나가고 박만수와 정동희만 남게 되자 정동희가 입을 열었다.

"살아남은 인구를 조사해 봐야겠지만 아무래도 전과 같지는 않을 것입니다. 제 짐작이 맞는다면 인구가 대폭 줄었을 것이니 정부의 규모도 대폭 줄여야 할 것입니다. 위원장님은 선거관리위원장 일을 오늘 중으로 마무리 짓고 내일부터 이쪽으로 출근하도록 하십시오. 그리고……."

"저-어, 대통령님! 너무 급히 서두르시는 거 아닙니까? 어떻게 어제 선거가 끝났는데 오늘 하루 만에 일을 다 끝내라고 하십니까?"

"서두르는 거 아닙니다. 선거는 끝났고 뽑혔으니 일을 해야 할 것 아닙니까? 아까 들으셨잖아요. 지금 해야 할 일이 산더미로 쌓여 있다는 거. 그게 위원장님이 아침에 제게 말씀하신 거잖아요. 이런 상황에 절차 따지고 여유 부릴 시간이 어디 있습니까? 오늘 하루가 부족하면 내일 오전 중에 마무리 짓던가요. 그리고, 아까부터 생각한 건데요. 청와대 주변에 신들이 너무 많습니다. 여기 출근하시는 분들의 조상신들인 것 같은데요. 앞으로 그분들 집에다 모셔놓고 출근들 하셨으면 좋겠습니다. 위원장님도요."

일을 몰아붙이다가 갑자기 생뚱맞은 이야기에 박만수가 잠시 할 말을 찾고 있었다.

"아! 맞아요. 저도 봤습니다."

"전 제 주변에 신들이 있길 원치 않습니다. 제가 말하는 거 다 퍼날라서 비밀이란 게 없어지잖아요. 뭐 비밀스럽게 할 것도 없지만요."

"예! 비서실에 얘기해 놓겠습니다."

정동희가 빙그레 웃었다. 박만수가 일어나서 나가자마자 조달청 본부장과 농림수산부 실장이 들어왔다. 두 사람이 인사를 하고 앉자마자 정동희가 말했다.

"농림부와 조달청에서 동원할 수 있는 식량이 어느 정도 되나요?"

"쌀을 비롯한 곡류가 천만 명 기준으로 석 달 치 정도 됩니다. 더 됐었는데 태풍으로 홍수가 나서 잠긴 것 빼니까 그것밖에 안 돼요. 기타 부식 저장 창고는 지방 곳곳에 침수됐었다는 소식이 있었는데 아직 점검하지 못한 상태라 확인해야 합니다. 한 달간 거의 시장 경제가 개점휴업 상태라 돈을 줘도 사지 못하고 있습니다. 들나물은 절인 것조차 거의 동나고 있는 상태니까요. 축산업 쪽은 괴질로 쓰러진 소나 돼지를 제외한 동물들도 수해를 입은 데다 땅이 크게 흔들릴 때 죽은 가축들이 많아서 그래도 좀 사정이 낫습니다. 병들어 죽은 가축이 아니라서 먹는 데 지장이 없다더군요. 그래서 요즘 고기만 안정적으로 공급할 수 있습니다."

"그러면 안 되지요. 국가가 운영하는 농협에서 내일부터 식품을 비롯한 생필품을 한 달 전과 마찬가지 가격으로 공급하십시오. 그리고 채소는 당장 공급이 어렵습니까?"

"농민들이 이제 펄이 된 땅을 뒤집고 밭을 고르고 있으니 당장 씨를 뿌리고 가꾸어도 한 달은 걸릴 겁니다."

"하우스 채소는요?"

"하우스도 다 물에 잠겼었어요. 물에 다 잠겼었기 때문에 지금 땅을 고르고 다시 하우스를 짓고 채소를 재배하기까지 시간이 좀 걸릴 겁니다. 노지 야채가 그나마 빠르겠지요. 날씨가 변덕만 부리지 않는다면요."

"날씨는 좋을 겁니다."

"예? 날씨가 좋을지 어떻게 아십니까?"

열심히 받아 적고 있는 정동희에게 농림부 실장이 물었다.

"감이죠. 거의 한 달 정도를 퍼부어서 구름이 남아 있지를 않잖아요. 당분간 비가 와도 땅을 적실 정도만 올 겁니다. 걱정하지 마시고 있는 씨 다 뿌려서 농사지으라고 하세요, 노지든 어디든. 그리고 조달청 본부장님!"

"예!"

"조달청에서 생필품을 조달하는 곳은 외국이 많습니까? 내국 조달이 많습니까?"

"일회용품이나 소소하게 쓰이는 것들은 중국과 동남아에서 수입하는 것이 많았습니다. 그래도 대부분 생필품은 국내용으로 충당했지요. 국내 제품이 워낙 품질도 좋고 인식도 좋으니까요."

"그럼, 기본적으로 구호물자에 들어가는 물품들이 식품과 담요, 연료, 물 등일 텐데요. 보온을 위한 옷도 필요하고…… 이것을 한 상자에 담아 일단 서울과 교통수단으로 갈 수 있는 곳부터 가고 지방으로도 구호물자를 보내려고 합니다. 내일, 모레 중으로 상자에 들어갈 구호물자를 챙기세요. 이것을 재무부와 내무부가 상의해서 신속히 마련하세요. 아시겠습니까?"

"예!"

두 사람이 인사를 하고 나가자 비서실 최진우가 들어왔다.

"대통령님! 식사 후 오후 일정입니다. 급한 지시들은 다 내렸으니 TV 방송을 통해 국민에게 인사하셔야지요."

최진우가 내민 종이를 보니 식사 후 오후 2시에 당선 인사 겸 기자 회견을 하고 4시에 오전에 모였던 실무진과 다시 모여 회의 진행을 하도록 하였다. 저녁 식후에 향후 일정 논의를 위해 비서진들과 회의를 하는 일정으로 짜여 있었다.

"아이구, 첫날부터 너무 빡센 일정이에요."

정동희가 엄살을 부리자 최진우가 싱긋 웃었다.

"이제 첫날일 뿐입니다. 대통령님! 지금은 비상시국이고요."

"예! 그렇죠. 휴! 잘해 낼 수 있을까 걱정입니다."

"매우 잘하고 계십니다."

대국민 당선 인사는 간략하게 했다. 국민을 위로하고 책임을 다하겠다고 다짐하며 합심하여 재난복구에 자원봉사해 줄 것을 요청하는 내용이었다.

휴대폰을 들고 보니 무수히 많은 메시지가 와 있었다. 회사 동료부터 친지와 친구들까지 당선 축하 메시지 수백 개가 달려 있었다. 정동희는 프로필 사진 배경을 청와대로 바꾸며 '감사합니다'라는 글을 달았다. 일일이 다 답을 해줄 수 있는 상황이 아니었다. 정동희는 잠시 생각하다가 이틀 전까지 다니던 회사의 사장에게 전화를 걸었다. 사장은 기다렸다는 듯이 바로 전화를 받았다.

"아이구! 대통령님, 당선 축하드립니다. 그럴 줄 알았어요. 유세 지원해 드리겠다고 그렇게 말씀드렸는데 지원도 안 받으시고 유세도 안 하시면서 당당히 당선되셨네요. 정말 축하드리고 앞으로 이 나라 잘 좀 부탁드립니다."

"감사합니다, 사장님! 그동안 잘 보살펴 주셔서 제가 편안하게 회사에 다닐 수 있었습니다. 앞으로도 회사 잘 이끌어 주시고요. 전화로 이렇게 퇴사 말씀드리지만, 제가 이 자리에서 물러나서 다시 회사로 복직한다면 받아주셔야 합니다. 컴퓨터와 저는 아주 궁합이 잘 맞거든요."

"여부가 있겠습니까. 걱정 마시고 일 잘하십시오. 지켜보겠습니다."

"회사에서도 으름장을 놓으시더니 여전히 으름장 놓는 무서운 상사이십니다, 사장님은요."

전화기 건너편에서 호탕한 웃음소리가 들려왔다.

오후부터 서울의 각 구청은 청소차를 모두 동원했다. 서울과 수도권은 한강이 잠시 넘쳐흘렀던 자국과 태풍으로 인한 극심한 바람, 지축이 설 때의 충격으로 유리창이 모두 깨져서 길거리가 유리 조각으로 인해 번쩍거렸다. 깨진 유리와 진흙 펄은 청소차가 밤낮으로 열심히 돌아다니며 청소한 덕분에 금세 거리는 깨끗해졌다.

깨진 유리는 모아서 유리 공장에 보내졌다. 녹여서 다시 가공된 유리는 골조만 남은 건물에 공급되어 속속 끼워졌다. 골조만 남아 흉물스럽던 도시가 유리가 끼워지면서 예전의 면모를 찾아가기 시작했다.

그 사이에 정동희는 자신을 도와줄 관리를 뽑고 임시직 공무원도 뽑았다. 행정부처를 단순화해서 내무부, 외무부, 복지부, 국방부, 법무부, 교육부, 농림수산부, 국토환경부, 비서청과 조달청으로 각 분야를 묶고 차관을 없애고 그 밑의 직급도 단순화시켰다. 인구가 많지 않기에 가능한 조치였다.

그리고 모든 부서를 총괄하는 총리로 박만수를 임명했다. 기본적인 틀을 갖추고 발표하자마자 정동희는 임명장을 주기도 전에 일선에서 일하라고 닦달했다.

사람들을 관리하는 관리뿐만이 아니라 신들과의 소통을 위해 관리신들도 뽑아야 했다. 사람보다 신들이 수십 배나 많았기 때문에 관리신들을 더 많이 뽑아야 하는데 어떻게 해야 할지 몰라서 잠시 고민하다가 청와대 주변에 있는 신들을 불러들였다. 수십이 넘는 귀신들이 춘추관 2층을 가득 메운 채 정동희를 바라보았다.

"제가 말하지 않아도 여러분이 제 생각을 읽을 수 있지요?"

정동희의 말에 한 신이 대답했다.

"예전에는 사람들의 머릿속에 들어가 생각을 읽고 그들의 심리를 이용하기도 했지만 지금은 그렇게 할 수 없습니다. 사람들에게 신이 들러붙으면 어차피 다 보이니까요. 그리고 그랬다간 한울님께 벌 받습니다."

"아! 그렇군요. 그럼 제가 일일이 다 말씀드려야 하는군요. 저는 이번에 당선된 대통령 정동희입니다. 여러분들도 이 땅에 거주하는 조상신들이시니 이 땅의 주민입니다. 다만 사람들과 달리 몸이 없다 보니 제가 어떻게 해야 할지 참 난감해서요. 사람보다 수십 배나 많은 걸로 알고 있는데요. 사람들의 법과 질서는 이미 짜여 있는 대로 시행하겠지만 신들과 사람이 상생하는 현 상황에서 신들에게도 법과 질서가 있어야 한다고 생각합니다. 그래서 여러분의 의견을 듣고자 모셨습니다."

한 신이 말했다.

"그러니까 우리에게도 법과 질서가 필요하다는 말이군요."

"그렇습니다. 그래야 수적으로 많은 신들에게 사람들이 휘둘리지 않겠거든요. 저도 사람이기 때문에 사람 입장에서 말씀드리는 걸 이해해 주시기를 바라고요. 여러분들도 여러분들의 자손이 다른 신들에게 휘둘리는 걸 바라지 않으실 겁니다. 그렇죠?"

"예!"

신들이 우렁차게 대답했다.

한 신이 질문했다.

"그런데 어떻게 우리더러 법질서를 유지하란 말입니까? 뭐 지켜야할 행동 강령이라도 있나요?"

신들이 이 질문에 공감하며 정동희의 답변을 기다렸다.

"사람들은 불편하더라도 질서와 치안, 자기 보호를 위해 통치 기관을 두고 약속된 법 테두리 안에서 보호받는 사회생활을 합니다. 저는 여러분들도 그렇게 했으면 좋겠다고 생각했습니다. 사람들의 법처럼 신들도 지켜야 할 법을 만들고 어겼을 때의 벌칙도 필요하다고 보고요, 따라서 이 땅의 신들을 위해 신들을 관리하는 관리청을 만들려고 합니다. 그래서 여러분들끼리 다툼이 일어나거나 사람과 신들과의 다툼이 일어났을 때 이를 해결하는 기관이 있어야 한다고 생각하거든요. 여러분들의 생각은 어떻습니까?"

신들이 웅성거렸다. 몇 그룹으로 나뉘었다 뭉쳤다 하면서 토론을 거듭하고 있었다.

정동희가 마냥 기다릴 수 없어서 신들의 토론을 중지시켰다.

"자, 자! 여러분! 이제 여러분의 토론 내용을 저에게 말씀해 주시기 바랍니다."

중간에 있던 신이 손을 들고 앞으로 나왔다.

"우리도 대통령의 말씀대로 질서가 필요하다고 생각합니다. 좀 더 구체적으로 대통령의 말씀을 듣고 싶습니다."

"그래요. 그럼 제 생각에 대체로 공감하시는 거지요?"

"예!"

신들의 대답에 정동희가 옆에 있던 비서실 직원들을 보며 말했다.

"자! 지금부터 내가 하는 말을 적어 주세요."

정동희의 말에 비서실 직원 세 명이 일제히 노트북에 손을 올렸다.

"우선, 여러분들을 총괄하는 대신청(大神廳)을 둘 것입니다. 그 안에 다시 국내 신들을 관리하는 내신부가 있을 거고요. 외국의 신들과 교류하고 대응하는 외신부가 있을 겁니다. 내신부는 국내의 신들을 담당하는 기구로 그 안에 내무과, 감찰과, 법무과, 행정과를 둘 거구요. 국내의 신들에게 일어나는 모든 것을 관리, 감독하는 일을 수행할 겁니다. 필요한 기관이 있으면 추가 할 거구요. 여기까지 이해하셨습니까?"

정동희가 신들의 반응을 유심히 살피며 비서들의 타자 속도에 맞춰 느릿느릿 말했다.

"예!"

신들이 차분히 대답했다.

"외신부에는 외부로부터 들어오는 신, 나가는 신들을 관리하는 신출입과, 외국 신들이 우리나라에 들어왔을 때 내부에서 관리하는 신감찰과를 둘 겁니다. 여기에 필요한 부서가 있다면 추가 할 거구요. 당장은 이렇게 해서 운영하려고 합니다. 여러분들 생각은 어떻습니까?"

"좋습니다."

신들이 한목소리로 대답하자 정동희가 힘을 얻어 말했다.

"자! 그럼, 국내에 계신 모든 신들에게 이 사실을 알리시고 관리를 맡을 신들을 추천해 주십시오. 또한, 이 모든 것을 제가 처리하는 데 이의 없으시지요?"

"예!"

청와대에서 정동희와 신들과의 대화는 그 자리에 참석했던 신들을 통해 전국에 있는 신들에게 전달되었다.

덕망 있는 신들이 속속 추천되었고 정동희는 추천된 신들을 면담한 후 관리신들을 뽑았다. 대신청장이 있고, 그 밑에 내신부장, 외신부장이 있었다. 내신부장 밑에 세부적으로 여러 기관의 과가 설치되어 있어 국내의 신들을 관리하게 되었다. 외신부장 밑에도 신감찰과와 신출입과, 신교정과를 두었다. 이로써 치안도 사람과 신, 두 개의 부서로 나뉘어 운영되도록 관리 체계가 만들어졌다.

정동희는 노트 맨 앞장에 적힌 대로 어린이만 살아남은 곳을 파악하고 동시에 전국에 살아남은 사람들의 숫자를 파악하기 위해 대신청의 관리신들을 총동원했다.

역시 그런 방면으로 신들의 능력은 탁월했다. 수십 초 만에 서울을 비롯하여 전국에 혼자 살아남은 어린이 수십만 명이 집계됐다. 주소와 있는 곳이 금방 파악되어 긴급 구호물자를 먼저 보냈다. 서울, 경기 지역은 각 구청에서 바로 방문해서 지원하고 지방이나 산간에 고립된 아이들은 헬기로 구호물자를 주변에 떨어뜨려 주었다. 다행히 조상신들이 아이들을 도와주고 있어서 어려움은 크게 없었지만, 아이들의 공포심을 달래주지는 못했다.

전국의 살아남은 사람의 수를 파악하기 위해 관리신들을 총동원했다. 관리신들은 순식간에 한 바퀴 돌고 와서 살아 있는 사람의 이름과 주소 등 인적 사항을 정리하였고 공무원들이 사용하는 컴퓨터에 옮겨 주었다. 사람들이 하면 한 달 정도 걸릴 일이 신들의 도움으로 한나절 만에 정리가 된 것이다.

수도권 일대에만 300만 명이 넘는 사람이 생존했고 위아래 지방까지 합치니 600만 명이 넘었다. 그중에는 일본과 중국, 러시아에서 넘어온 사람들도 포함되었다. 문이 잠긴 채 집안에 죽어 있던 사람들도 신들의 도움으로 속속 발견되어 처리되었다. 다치거나 병으로 움직이지 못하는 사람은 병원으로 옮겨졌다. 병원은 환자들로 넘쳐났지만 죽은 의사나 간호사들이 많아서 진료를 볼 인력이 턱없이 부족했다. 정말 위중한 환자만 돌보고 돌려보내야 할 만큼 의사나 간호사의 수는 적었다. 병원마다 의사를 기다리는 아픈 환자들의 신음 소리가 메아리쳤다.

서울과 경기권역은 전기와 수도, 통신망까지 제대로 가동되어 모든 것이 내부적으로는 정상적이지만 외부로부터 들어오는 통신은 끊겨 있었다.

정동희는 관리들에게 각 지역의 피해 상황을 집계한 내용을 보고 받았다. 관리신에게 보고받으면 좀 더 빠를 수 있었지만, 사람은 사람과 일하는 것을 원칙으로 했다. 수도권역을 벗어난 지역이 예상보다 심각한 수준이라 빨리 손을 써야 했다. 태풍에 잠겼던 농경시가 뻘밭이어서 당장 신선한 채소가 부족했고 한 달 넘게 시장 경제도 돌아가지 않고 멈춰 있었다. 정동희는 조달청장과 농림수산 장관을 불러 대형 유통업체뿐만 아니라 소상공인까지 물건이 돌아갈 수 있도록 국가보유의 물건을 풀도록 지시했다. 돈이 있어도 아무것도 사지 못해 통조림이나 라면 등으로 끼니를 때우던 사람들이 그마저 떨어져 굶주림에 시달리고 있었다. 이들에게 가게가 문을 열었다는 소식이 들려오자 현금을 챙겨 들고 가까운 가게로 모여들었다.

가게 주인이 손님들에게 소리쳤다.

"이제 매일 물건이 공급될 예정이니 꼭 필요한 만큼만 사 가세요."

손님들도 가족이 모두 죽고 혼자인 사람이 대부분이라 가게에 놓여 있는 물건을 하나씩만 골라 장을 봐 갔다.

정동희는 국방장관이 된 문이혁을 불렀다.

"군 재편성이 끝나는 대로 농촌 지역의 유실된 도로 공사를 돕고 농경지 복구를 서둘러야 합니다. 당장 씨 뿌리고 채소를 길러야 하는데요, 농경지가 다 엉망인데 주인 없는 농경지가 대부분이에요. 토지부터 채소가 자랄 수 있는 농지로 복구 좀 해주세요. 신선한 야채를 공급할 수 있는 농지가 절대적으로 부족해요."

"지금 군 병력이 불과 4만 명입니다. 군인들도 많이 사망했거든요. 병력을 후방으로 빼도 괜찮을까요? 주변국들의 사정을 파악한 다음에……."

"주변국들은 괜찮습니다. 우리 군 병력이 4만이나 되는데 주변국들은 아예 없거든요. 후방으로 다 빼도 아무 일 없으니 걱정 마시고 도로 복구와 농지 복구에 힘써 주세요. 먼저 경기도부터, 경부고속도로 인근부터 시작해 주세요. 그래야 도로를 타고 구호물자나 복구에 필요한 장비를 실어 나를 수 있습니다. 당장 농사가 중요하니까 이만 오천 명은 남쪽으로, 만 오천 명은 북쪽으로 투입해 주세요."

정동희 앞에서 물러 나온 문이혁은 그 길로 군 장병 만여 명을 양재동 고속도로 진입로 복구와 내곡동의 농지와 도로 보수에 투입했다. 부서지고 무너진 집들까지 평지화하면서 광주, 이천까지 만 명을 풀어 놓았다. 경부고속도로 변이 온통 군복을 입은 군인들이 삽과 곡괭이, 중장비를 몰고 일하는 일터가 되었다. 농지 보수가 끝나면 배추와 무, 파, 시금치, 당근, 고추씨를 뿌리고 감자, 고구마까지 심은 군인들은 다시 빈 땅으로 이동했다. 북쪽으로도 파주와 개성, 평양까지 군인 만 오천 명이 투입되어 중장비를 동원하여 무너진 도로를 재건하고 농토를 복구시키는 데 주력하였다.

새로운 지도자의 호소에 시민들은 적극적으로 자원봉사에 참여하였다. 서울 시청으로 몰려든 자원봉사자들은 남녀노소를 가리지 않고 십만여 명이었다. 시청 주변에는 차량이 끝없이 줄지어 있고 시청 앞으로 식료품과 생필품을 실은 차량들이 줄지어 들어와서 싣고 온 물품을 내려놓고 나갔다. 각종 라면과 빵, 쌀, 부탄가스와 담요, 휴지와 간단한 의약품 세트가 쌓였다. 사람들은 모이는 대로 능력에 맞춰 조를 편성하였다. 조가 짜이면 식품과 생필품, 도로, 주택 등을 수리할 수 있는 장비를 싣고 목적지를 향해 떠났다. 수많은 트럭들과 헬리콥터가 남쪽과 북쪽으로 흩어져 갔다. 경기도청으로도 십만여 명의 자원봉사자가 모여들어 각기 할 수 있는 일을 배당받아 자원봉사에 나섰다.

수도권을 제외한 지방은 수해 피해가 컸다. 여러 개의 태풍이 연달아 몰고 온 물벼락에 어디랄 것 없이 논, 밭, 도로, 집들은 다 물에 잠겼었다. 경상도는 대구 동성로 광장에서, 전라도는 광주로, 충청도는 대전시청, 강원도는 원주 시청, 황해도는 사리원, 평안도는 평양, 자강도와 양강도는 강계, 함경도는 함흥으로 모여들었다. 일부 사람들은 조상신들의 길 안내를 받아 서울로 모여들었다. 모여든 사람들에게 서울시로부터 공수된 구호물자와 집주인이 죽어 비어 있는 집이 제공됐다.

귀신과 마주 보고 사는 현실에 적응이 되고 세상이 어떻게 바뀌었는지 TV를 통해 보고, 귀신을 통해 전해 들은 사람들은 계속 자원봉사를 지원하며 몰려들었다. 복구할 수 있는 전문 인력도 같이 와서 모인 시민들과 힘을 합해 일하기 시작했다. 지방의 통신과 전선도 도청과 시청을 우선적으로 복구했기 때문에 대부분의 시청과 도청사에는 전화선과 전선이 원상 복구되었다.

살아남은 사람들이 사람 얼굴을 보려고, 살아남기 위해 식량을 구하기 위해 모여들었다가 이내 자원봉사자가 되었다. 컴퓨터를 할 수 있는 사람은 정보와 기록을 하기 위해 기록실로, 중장비 기술이 있는 사람은 중장비 운전을 하러 나갔고, 전기 기술자는 삼삼오오 모여 가구마다 방문하여 전선을 살피고 있었다. 기술이 없는 사람들은 삽을 들고 도로 복구를 거들거나 먹을거리를 만들고 배식하느라 하루가 빠듯했다.

도로가 하나 뚫릴 때마다 더 많은 물자와 사람들이 와서 일을 했기 때문에 복구는 더 빨라졌다. 지방까지 통신과 전기가 복구되고 유실됐던 도로가 빠르게 복구되어 가고 있었다.

정동희가 한참 컴퓨터를 들여다보다가 비서실을 호출했다.

"예, 대통령님!"

수화기에서 비서실장 최진우의 목소리가 들렸다.

"지금 병원에 의사가 없습니까? 환자가 진료를 받지 못하고 있다는 글이 많이 올라와 있어요."

"이번 난리 때 많은 의사가 죽었습니다. 간호사도 마찬가지고요. 그래서 보건복지부로 의사를 파견해 달라는 요청이 지자체도 많고, 대형 병원도 많다고 합니다. 의사는 없고 환자는 많으니 몇 명 없는 의사들이 잠도 못 자고 진료 중이라고 합니다."

"큰일이군요."

"그런데요, 대통령님! 의료 기술이 전혀 없었던 사람들이 의술을 펼치고 있다는데요. 대수롭지 않은 치료부터 중증의 치료까지 척척 해낸다고 하거든요. 허가 없이 환자를 보는데 이들을 처벌해야 합니까? 어떡해야 합니까?"

"그건 또 무슨 소리요?"

"말씀드린 대로 의사가 아닌 사람들이 환자들을 돌보는 곳이 많이 있다고 합니다. 그들에 의해 꽤 많은 사람들이 치료를 받고 호전되거나 완치됐다고 하는데요. 의사가 없으니 그들 손이라도 빌려야 하지만 현행법상 무허가라 처벌을 해야 하는지, 보건복지부가 난감해하고 있습니다. 경찰이 그렇게 환자를 돌보던 세 사람을 구속했는데 치료를 받고 완치됐다는 사람들 수십 명이 경찰서에 와서 농성하는 바람에 여간 난처한 게 아니라고 합니다."

"아…… 그래요? 그런 일이 있었군요. 사람을 구하다가 구속되다니…… 구속당한 입장에서는 억울하겠어요. 그들에게 치료를 받고 나은 사람들 입장에서는 구속된 사람을 그냥 두고 볼 수만도 없겠고요."

"그렇습니다. 지금 상황이 상황이니만큼 의사 협회에서 한발 양보하고 어느 정도 상황이 진정될 때까지 이들을 묵인하자는 얘기도 있습니다."

"중요한 사안이군요. 그런데 제게는 왜 얘기를 안 했습니까? 이렇게 중요한 일을요?"

"지금 그런 능력을 갖춘 사람들이 한둘이 아니라 수백 명인 걸로 파악이 되고 있습니다. 천 명이 넘어갈 수도 있어서 조사가 끝나면 보고드릴 예정이었습니다."

"그렇게 많아요? 아이고, 그랬군요, 의사협회에서는 뭐랍니까?"

"의사협회는 기능이 거의 마비된 상태입니다. 의사들은 환자들 보는 데 24시간이 모자라서 집에도 못 간다고 들었거든요."

"저런…… 그래서 경찰은 구속된 세 명을 어떻게 처리한답니까? 언제 구속됐어요?"

"오늘이, 그러니까 이틀 됐네요. 즉결심판으로 갈지 정식기소를 할지 고민 중인 것 같습니다."

"이틀……! 어디 경찰섭니까?"

"중부경찰섭니다."

"가 봅시다. 좋은 일 하고 구속되면 누가 좋은 일 하려고 하겠어요. 의사협회에 전화해서 이번 일을 설명하고 양해를 구하세요. 이번에 구속된 사람들 풀어 준다고요. 사람 구하는 게 먼저고 법은 나중입니다."

중부경찰서는 청와대와 차로 10분 거리에 있었다. 정동희가 탄 차가 중부경찰서 앞에 도착하자 좁은 인도에 십여 명이 일렬로 늘어서서 구호를 외치고 있었다.

"○○○, ○○○, ○○○, 이분들은 의로운 사람이다. 즉각 석방하라! 석방하라!"

넓은 마당 안쪽으로 들어가지 않고 사람들 앞에서 내린 정동희가 곧바로 구호를 외치는 사람들에게 다가갔다. 최진우가 옆에 따라붙었고 좀 떨어진 주위로 경호원들이 재빠르게 움직였다.

"안녕하세요? 지나가다가 무슨 데모인지 궁금해서 내렸습니다. 무슨 일이신가요?"

정동희는 시치미를 뚝 떼고 물었다. 정동희를 한 번 쳐다본 여자가 기다렸다는 듯이 말을 쏟아냈다.

"병원에 가도 의사가 없어서 동네에 의술이 신통한 사람에게 치료를 받고 나았어요. 그런데 나를 치료해 준 분이 의사자격증 없이 진료했다고 불법이라고 구속했지 뭐예요. 여기 있는 사람들 말고도 이분들이 고친 사람들이 많아요. 그런데 구속이라니요. 사람이 있고 법이 있지 법 위에 사람이 있답니까?"

정동희 앞에 있던 여자가 숨도 안 쉬고 단숨에 말하자 그 옆의 여자도 한마디 했다.

"심지어 이분들은 돈도 받지 않았다고요. 간혹 너무 고마워서 돈을 주는 사람이 있었는데 그걸 트집 잡아서 구속한 거예요. 돈 받지 않고 죽어가는 사람들을 살렸는데 어떻게 불법인가요? 구속하는 게 오히려

인권 침해 아닌가요?"

"그러니까요. 사람 살리는 게 불법이면 어떤 게 법이요?"

"저분들은 죄가 없어요. 오히려 법이 잘못하고 있는 거라고요. 지금 살아있는 사람도 별로 없는데 아픈 사람들까지 죽어 나가면 어떡하라는 거예요?"

사람들이 저마다 한마디씩 던지고 있는데 끝에 있던 남자가 외쳤다.

"대통령이다, 대통령!"

서로 말하려고 했던 사람들이 일순간 놀라서 한 발짝씩 뒤로 물러섰다.

"뭐야? 대통령?"

정동희가 말했다.

"예! 제가 정동희입니다. 여러분들이 고생하신다는 소식을 듣고 왔습니다. 좀 더 일찍 왔어야 했는데 늦어서 죄송합니다. 여러분들 말씀은 이미 들어서 잘 알고 있으니 걱정하지 마세요. 잠시만 기다려 주십시오."

예고 없이 방문해서 아무도 대통령이 온 사실을 모르다가 경찰관 두 명이 나오며 정동희를 발견하고 화들짝 놀랐다. 놀란 경찰관 두 명을 뒤로하고 정동희가 경찰서 안으로 들어서자 앉아 있던 경찰관이 물었다.

"어떻게 오셨습니까?"

최진우가 나섰다.

"경찰서장님을 뵈러 왔습니다."

"서장님, 지금 출타 중이신데요. 무슨 일이신가요?"

"무슨 일로 출타 중이신가요?"

"내가 그걸 일일이 어떻게 알아요. 안 계시니까 나가신 거겠지요. 무슨 일이냐고요?"

최진우가 인상을 조금 찌푸리며 경찰관에게 말했다.

"청와대에서 왔습니다. 당장 서장님을 찾아오십시오."

최진우의 뒤에 있던 정동희를 긴가민가하며 힐끗힐끗 쳐다보던 경찰관이 청와대라는 말에 벌떡 일어섰다.

"청와대…… 뒤에 계신 분이 혹시 대통령님이신가요?"

경찰관의 말에 경찰서 안의 모든 이목이 쏠렸다.

정동희가 앞으로 나섰다.

"고생하십니다. 서장님을 만나야겠어요."

경찰서 안이 조용해지고 분주하게 움직이는 소리만 들렸다. 경찰관 한 명이 다가와 정동희를 안내했다. 안내된 곳에 앉자마자 나이가 좀 들어 보이는 초로의 남자가 황급히 들어왔다.

"아이고, 대통령님! 오셨습니까? 미리 연락 좀 주시고 오시지요. 중부서장 마금대입니다."

허리를 90도 각도로 굽혀 절하고는 두 손을 모아 쥐고 안절부절못하였다.

"앉으십시오. 지나가다가 저기 앞에 계신 분들 보고 들어왔습니다. 너무 긴장하지 마십시오."

"아! 앞에서 데모하는 사람들이요. 저 사람들…… 참, 법을 몰라서 저러고 있습니다."

"법은 왜 있습니까?"

"예?"

"사람들의 질서와 안녕을 위해서 존재하는 게 법이잖아요. 사람들을 살리고 아픈 것을 치료해 주었는데 벌을 받는다면 좋은 처사는 아닌 것 같아요. 지금처럼 의사가 턱없이 부족한 때에는 자원봉사자 한 명도 아쉬운데 말이지요."

"하지만, 자격증 없는 사람이 의술을 행하는 건 불법입니다. 그래서……."

"그래서 제가 왔습니다. 지금 병원에 가도 의사가 없고 대형 병원에도 의사가 몇 명 없어서 환자들이 진료를 못 받는 실정이에요. 의사들도 거의 24시간 진료 중이라 잠도 못 자고 환자를 돌보고 있고요. 그래서 의사들 동의하에 이분들에게 당분간 의료 봉사를 해도 좋다는 허락을 받았습니다. 그러니까 그분들에게 어떠한 제재도 가하지 마십시오."

"예! 알겠습니다. 제가 평생 법대로만 살아서 너무 융통성이 없었나 봅니다."

"제가 그 세 분을 좀 보고 싶은데요."

"예! 알겠습니다."

서장이 문을 열고 나가더니 잠시 후 여자 둘과 남자 하나를 데리고 들어왔다.

"대통령님, 이분들입니다."

대통령이라는 말에 허리를 깊숙이 숙이며 절을 한 세 사람은 표정들이 밝고 편안해 보였다.

"아이고, 좋은 일을 하시다가 이렇게 고초를 겪게 되어서 어쩝니까? 제가 바로 알았어야 했는데 늦어서 죄송합니다."

정동희가 일어서서 정중히 허리를 굽혀 사죄했다.

세 사람이 어리둥절해서 다시 맞절하며 만류했다.

"아이구…… 아니구먼유. 대통령께서 요로코롬 나서주시는 것만두 감지덕지구먼유. 지는 몇 달 감방살이 할 줄 알았구먼유."

"정말 감사합니다. 저희 입장을 알아주셔서…… 보고 안 고쳐 드릴 수가 없었거든요."

"덕분에 대통령님도 뵙고 우리는 운이 좋아요. 신경 써 주셔서 감사합니다."

저마다 한마디씩 하며 정동희에게 감사의 말을 전하자 정동희가 손사래를 쳤다.

"사람을 이롭게 하려고 힘쓰신 건데요. 당연하지요. 그리고 의사협회에 양해를 구했으니 당분간 의료 활동은 하셔도 됩니다. 지금 병원에 가도 환자를 볼 의사분이 턱없이 부족하다고 들었거든요. 여러분들이 그 공백을 메워 주셔야지요. 마음 놓고 아프신 분들 잘 치료해 주시기 바랍니다."

"감사합니다."

세 명이 일제히 감사를 표하자 정동희가 웃었다.

"그런데 말입니다. 여러분들은 그 능력을 어떻게 갖추게 되셨나요? 전부터 그런 능력이 있었는지, 아니면 최근에 치료 능력이 생긴 건지요?"

세 사람이 서로 쳐다보다가 가운데 앉은 중년의 여자가 말했다.

"세 명 다 최근에 생겼습니다. 전에는 저희도 아프면 병원에 다니면서 치료를 받던 평범한 사람이었지요. 최근에 귀신이 보이기 시작하면서 이 능력이 생긴 것 같아요. 다른 사람들도 귀신은 다 보는데 우리만 이런 능력이 생겼다는 게 신기했지만 아픈 게 보이고 처방이 보이는데 어떻게 안 고쳐줄 수가 있겠어요."

"맞아유. 증말 신기해유."

"그렇군요. 여러분들이 진정한 이 시대의 숨은 영웅이에요. 부디 주변분들에게도 여러분들의 능력을 베풀어 주시기 바랍니다. 자! 나가시지요. 밖에 여러분들이 치료해서 나은 분들이 기다리고 있어요."

정동희의 말에 세 명은 연신 '고맙습니다'를 말하며 일어섰다.

의통(醫通)자들은 신들을 통해 그들끼리 모임을 갖고 능력을 확인한 다음 단체를 결성했다. 봉사활동을 위해 나라에 의료 봉사활동 신청을 했지만, 자격증이 없다는 이유로 반려되자 청와대에 청원을 넣었다. 중부경찰서에서 의통 능력자들을 한 번 보았던 정동희는 그들을 구제하고 심각한 의사 부족을 타개하기 위한 계획을 세웠다.

정동희가 의통자 몇 명을 불러서 이야기를 들었다.

"단체의 회원이 많군요. 하지만 이보다 더 많을 것 같은데…… 등록을 안 한 분들이 더 많을 거예요."

정동희가 컴퓨터를 들여다보며 말하자 맨 앞자리에 앉은 남자가 말했다.

"그게…… 정말 많은 것 같은데요. 지방에도 수백 명은 되는 것 같습니다. 그런데 모임에 참석하지도 않고 단체에 가입하지도 않습니다. 서울, 경기 지역에도 당연히 많고요. 저희가 말씀을 안 드렸는데도 정말 정확하게 파악하고 계시네요."

"신들과 얼굴을 맞대고 사는 세상이라 신들을 관할하는 대신청도 있어요. 제가 사람이니까 사람에게 말을 듣고 일을 처리해야 하는 게 당연하지만 사람 수보다 신의 수가 수십 배나 많은 신들도 우리의 국민인지라 대신청을 통해 일주일에 한두 번 정도 신들의 움직임을 듣습니다. 그래서 파악이 가능한 거지요. 그건 그렇고, 실장님!"

정동희가 비서실장을 불렀다.

"예!"

"지금 의료 기관의 인력이 턱없이 부족합니다. 보건 당국의 우려는 알겠으나 이렇게 하늘이 내려주신 능력을 썩히는 것도 도리는 아니지요. 저는 이분들을 현장에 투입해야겠습니다. 대형 병원부터 작은 병원까지 이분들이 일할 수 있는 법적 근거를 마련해야겠으니 보건복지부 장관님과 관련 부처에 통보해서 이 문제를 논의하게 하고 내일 이 자리에 들어오게 하세요."

비서실장이 눈을 껌벅이다 말했다.

"저항이 클 텐데요."

"그럼, 대형 병원에 의사 네다섯 명이서 그 큰 병원을 운영할 수 있답니까? 환자들은 어떡하고요."

"예! 전달하겠습니다, 대통령님!"

"여러분들 의견은 제가 잘 숙지했고요. 일선에서 일반 의사들과 같이 일할 수 있는 길을 열어 볼 테니 잠시 기다려 주십시오."

"고맙습니다."

의통 능력자들이 일어서서 일제히 허리를 굽혀 인사했다.

다음 날, 의사협회 임원과 보건복지부 · 법무부 장관, 대통령이 참석해서 의통 능력자들에 대한 토론이 벌어졌다. 각 분야별로 의견이 완전히 달랐기 때문에 접점을 찾을 수가 없었다.

정동희는 각자 얘기하도록 하고 듣고만 있었다. 의사협회는 자신들이 십여 년에 걸쳐 배워 습득한 것을, 의술에 대해 한 번도 배운 적 없는 사람들에게 기회를 준다는 것을 어이없어했다. 보건복지부의 의견은, 의사의 의견을 존중하지만 의사와 간호사가 대부분 죽고 없어서 대체 인력이 필요했기에 의사들의 눈치를 보고 있었다. 또한 법무부는 무자격자가 의술을 펼치는 것은 처벌 대상이라고 못 박고 있었다. 의사가 부족하다고 해서 무자격자가 의술을 행하면 질서가 문란해진다는 점도 잊지 않았다.

의사협회에서 대표로 나온 의사가 말했다.

"우리는 모두 극도로 피로해 있습니다. 집에 가는 건 꿈도 못 꾸고 쪽잠을 자면서 환자를 보고 있으니 언제든지 의료 사고가 날 수 있을 정도입니다. 만약 그들이 정말 의통을 했다면, 사람을 살릴 수 있다면 말이지요. 우리부터 과로사로 죽기 전에 방법을 찾아야 하거든요. 우리도 살아야 하니까 그들에게 진료를 볼 수 있게 해줄 수 있습니다. 다만, 의사와 비의사와의 차이점을 두어서 그들을 부르는 명칭이 따로 있었으면 좋겠고 처우도 차별화된다면 받아들일 용의가 있습니다."

의사의 말에 법무부 장관이 고개를 돌려 의사를 보았다.

"여보시오, 의사 선생님! 아무리 피곤해도 그렇지 어떻게 그럴 수가 있단 말이요?"

의사가 힘없는 소리로 말했다.

"저뿐만이 아니라 의사, 간호사 모두가 당장 쓰러져 죽는다 해도 이상하지 않을 정도로 피로에 찌들어 있어요. 너무 피곤해서 입맛도 없고 눈이 뻑뻑해서 오죽하면 나도 환자이고 싶단 말이요. 누가 나를 대신할 사람이 있다면 정말이지, 잠 좀 푹 자고 싶어요."

"그 정돕니까?"

법무부 장관이 묻자 의사는 힘없이 대답했다.

"그렇습니다. 의사 두어 명이 하루에 수백 명의 환자를 본다고 생각해 보십시오, 그게 가능한 일인지. 급하지 않은 환자, 경미한 환자는 그냥 돌려보내는 실정입니다."

눈치를 보던 보건복지부 장관 송두용이 끼어들었다.

"그러니까 일손이 필요하신 거예요. 그렇죠?"

"필요한 정도가 아니라 절대적으로 필요하지요."

의사의 말에 힘을 얻은 송두용이 의견을 냈다.

"여기 오신 의사분들만이 아니라 지금 전국적으로 의사가 너무 모자라다 보니 의사를 보내달라는 요청이 끊임없습니다. 하지만 워낙 많은 의사, 간호사가 죽었고요. 일반인들도 살아남은 많은 사람들이 환자예요. 의사는 적고 환자는 많아진 상황이 된 거지요. 무슨 특단의 조치가 필요한데 정말 적절하게 의통하신 분들이 계시니까 신께서 도와주시지 않았나 싶습니다. 저는 이분들을 의료계의 법 안으로 들여서 의사분들을 돕고 그들 나름의 기술도 발전시켜 나갔으면 하는 바람입니다."

말하면서 송두용은 열심히 컴퓨터 자판을 치고 있는 정동희를 바라보았다. 자신의 의견을 동조해 줬으면 하는 바람으로 대통령을 쳐다본 것이다. 정동희가 컴퓨터에서 눈을 떼고 송두용을 바라보았다.

"예! 지금은 비상시기입니다. 뭐 하나 제대로 되어 있지 않아요. 의사분들마저 쓰러지면 정말 큰일이지요. 그래서 저는 의사협회 분들의 의견과 보건복지부의 의견을 수렴해서 법 테두리 안으로 그들을 들어오게 해서 일하도록 하는 것도 괜찮다고 봅니다. 일단 조합에 가입하신 분들부터 대형병원에 몇 분씩 파견하여 일선에서 일하고 계신 의사의 인정을 받도록 합시다. 인정을 받은 의통 의사분들은 보건복지부에 등록하고 종합병원과 작은 병원으로 가서서 일하시면 되고요. 만약 의사의 인정을 받지 못하는 의통 의사분들은 시험에 통과하지 못한 것으로 간주하여 보건복지부에 등록할 수 없습니다. 의사협회에 등록되신 의사분들에게 시험을 대신 받는 것이니 성심껏 일하셔서 인정받도록 하시고 의사가 인정하면 보건복지부에 정식으로 등록해 드리십시오. 제가 말씀드린 내용에 이의가 있으신 분은 지금 말씀해 주시기 바랍니다. 뒤에서 말씀하지 마시고요."

아무도 나서는 이가 없자 송두용이 말했다.

"의사협회에서 나오신 선생님은 어떻게 생각하십니까?"

"저희와 같이 일하는 기간을 얼마나 두고 봐야 하나요? 저희랑 같이 일해서 우리가 인정하는 조건으로 자격을 준다면 그것도 지금 상황에서는 괜찮은 방법이라고 봅니다. 의사 한 명 배출하려면 10년을 공부해야 하는데 그렇게 기다릴 수 없으니 빠른 방법으로 가야지요. 저희도 잠 좀 자고 싶어요. 저는 찬성입니다."

"고맙습니다. 기간은 의사분들이 보셔서 짧게 보셔도 무방하고, 미심쩍다 싶으시면 길게 보셔도 됩니다. 법도 사람을 위해 있는 거잖아요. 사람을 살리겠다고 하는데, 법무부 장관께서는 이분들을 법으로 보호받으며 의술을 펼칠 수 있도록 법을 개정해 주십시오. 지금 국회가 없으니 제 직권으로 의통하신 분들을 법망 안으로 들어오게 하겠습니다."

정동희의 말은 일사불란하게 실행되었다.

다음날부터 각 대형 병원에는 환자를 보는 의통 의사 십여 명이 들어왔다. 의사가 늘자 대기하는 시간도 줄고 중증이 아니라도 진료를 볼 수 있을 만큼 속도가 붙어서 병원도 서서히 정상화되어 갔다. 정식 의사로부터 감탄을 자아내게 하는 의통 의사들은 오진이 없었고 그런 만큼 정식 의사들이 인정하는 기간도 빨랐다. 정식 의사협회와 별도로 의통 의사협회가 개설되어 정식 의사에게 인정받은 의사들이 속속 등록되었다. 숫자가 늘어나면서 재난으로 부상을 입었거나 병으로 신음하던 사람들이 치료를 받고 완치되었다. 심지어 소아마비나 반신불수였던 사람들까지 멀쩡하게 치료되자 오히려 정식 의사들이 위축될 지경이었다. 상황이 이렇게 되자 의통 회원에 가입하지 않던 의통자들도 속속 가입 신청을 했고 그들의 도움으로 의사 부족 사태는 빠르게 해소되었다.

합병

경기도 일대부터 들판에 푸른빛이 돌면서 하루가 다르게 채소가 쑥쑥 자랐고, 충청도, 경상도. 전라도까지 갖가지 곡식들이 들판에 쫙 깔려서 크고 있었다. 날씨가 따뜻해진 황해도와 평안도, 양강도에도 작물들이 무럭무럭 자랐다.

보건복지부가 수인성 질병 예방을 위해 도심부터 방역 작업을 하느라 밤낮없이 일했고, 도심과 들판, 산까지 방재하기 위해서 산림청 헬기까지 총동원되었다. 냄새를 풍기던 시체와 동물의 사체가 치워지고 거리가 말끔히 정리되며 복구의 손길이 활발해지면서 도시부터 서서히 제모습을 찾아갔다. 사람들이 대폭 줄어서 어디든 한적했는데, 특히 늘 북적거리던 서울 도심마저 한적해서 매우 생경한 분위기였다.

도심의 고층 건물은 소유주와 가족 모두가 죽어버린 경우가 많았다. 워낙 많은 사람들이 죽어서인지 빈 건물 하나하나씩 청소하고 유리를 끼우며 원상복구를 시킨 다음, 국가 소유 건물로 등록했다. 이 건물 중 외곽의 몇 개 건물을 지정해서 전국에 홀로 살아남은 어린이들을 서울로 불러들였다. 연령별로 나뉘어 입소시키고 성인이 될 때까지 보육과 교육을 정부가 책임지고 시키기로 했다.

학생들의 숫자도 대폭 줄어든 만큼 학교를 세 단계로 통합하고 시설은 최첨단으로 교육받게 하였다. 비어 있는 학교 대부분은 철거되어 공원으로 조성되거나 무료 공공 체육 시설로 용도를 변경하여 주민들의 휴식처로 사용되었다.

홀로 살아남은 노인들 역시 어린이처럼 서울 외곽의 빈 건물에 입주하여 정부의 보살핌을 받았다.

정동희의 지시 아래 일사불란하게 움직이며 전국이 하루가 다르게 복구되었으며, 사람들도 새로운 일자리를 찾아 새로운 일상생활에 적응하며 조금씩 안정을 찾아갔다.

한참 컴퓨터를 들여다보며 할 일을 검토하던 정동희에게 비서실에서 연락이 왔다.

"대통령님! 대신청관님에게서 올라온 내용인데요. 고려족 조상신 다섯 명과 조선족 조상신 여섯 명, 그리고 몽골족 조상신 세 명이 대통령님께 드릴 말씀이 있다고 뵙기를 청하고 있답니다. 어떻게 할까요?"

비서실에서 인터폰으로 정동희에게 의향을 물었다.

"고려족과 조선족, 몽골?"

"예! 고려족을 대표해서 조선족을 대표해서 온 거랍니다."

"무슨 일로요?"

"그건 대신청관님께는 말씀드린 모양인데 제게는 자세히 말씀 안 해 주셨어요. 대통령님께 직접 말씀드리겠답니다."

"대신청관님 연결해 주세요."

"예!"

바로 대신청관의 소리가 들렸다.

"대통령님 중요한 사안입니다. 조선족과 고려족이 대통령님을 찾아왔습니다. 부디 이 신들을 만나 주십시오."

"나를요? 왜요?"

"매우 중요한 사안이라 대통령님께 직접 말씀드리고 싶습니다."

목소리에서 무언가 큰일을 숨기고 있는 것을 느낀 정동희가 말했다.

"대신청관님! 지금 바로 와서 보고해 주세요."

"예!"

비서실과 인터폰이 끊고 10초도 안 되어 대신청관이 정동희 앞에 나타났다.

"어서 오세요."

"놀라지 않으셨습니까? 갑자기 나타나서."

"놀랐지요. 좀처럼 익숙해지지 않는군요. 하하하. 좀 전의 말씀으로는 조선족과 고려족 조상신들이 그 지역을 대표해서 왔다고요?"

속으로 놀란 것을 들킨 것이 멋쩍었던 정동희가 웃자 대신청관이 머리를 숙이며 대답했다.

"예, 각하! 바로 말씀드리겠습니다. 그분들 말씀으로는 대한민국에 복속되어 원래 한민족이었던 이름을 되찾고 싶다고 했습니다."

정동희는 자신의 귀를 의심했다.

"뭐라고요?"

"고려족이나 조선족이나 다 같은 한민족 아닙니까? 그들이 한민족으로 복속되기를 원하고 있다는 말씀을 드리는 겁니다. 그분들을 만나보시는 것이 좋을 것입니다, 각하!"

정동희는 잠시 생각했다.

인구가 많이 줄어든 만큼 다른 곳에서 이민이라도 와주면 두 손 들고 환영해야 할 판이었다. 그런데 조선족이든 고려족이든 원래 뿌리가 같은 한민족이 찾아와서 복속을 원하고 있다니. 깊이 생각하고 말고 할 문제가 아니었다.

정동희는 힘차게 인터폰을 눌렀다.

"대신청관님은 그대로 있으시고요. 비서실장님과 외무부 장관님과 외신부 부장님을 나한테 즉시 오시라고 하세요. 박만수 총리도 오시라고 하세요. 지금 바로요."

"마음을 정하셨습니까?"

"예! 장관님들 오시면 의견을 수렴해서 만나도록 합시다. 나는 좋은데 혹시라도 걸림돌이라든가 나라 간 문제점 같은 게 있는지 모르니까 그것도 좀 알아보고요."

"아…! 예! 정말 신중하시네요. 지금 중국 중앙 정부가 와해된 상태입니다. 그러니 저들을 복속한다 해도 큰 문제는 없을 겁니다."

"그럴까요?"

대신청관과 이야기하는 사이 외신부 부장이 대신청관 옆에 나타났다.

"인사드립니다, 대통령님! 외신부 부장입니다."

"어서 오세요. 역시 제일 먼저 오실 줄 알았습니다."

"다른 분들도 오시나요?"

대신청관이 대신 대답했다.

"총리와 외무부 장관님이 오신답니다. 아까 말씀드린 내용 때문에요."

정동희가 물었다.

"두 분은 조선족과 고려족의 복속에 대해 어떻게 생각하시나요? 먼저 대신청관님부터 말씀해 주세요."

"예! 저는 찬성입니다. 아무래도 우리 민족이고요. 자식이 오랫동안 외지로 떠돌다가 부모가 있는 집으로 다시 들어오는 것이니 받아줘야 한다고 생각합니다."

"외신부 부장님은요?"

"저도 같은 생각입니다. 지금이야말로 전 세계에 흩어져 있는 한민족을 모두 모아 영토도 넓히고 한민족의 기상을 드높일 때라고 생각됩니다."

정동희가 말했다.

"그러자면 먼저 중국의 사정을 알아야 하는데요. 현재 중국의 사정부터 알려 주십시오. 대충은 알고 있지만 자세히는 모릅니다."

대신청관이 말했다.

"중국이 인구가 제일 많았던 만큼 죽기도 제일 많이 죽었습니다. 그래서 중앙 정부뿐만 아니라 지방 정부까지 붕괴되어 통제력을 상실했어요. 중국은 수십 개의 다민족이 뭉쳐서 이루어진 나라이다 보니까 이번에 각자 종족끼리 뭉쳐서 독립 자치구를 만들고 있습니다. 이건 어느 한쪽이 아니라 중국 전역에서 일어나는 현상입니다. 한족이 좀 많긴 하지만 통치권이 붕괴되어 무주공산(無主空山)이 된 상황입니다. 조선족도 중국 소수민족 중의 하나이고 우리 동족이기도 합니다."

"그렇지요. 조선족은 당연히 우리 민족이지요. 예전에 만주도 우리 땅이었으니까요."

"맞습니다. 지금도 조선족은 우리와 국경이 맞닿아 있는 만주 쪽에 모여서 한국 국민이 되기를 희망하는 겁니다. 원래의 호적을 찾자는 거지요."

"그래요……. 뿔뿔이 갈라져서 힘을 쓸 수 없을 정도의 사정이란 거지요?"

"그렇습니다. 지금 상태로는 한족도 수십 개 집단으로 분산되어 있으니 힘을 쓰지 못합니다. 전기와 통신이 두절되어 서로 신들을 통해서 연락하는 정도입니다. 자기네 앞가림도 급한데 옆을 돌아볼 겨를이 없는 겁니다."

"고려족은 러시아 쪽이지요? 러시아의 사정은 어떤가요?"

외신부 부장이 나섰다.

"러시아 쪽은 제가 말씀드려도 되겠습니까?"

"그러시지요."

대신청관의 허락을 받은 외신부 부장이 말을 이었다.

"러시아는 악다귀의 피해가 많았고, 지진과 해일로 해안선이 크게 바뀌었습니다. 아예 지도가 바뀌었다고 보면 됩니다. 그런 와중에 북극의 눈이 녹았고, 역사상 가장 많은 태풍이 한꺼번에 닥쳐서 강마다 넘치고 도시건 농촌이건 다 잠겨 버렸어요. 고위 관리들이 대부분 사망해서 지도자 공백 상태입니다. 러시아도 다민족이 섞여 살다 보니 통제력을 잃은 중앙 정부의 부재를 틈타 독립하려는 움직임이 있는데 고려족이 가장 먼저 행동에 옮긴 겁니다. 러시아는 걱정 마시고 그들을 우리 국민으로 받아주시는 것이 마땅하다고 생각합니다. 다시 한 번 말씀드리자면 조선족과 고려족은 비슷한 처지입니다. 조선족은 중국에 있으면서 뭉쳐서 살았기 때문에 중국의 중앙 정부도 건드리지 못했는데요. 고려족은 러시아 쪽에 있으면서 중앙 정부의 핍박을 받으면서 강제 이주까지 당하며 모진 세월을 살아왔습니다. 그들이 지금 조상신들의 인도하에 두만강 유역에 모여서 그 수가 몇만 명이나 됩니다. 그 땅을 복속하는 겁니다."

"그래요. 그리고 아까 몽골족이…… 몽골족 말씀도 하셨지요?"

정동희의 질문에 대신청관이 생각난 듯 이야기를 꺼내 들었다.

"그렇습니다. 몽골족도 이번에 같이 왔습니다. 그러잖아도 땅은 넓고 인구도 적었는데 이번 재앙으로 많은 사람이 죽고 가축도 떼죽음을 당해 남은 가축이 별로 없답니다. 공업이나 농업이 발달한 곳이 아니다 보니까 살아남은 사람들도 먹고살기 막막해진 거지요. 조선족 신들과 친분이 있던 몽골족 신이 한국의 현 상황을 전해 들었고요. 조선족이 한국으로 편입되는 걸 요청하기 위해 한국에 간다는 얘길 들었다는군요. 그래서 그 조상신이 몽골 자손에게 이야기하여 사람들끼리 의견을 모아 몽골도 받아주면 한국으로 귀속되어 한국 사람으로 살고 싶다고 하여 따라온 겁니다."

"그럼, 조선족과 고려족, 그들 몽골족을 복속하면 어디부터 어디까지 국토가 넓어지는 겁니까?"

정동희의 말에 대신청관이 홀로그램 지도를 하나 띄웠다.

"옛 고조선의 땅뿐만 아니라 위로 더 넓어지는 겁니다."

대신청관이 홀로그램 안에 있는 대한민국 지도 위를 손으로 둥글게 휘저으며 대답했다.

"그건 정말 구미가 당기는 일이긴 하지만 정말 문제가 없을까요?"

대신청관이 말했다.

"우리나라는 전기를 비롯해서 통신 시설이나 수도권에 있는 시설들이 한울님의 보호 아래 다 멀쩡하지만 다른 나라는 완전히 사정이 다릅니다. 아직까지 중앙 정부가 제대로 기능을 하는 데가 없어요. 중앙 정부뿐만 아니라 지방의 관청도 제대로 된 데가 없습니다. 전쟁에, 괴질에, 지진, 화산, 태풍까지 마지막에 지축이 설 때 굉장한 흔들림까지 엄청난 시련 속에 살아남은 사람들은 평범한 사람들이 대부분이에요. 고관대작 관리들이나 떵떵거리고 살았던 사람들이 살아남은 사람들……도 있긴 하지만 극히 소수지요. 과거의 덩치 컸던 러시아나 중국은 잊으셔도 됩니다. 깨져서 산산이 흩어진 유리 조각 같은 모양이고 다시 붙여질 수 없는 상태입니다. 옛날과 상황이 많이 바뀌었으니 옛 중국이나 러시아는 잊으세요."

"그래도 될까요?"

외신부 부장이 맞장구쳤다.

"그렇습니다."

정동희는 곰곰이 생각하다가 두 신을 바라보다 조용히 말을 꺼냈다.

"좀 생뚱맞은 이야기일 수 있는데요, 두 분은 신이잖아요. 저는 사람이고요. 저는 한울님을 세 번 봤는데 사람 입장에서 굉장히, 뭐랄까…… 엄청난 신이시잖아요. 신이신 두 분이 보는 한울님은 어떤 존재일지 갑자기 궁금해졌어요."

대신청관과 외신부 부장이 서로 쳐다봤다.

외신부 부장이 정동희를 보며 말했다.

"사람으로서도 엄청난 신임을 느끼시는데 하물며 신 중의 신, 하나

233

밖에 없는 한울님을 어떻게 말로 표현합니까? 전 표현할 말이 없습니다."

대신청관이 고개를 끄덕였다.

"저도 역시 마찬가지입니다. 표현하는 것 자체가 결례요."

정동희가 씨-익 웃었다.

"저도 역시 마찬가지입니다. 정말 표현할 말이 없군요. 그저 감사하고 경배해야지요."

문 두드리는 소리와 함께 문이 조용히 열리며 비서실장과 박만수가 나타났다. 평소 신들을 직접 대면하지 않는 정동희 앞에 두 관리신이 있는 걸 보고 박만수가 의아한 표정을 지으며 인사와 함께 질문했다.

"대통령님! 무슨 일이십니까? 신들과 함께 있으시네요?"

"제가 아무 말씀도 안 드렸습니다."

비서실장이 고개를 저으며 빙그레 웃었다.

"아! 일단 거기 앉으세요. 외무장관님이 안 오셨는데 얼마나 더 걸릴까요?"

정동희가 비서실장을 보고 말하자 비서실장이 바로 대답했다.

"청와대 앞까지 오셨다고 했으니 5분 이내로 오실 겁니다."

"그래요. 그럼, 외무장관님 오시면 본론을 얘기하기로 하고 대신청관님, 외신부장님 두 관리신과 이렇게 대면해서 총리와 함께 회의하는 건 처음이네요. 그렇죠?"

"예, 그렇습니다. 무슨 일인지 정말 궁금하군요."

박만수가 궁금증을 드러내자 비서실장이 말했다.

"저도 확실히 모르지만 아마 총리께서 들으시면 깜짝 놀랄 만한 일이지 않나 싶습니다."

박만수가 정동희와 비서실장의 표정을 유심히 살피다가 말했다.

"매일 안 좋은 일로 분주했었는데 딱 분위기를 보니 이번 소식은 좋은 일인 것 같군요. 두 분 표정이 밝습니다. 그렇지요, 대신청관님?"

대신청관이 실실 웃으며 고개를 끄덕였다.

"엄청 좋은 소식이라고 확신합니다."

"그래요? 엄청 궁금하고 엄청 기대되는군요. 외무장관님은 어디쯤 오고 계실까?"

박만수가 두 손을 맞잡고 흔들며 기대감을 나타냈다.

문을 두드리는 소리가 나고 일동이 지켜보는 가운데 외무부 장관 민홍국과 국방부 장관 문이혁이 들어왔다. 박만수가 그 어느 때보다 반가운 소리로 인사하며 맞았다.

"어이구, 어서 오십시오. 반갑습니다."

"어서 오십시오."

비서실장이 일어나서 인사하며 두 사람의 자리를 안내했다. 두 사람은 정동희에게 인사하고 대신청관과 외신부 부장에게도 인사하고 자리에 앉았다.

"급하게 부르셔서 하던 일 다 멈추고 왔습니다. 대신청관까지 와 계시다니 놀랍군요. 무슨 일이라도 있으신가요?"

민홍국이 두 관리신을 번갈아 보며 호기심을 드러냈다.

문이혁도 전과 다른 상황을 감지한 듯 자리를 한 번 둘러보고 있었다.

박만수가 말했다.

"두 분이 오시면 엄청 좋은 소식을 전한다고 해서 목 빠지게 기다리고 있었습니다. 자! 대통령님, 이제 그 엄청 좋은 소식을 전해 주시지요."

엄청 좋은 소식이라는 소리에 민홍국과 문이혁이 기대감을 가득 담고 눈을 껌벅이며 정동희를 쳐다봤다. 정동희가 대신청관에게 말했다.

"나보다는 대신청관님이 직접 전달해 주시는 게 좋겠습니다. 요점만 일단 말씀해 주십시오."

대신청관은 정동희에게 보고한 것처럼 다시 설명했다.

들으면서 세 사람은 놀라움을 감추지 못했다.

"그러니까…… 조선족과 고려족, 몽골이 복속을 원한다고요?"

박만수가 입을 떡 벌리자 문이혁이 질문했다.

"그럼, 영토가 넓어집니까? 그들이 온 만큼?"

대신청관이 다시 홀로그램을 띄웠다. 한국과 중국, 러시아가 한눈에 보이는 지도였다. 대신청관이 손으로 짚어가면서 설명했다.

"이쪽부터 여기까지가 조선족이 모여 있는 곳이고요. 여기부터 이만큼은 몽골인들이 살고 있는 지역이고, 이쪽은 러시아 아래쪽 이만큼이 고려인이 모여 있는 곳입니다."

문이혁이 눈을 동그랗게 뜨고 말했다.

"만약 그 영토가 우리 것이 된다면 정말 엄청 큰 나라가 되는 겁니다."

민홍국도 흥분된 목소리로 말했다.

"그렇게 된다면 우리는 더 이상 작은 나라가 아닌 거지요."

박만수가 질문했다.

"조선족이나 고려족은 우리 민족이었으니까 그렇다 쳐도 몽골족이 복속을 원하면 그에 맞는 조건을 제시했을 텐데요. 그게 뭔가요?"

대신청관이 대답했다.

"지금 그쪽은 집도 다 부서져서 기거할 곳도 없는 데다 먹을 것도 없어서 굶주리고 있는 형편입니다. 그들은 살기 위해서 복속을 원하는 것이지 딴마음이 있어서 그런 것은 아닌 것 같습니다."

가만히 듣고 있던 정동희가 말했다.

"이제 내용은 대충 다 아셨으니 사신으로 온 신들을 만나서 직접 들어 보는 것은 어떠신가요?"

"좋습니다, 대통령님!"

세 명의 적극적인 지지에 정동희가 대신청관에게 고개를 끄덕였다. 대신청관과 외신부 부장이 사라졌다.

박만수가 두 손을 번쩍 치켜들고 목에 힘을 주어 말했다.

"정말 그렇게 된다면 대한민국은 대국이 될 겁니다. 세상 어느 나라보다 강력한 나라가 될 겁니다. 한울님이 보우하사 대한민국 만세입니다."

정동희가 빙그레 웃었다.

"그럴 겁니다. 한울님의 나라니까요."

대신청관과 외신부 부장을 비롯해 십여 명이 넘는 신들이 나타났다. 신들에겐 좀처럼 일어나지 않던 정동희가 자리에서 일어나자 박만수와 비서실장, 문이혁과 민홍국이 차례로 일어났다. 대신청관이 같이 온 신들에게 먼저 정동희를 소개했다.

"이분이 우리나라의 대통령이십니다."

정동희가 인사하자 십여 명의 신들이 일제히 인사했다.

"잘 오셨습니다. 그곳 사정을 듣고 싶었는데 정말 잘 오셨어요."

"우리는 조선족을 대표해서 온 신들입니다. 저희를 만나 주셔서 감사합니다."

"대통령님, 이쪽은 몽골에서 오신 신들이십니다."

정동희에게 허리를 굽혀 인사하는 세 명의 신들에게 답례의 인사를 하며 미소를 짓자 한 신이 말했다.

"우리까지 만나 주셔서 정말 고맙습니다. 고맙습니다."

"아니요, 저야말로 이렇게 방문해 주셔서 정말 반갑습니다. 잘 오셨어요."

몽골신을 지나자 다섯 신들이 정동희에게 인사했다.

"우리는 고려족을 대표해서 온 신들입니다. 인사드립니다, 대통령님!"

"반갑습니다. 용기 내어 방문해 주셔서 고맙습니다. 잘 오셨어요."

찾아온 신들 한 명, 한 명씩 눈을 맞추며 인사하고 다시 자리에 앉았다.

대신청관이 신의 사절단이 온 이유를 간략하게 다시 설명했다.

"잘 아시는 것처럼 신들의 가장 좋은 능력 중 하나가 순간이동입니다. 한국의 전기와 통신이 원상 복구되고 지방까지 빠른 속도로 복구되고 있는 것은 신들을 통해 전 세계에 살아남은 사람들에게 시시각각 전달되고 있습니다. 태풍과 홍수, 지진으로 세계 어느 한 곳도 멀쩡한 곳이 없을 정도로 망가져 있고 엄청나게 많은 사람들이 죽었어요. 아직도 시체가 치워지지 않은 채 썩은 냄새가 진동하는 곳이 대부분입니다. 통신이나 전기, 수도는 고사하고 먹을 것이 없어서 살아남은 사람들도 굶주림에 하루하루를 버티기가 힘들 정도로 재앙은 계속되고 있습니다. 역시 많은 사람이 죽었지만, 그에 비해 유독 한국만이 정상에 가까운 상태라 많은 곳에서 원조 요청이 들어오고 있습니다. 한국의 들판에 곡식과 푸른 채소가 자라고 있어요. 전기, 통신이 정상이니까 우리나라에서는 다른 나라의 상태를 알 수 있지만 다른 곳에서는 신들을 통하지 않고는 아무것도 알 수도 없고 아무것도 얻을 수도 없는 상황입니다. 신들을 통해서 한국의 상황을 전해 들은 사람들이 살려고 원조 요청을 해오고 있습니다. 여러 곳에서 신들이 다녀갔는데 이곳에 오신 분들은 특별한 형태라 대통령님께 모시고 왔습니다. 이분들은 원조가 아니라 대한민국의 일원으로써 대한민국의 국민이 되고자 하십니다. 맞습니까, 여러분?"

대신청관의 질문에 십여 명의 신들이 우렁차게 대답했다.

"맞습니다."

대신청관이 계속 말했다.

"조선족도 고려족도 원래 우리 핏줄인데 오래전에 살기 위해 북쪽으로 이주했다가 긴 세월을 돌아 다시 오게 된 것이니 대통령님이 관대하게 품어 주셨으면 좋겠습니다."

정동희가 조선족 신들을 향해 물었다.

"대한민국으로 복속되는 데 조건이 있나요?"

조선족의 신들 중 한 명이 조금 앞으로 나와 허리를 굽혀 절하고 말했다.

"예! 대통령님이 이 땅을 보살피는 것처럼 우리도 똑같은 조건으로 보살펴 달라는 것 외엔 없습니다. 우리 자손들이 굶주리고 있고 모든 게 파괴되어 하루하루 연명하기도 버겁습니다. 부디 대한민국의 국민이 되어 대한민국 국민과 똑같이 대우받으며 배곯지 않고 제대로 살 수 있다면 더 바랄 것이 없겠습니다."

"제대로 살게 하려면 파괴된 것을 하루속히 복구하여 경제가 활성화되어야겠지요. 한국 국민과 같은 교육을 받고 그에 맞는 일자리를 구할 것이고요. 그것뿐입니까?"

"예! 그렇게 해주신다면 더 바랄 것이 없겠습니다. 그리고 당장 먹을 것과 추위를 막을 담요나 이불 같은 것이 필요합니다. 매일 굶주리고 오들오들 떨며 지내고 있으니 보기에 매우 안타깝습니다, 대통령님!"

"예! 가장 근본적인 문제군요. 그럼, 살아남은 사람들의 대표는 뽑았나요?"

"이제 겨우 신들이 자신들의 자손을 인도하여 덜 파괴된 곳에 모여 있습니다. 상황 파악을 하고 대책회의를 해서 저희를 보낸 겁니다. 임시로 뽑은 사람은 있습니다. 그런데 여기 온 신들 중 저와 이 신은 이쪽 지역을 대표해서 온 거고요. 이 옆에 계신 세 분은 요쪽 지역 대표로 오신 겁니다. 그래서 사람들의 대표도 저희 쪽과 저쪽 대표분이 각각 다릅니다."

설명하는 신의 손이 홀로그램의 지도를 가리키며 지역을 손으로 나누며 설명했다. 붙어 있기는 하지만 조선족의 두 지역에서 온 대표였던 것이다.

"아! 그럼 조선족 대표가 하나가 아니라 두 지역 대표분들이셨군요. 그럼, 그쪽 분들께도 묻겠습니다. 우리나라에 편입되는 조건이 따로 있습니까?"

한 신이 나와서 허리를 굽혀 절하고 말했다.

"당장 아사 직전인 저희 후손들에게 식량을 보내 구해 주시고요. 향후 한국 내의 주민과 동등하게 대우받으며 살게 해주시고요. 한국처럼 경제적으로 부흥시켜 주셔서 잘 먹고 잘살 수 있도록 해주신다면 더 바랄 것이 없겠습니다요, 대통령님!"

"아사 직전이라고요?"

"그렇지요. 계속 굶주리다 보니 뼈만 앙상하게 남아서 언제 쓰러질지 모르는 사람들이 많구먼요. 조상신들이 먹을 수 있는 것을 알려 주어도 아주 먼 곳까지 가야 하는데, 그곳까지 갈 힘도 남아 있지 않습니다."

"예, 그렇군요. 하지만 더 이상 죽는 사람은 없을 겁니다."

정동희의 말에 반색하며 신이 되물었다.

"당장 식량을 보내 주실 건가요?"

"그러지요. 그리고 그 옆의 몽골 분은 우리에게 편입되는 조건이 따로 있으신가요?"

몽골 복장의 신이 나와 허리를 굽혀 인사하고 말했다.

"예, 대통령님! 우리도 기본적으로 앞에서 말씀하신 분들과 같은 내용으로 말씀드리고 싶습니다요. 한 가지 덧붙이자면 한민족과 몽골 민족은 닮은 것 같지만 다른 민족입니다. 그래서 말씀드리고 싶은 것은 다른 민족이라는 것을 기억에서 지워 주시고 닮은 것만 봐주셔서 우리를 한국 국민으로 온전히 받아주기 바랍니다. 우리도 한국 문화 속에 스며들어 한국 사람으로 살 것입니다."

"예, 그렇게 말씀해 주셔서 감사합니다. 같은 대한민국 국민이라면 당연히 같은 대우와 그 지역에 맞는 개발을 해서 한국 국민으로 살도록 해드리겠습니다. 한국 내에서도 각 지역마다 사투리가 있고 지역색이 강합니다. 그 지역도 지역색이 있는 지방이 되겠지요."

"고맙습니다, 대통령님! 우리는 오랜 세월 유목을 해와서 경제나 개발에 대해 무지합니다. 최근에 개발된 것도 한국의 자본과 기술로 개발의 맛을 봐서 몽골은 한국에 매우 호감도가 높습니다. 이러한 결정을 쉽게 내릴 수 있었던 이유지요. 한국을 전적으로 믿고 의지할 거니까 앞으로 한국과 동등하게 수준 높은 교육을 받게 해주시는 것도 잊지 말아 주십시오."

정동희를 비롯해 그 자리에 있던 사람들이 고개를 끄덕이며 미소 지었다.

"여기…… 이만큼이 살아남은 우리 자손들이 다니던 영토입니다."

몽골 신이 손으로 꽤 큰 지역을 표시하며 가리키자 지금까지 가만히 듣고만 있던 문이혁이 끼어들었다.

"그 광활한 지역에 살아남은 사람들이 얼마나 됩니까?"

"우리 지역만 약 이십만 명 정도 됩니다."

"몽골의 거의 50%에 해당하는 영토인데 향후 몽골과 분쟁 거리가 되지 않을까요?"

"겨우 20만 명으로 뭘 어떻게 한답니까? 그런 걱정은 안 하셔도 됩니다. 나머지 영토에 있는 사람들도 한국에 편입되는 것을 미루고 있을 뿐이고 다 죽고 사람도 얼마 없습니다. 이런 상태라면 나중에 러시아에 먹히거나 중국에 먹히거나 할 텐데 그러느니 한국에 복속되는 게 낫다는 게 저희 결론이었거든요. 나머지 영토에 흩어져 있는 사람들도 저희의 의견에 동의하지만 좀 더 회의해 보겠다고 했어요. 몽골이 북쪽이라 땅이 척박하고 겨울이 춥다 보니 얼마 버티지 못할 겁니다. 대부분이 굶주림에 뼈만 남아 있는 상태거든요. 그저 목숨만 간신히 붙어 있는 상태이니 제발 도와주십시오."

정동희가 손을 반쯤 들었다.

"됐습니다. 그럼, 문제가 없는 거고요. 식량은 바로 보낼 겁니다. 굶어서 죽는 사람도 없을 거고요. 고려족 신들께서는 어떠신가요?"

신 한 명이 나와 공손히 절했다.

"우리도 역시 앞서 말씀하신 신들과 같은 입장입니다. 이곳 인민과 같은 대우를 해주신다면 딱히 조건은 없습니다. 그저 우리 후손들이 원래의 뿌리를 찾아서 좋은 교육 받고 잘 살았으면 하는 바람뿐이라요."

정동희가 말했다.

"가장 먼저 해결해야 할 것은 식량과 보온을 위한 원조고요. 그다음 전기와 통신, 도로 복구를 위한 작업이 되어야 하겠습니다. 그렇지요?"

"예!"

"그 외의 사항은 지역 특성에 맞게 개발되어야 하니까 관계자들을 파견하여 조사한 다음, 계획을 세워 주민들 공청회를 거쳐 사업을 착수할 겁니다. 이 내용으로 공통적으로 편입되는 것에 조건 없이 찬성하시는 겁니다. 맞지요?"

"예!"

십여 명의 신들이 우렁차게 대답했다.

정동희가 양옆에 앉아 있던 박만수 일행에게 말했다.

"자! 지금까지 잘 들으셨지요? 이제부터 여러분들은 이곳에 긴급하게 구호 식량을 보내고 대표자를 만나 영토 편입을 위한 작업을 착수해 주세요. 편입 작업이 끝나야 복구 작업에 필요한 장비와 인력들을 보낼 겁니다. 복구 작업에는 현지 인력을 최대한 활용하고 인건비를 지불하십시오."

박만수를 비롯한 일동이 대답했다.

"예! 알았습니다."

"자! 이제 돌아가시면 이러한 결정을 해주신 분들께 제가 고맙게 생각한다고 전해 주십시오. 살아남아 주셔서 고맙고 당장 국내와 차이가 많이 나겠지만 점차 격차를 좁혀가도록 그쪽의 기반 산업을 꾸준히 다져갈 것이니 기다려 달라는 말씀도 전해 주시오. 그 전에 확실한 대표를 뽑아 대한민국으로 와서 이 회담에 대한 절차를 마무리하는 것이 중요합니다. 대표가 이쪽으로 오겠다면 비행기를 보낼 것이니 연락하십시오. 나머지는 실무자들과 잘 협상하시기 바랍니다. 그럼……."

정동희가 일어나자 다른 사람들도 일어났다.

"조속히 여러분들의 사람 대표 만나기를 기대합니다. 반가웠고 잘 돌아가십시오."

한 명 한 명 다시 인사를 하고 신의 사절들은 대신청관과 외신부 부장을 따라 이동했다. 신들은 외신부 부장으로부터 향후의 일정을 설명 들은 뒤 돌아갈 것이다.

신들이 사라진 뒤 남은 사람들은 잠시 아무 말이 없었다. 이윽고 침묵을 깨고 정동희가 말했다.

"아까 대신청관이 여러 곳에서 구호 요청이 들어왔다고 했는데 그런 보고는 지금까지 듣지 못했어요. 혹시 여러분들은 들으셨나요?"

박만수가 대답했다.

"듣지 못했습니다. 외신부에서 다 차단한 것이 아닐까 싶습니다."

"그런 것 같군요. 그런 것도 좀 챙겨서 보고해 주세요. 우리는 빠른 속도로 복구되고 있고 식량도 인구에 비해 넘쳐나고 있잖아요. 오늘 같은 손님은 아니더라도 미래를 위해 베푼다면 좋은 일 하면서 투자도 할 수 있단 말입니다."

민홍국이 말했다.

"당장은 돈이 없을 테니 차관 형식으로 식량을 파는 겁니까?"

"처음에는 그냥 구호품으로 보내고 그다음부터는 그렇게 해야지요. 우리가 먹여 살려야 할 의무가 있는 국민이 아니니까요. 그리고 광물 자원이 풍부한 나라라면 현물로 받는 것도 고려해 보시고요."

민홍국이 물었다.

"편입이 되면 저 영토에도 한국식 이름이 붙어야 하고 그 지역을 대표하는 사람을 부르는 직위도 있어야 하는데 어떻게 할까요?"

정동희가 아까 비서실장이 준 지도를 펼쳤다.

"우리에겐 충청도, 경상도, 전라도, 함경도 같은 '도(道)'라는 지역의 지명이 있잖아요. 그러니 그곳에도 '도'가 붙은 지명을 따고 대표자는 '도지사'로 우리나라에서처럼 부르면 되지요."

박만수가 함박웃음을 머금고 말했다.

"참, 이분이 대통령이 안 됐으면 어떡할 뻔했을까요? 정말 저는 가끔 그런 생각을 한다니까요. 정말 명쾌한 답이세요."

늦은 저녁, 밤 10시가 넘은 시간에 정동희가 비서실장을 통해 다시 대신청관과 외신부 부장을 불렀다. 비서실장과 비서실 직원 두 명이 노트북 컴퓨터를 앞에 놓고 대기하고 있었다.

정동희가 말했다,

"오늘 방문한 신들 빼고요. 낮에 대신청관이 말씀한 것 중에 여러 곳에서 원조 요청이 들어오고 있다고 했어요. 그런데 그런 보고는 내게 한 번도 들어온 적이 없었어요. 비서실에 얘기한 적 있었나요?"

대신청관이 대답했다.

"없습니다."

"이유는요?"

외신부 부장이 나섰다.

"그 문제는 제가 말씀드려야 할 것 같습니다. 외부에서 들어오는 신들은 제가 다 알고 있으니까요. 사람들과 달리 신들에게는 순간이동의 능력이 있습니다. 그래서 여기저기서 불쑥불쑥 들어오는 신들 때문에 전국에 군신(軍神)들을 배치해 놓은 상태입니다. 시도 때도 없이 들어오는 신들을 잡아 돌려보내기도 하고 외신부로 데려와 등록하고 잠시 머물다 가도록 허가해 주기도 합니다. 그들 중에는 우리나라의 상황을 살펴보고 놀라서 원조를 청해 오기도 하는데요. 그 수가 너무 많아서 일일이 다 접수했다간 다른 업무가 마비될 정도로 많습니다. 하다못해 미국의 신들도 와서 원조를 요청했는데 대표가 아니고 개인 조상신이어서 보고하지 않았습니다. 대부분 자손들이 굶주리고 있으니까 와서 식량 조달이 되는지 묻는 개인 조상신들입니다."

"아! 그렇군요. 그렇게 고생하고 계셨군요. 그럼, 그렇게 찾아오는 신들 중에 특이한 경우는 없었나요?"

"특이한 경우요?"

"예를 들어 오늘 같은 경우가 더 있을 수도 있잖아요. 개인이 아닌 일정한 구역의 대표라면 원조 요청을 생각해 볼 수도 있다는 거지요. 물론 공짜는 아니지만."

"아! 대통령님이 그렇게 생각하시는지 몰랐습니다. 워낙 외부의 신들이 여기저기서 툭툭 튀어 들어오는지라 정신이 없거든요. 단속하기도 바쁘고 얘기를 다 들어줄 만큼 한가하지가 않습니다. 오늘 같은 경우는 워낙 희소식이고 특별해서 보고할 가치가 있다고 생각했습니다."

"우리나라 인구가 대폭 줄었고, 재앙에 빠르게 손 쓴 덕분에 식량이 들판 가득 자라고 있어요. 우리만 먹기에는 넘쳐나니 팔아야 되지 않겠어요? 물론 개인도 중요하지만 우리 미래의 파트너가 될 만한 곳이라면 생각해 봐야지요."

"아, 예! 대통령님 뜻이 그렇다면 지금부터 참고해서 나라의 큰 상인이나 대표쯤 되는 신이 오면 비서실장님께 보고 드리겠습니다."

"예! 그래 주세요. 지금 조금씩 베풀며 연결고리를 지어 놓는 것이 우리에겐 미래에 큰 재산이 될 수 있습니다. 개인 조상신들도 무조건 박대하지 마시고 잘 달래주세요. 자손이 굶주림에 뼈가 앙상하게 남으면 어느 조상님 마음인들 편하겠어요. 그들도 답답한 마음에 찾아오는 것이니 못 챙겨 주더라도 말 대접이라도 후하게 해줘서 보내시라고요. 그러다 누가 압니까? 그중에서 정말 괜찮은 자손을 둔 조상신이 있을지."

"아! 예! 알겠습니다."

"그리고 아까 미국 얘기를 잠깐 비췄었는데 미국은 사정이 어떤가요? 이제 국내에 급한 건 대충 처리되고 나머지는 시간이 해결해 줄 거니까 한시름 돌리겠어요. 그러니 이젠 외국까지 좀 챙기면서 미래의 전략을 짜는 것도 병행해야 한다고 봅니다."

비서실장이 끼어들었다.

"그런 사안은 총리와 관련 부처가 있는 곳에서 하셔야 하는 거 아닙니까?"

정동희가 고개를 끄덕였다.

"예! 그렇지요. 하지만 내가 어느 정도 사정을 파악하고 있어야 뭔가 제시하고 결론을 도출해 내는 데 도움이 될 거예요. 예습이라고 해두죠."

"아! 예!"

"어느 분이 말씀해 주시겠습니까?"

대신청관이 외신부 부장을 쳐다보자 외신부 부장이 정동희를 향해 고개를 살짝 숙였다.

"제가 말씀드리겠습니다. 아무래도 외국의 조상신들과 가장 많이 접촉하고 군신들로부터 일차적인 보고도 제가 받으니 잡다한 것까지 제가 좀 더 자세히 알고 있을 겁니다. 미국은 지진으로 땅이 여러 조각으로 나뉘어졌고, 나뉘어진 사이사이로 커다란 강이 흐르거나 바닷물이 출렁거리고 있습니다. 다민족으로 구성된 곳이어서 자연스럽게 연방은 붕괴되고 개인적으로 살아남기 급급한 상태입니다. 신들끼리 연락을 통해 수천 명씩 모이고 있는 상태에서 일부는 통신이 복구되고 전기도 복구되고 있지만 여전히 대부분 지역이 폐허 그대로입니다. 다행인 것은 동부의 한 지역이 수해 피해를 입었어도 전기, 통신이 그대로여서 그쪽을 중심으로 사람들이 모여들고 복구 작업이 이루어지고 있다는 겁니다. 집집마다 뒤져서 남아 있는 통조림 등으로 연명하고 있는데 서서히 푸른 풀들이 자라고 야채를 키우고 있는 사람들도 생겨나고 있어요. 주인 없는 가축을 잡아먹기도 하면서 조금씩 아주 조금씩 복구를 위해 노력하고 있습니다. 미국 쪽은 그래도 통조림 같은 것이 많고 동물들이 많아서 다른 나라에 비해 상대적으로 굶주리는 사람이 거의 없어요."

"그렇군요. 폐허가 됐어도 미국은 풍요로운 땅이군요."

"그렇다고 볼 수 있지요. 먹을 게 있는 한 사람들이 생존하는 데 별 문제는 없을 겁니다. 신들이 보살펴 주고 있으니 통신이 안 된다고 해서 답답해할 것도 없고요. 전기만 복구된다면 현대 문명으로 빠른 속도로 복귀하겠지요."

"미국과는 과거 도움을 주고받는 사이고 정치적으로 가장 긴밀하게 얽혀 있어서 관심을 가질 수밖에 없어요. 알겠습니다. 일본은 어떻습니까? 대부분 바다로 사라졌지만 사람들은 그래도 살아남았을 텐데요."

"예! 말씀대로 대부분이 가라앉고 작은 섬 서너 개가 남아 있습니다. 그나마 그곳도 홍수와 지진해일로 초토화된 상태라 사람이 살 수 있는 여건은 안 되는데 살고 있더군요. 그 수가 얼마 되지 않아요. 그곳에 살아남은 사람과 한국 땅에 들어와 있는 일본인이 살아남은 전부입니다. 한국 땅에 살던 일본인도 많이 죽었거든요. 모두 합쳐도 삼사십 만이 될까 말까, 하니 큰 걱정 안 하셔도 됩니다."

"예? 삼사십 만이라고요? 그렇게나 많이 죽었다고요? 1억이 넘는 인구였는데요?"

"주변국들에 잔인하게 못된 짓을 너무 많이 하지 않았습니까? 엄청나게 많은 사람이 일본인들에게 죽임을 당했는데 그 원한이 어디로 가겠습니까? 당연한 귀결이지요. 저는 속이 시원합니다."

"그래도 삼사십 만이 채 안 된다면 거의 전멸인데요. 아이고! 조상신들의 죄를 후손들이 받았네요. 그렇다면 섬에 남아 있는 그들에게서 어떤 연락도 받은 게 없습니까?"

"없습니다. 염치없게 무슨 낯짝으로 도와달라는 말을 하겠어요?"

가만히 듣고 있던 대신청관이 끼어들었다.

"대통령님! 게네들에게 인정 베풀지 마세요. 역사를 대놓고 거짓으로 바꿔서 교육시키고, 방사능에 오염된 걸 수입 안 한다고 국제기관에 제소한 사람들입니다. 자기네 이익에 반하는 것에는 염치고 상식이고 없는 사람들이었어요. 대통령님은 일본에 조금의 연민도 두시지 말기 바랍니다."

정동희가 두 손으로 열심히 자판을 두드리며 말했다.

"불량한 이웃이긴 했지만 이렇게 몰살되다시피 하니 연민이 생깁니다. 저도 일본이 과거에 한 행적들 다 기억하고 있어요. 몸소 겪은 여러분들과 온도 차이는 확실히 다르겠지만 참고하겠습니다."

대신청관이 말했다.

"나타난다면 정말 뻔뻔한 겁니다. 이 땅에 들어와 있는 일본인들도 대다수 죽었지만 그래도 살아남은 사람들이 꽤 있습니다. 그들에게 면죄부를 주지 마세요."

"그렇다고 조상들의 죄를 후손에게 물어야 할까요?"

외신부 부장이 나섰다.

"대통령님! 사람의 근본은 바뀌지 않습니다. 아무리 소수가 남았다고 하나 미꾸라지 한 마리가 연못을 다 흐린다고 하지 않습니까? 저도 대신청관님 의견에 찬성합니다."

"어이쿠! 알겠습니다, 알았어요. 하지만 한울님의 말씀에 의하면 나쁜 마음을 먹고 악한 행동을 하면 죽지는 않겠지만 몸이 아플 거라고 하셨어요. 살아남은 사람들은 다 선한 사람들입니다. 너무 몰아붙이지 마세요. 이제 일본 이야기는 접고 러시아로 넘어가지요. 러시아는 어떤가요?"

일본의 성토가 계속 나오자 정동희가 다음 화제로 러시아를 꺼냈다. 외신부 부장이 러시아의 현 상황에 대해 설명하고 이어서 중국까지 이야기를 이어갔다. 대신청관이 나섰다.

"대통령님! 제가 총괄적으로 전 세계의 사정을 말씀드리겠습니다. 먼저 우리나라처럼 사람의 관리 체계와 신들의 관리 체계를 처음부터 만들어 운영하는 나라가 없습니다. 다들 신들을 통신 수단으로 이용하거나 당장 살기 위해 주변의 식량 탐색하는 데 급급하거든요. 조금 전에 외신부 부장이 말씀하신 것처럼, 과거 우리나라에 지대한 영향을 미쳤던 네 나라, 미국, 일본, 중국, 러시아가 거의 지리멸렬 파괴되고 자국의 사정으로 외부로 눈 돌릴 처지가 못 됩니다. 전 세계적으로 영향력을 행사했던 나라들이었는데요. 이 밖에 다른 나라들 역시 사정은 마찬가지여서 사람들이 수십 명밖에 살아남지 못한 작은 나라도 있고요. 몇천 명에서 몇만 명 살아남은 나라들이 많습니다. 지각판이 부딪칠 때 아예 없어진 나라도 있고요. 넓은 영토에 사람은 거의 없는 지역도 많습니다. 한 마디로 전 세계가 쑥대밭이 되어 있는 가운데 육 개월 정도가 지났습니다. 그사이 우리나라는 대통령님의 지도하에 복구 작업을 착실히 해서 어느 정도 안정을 찾아가고 있어요. 사람들이 살 수 있도록 필요한 모든 게 한울님의 보호 아래 그대로 남아 있어서 사람들에게는 정말 좋은 환경에서 살 수 있는 최상의 여건이 만들어져 있는 상태지요. 물론 처음에는 시체 치우고, 깨진 유리 치우고, 펄을 닦아내느라 고생은 좀 했지만요."

"가족과 친척, 친구들이 다 죽고 최상의 여건이라니…… 표현이 좀 그렇습니다. 대가치곤 가혹하고요. 그렇다면 전 세계에 살아남은 사람의 총수가 얼마나 됩니까?"

"총 1억 명 정도 됩니다."

"1억 명이라…… 그럼 제일 많이 생존한 나라는요?"

"예! 인도가 가장 많이 생존했습니다. 인구수로 보면 중국을 제치고 일 등입니다. 외국을 침략한 역사가 별로 없는 데다 사람들 성향 자체가 순둥순둥하고 조상신은 아니지만 신들을 섬기는 기본자세가 되어 있는 민족이라 그런 것 같습니다. 태풍과 홍수, 악다귀로 많이 죽었어도 살아남은 것에 감사하고 있어요. 가축도 많지만 호랑이 같은 육식 동물도 같이 살고 있어서 좀 위험해 보이긴 합니다."

"오! 인도가 제일 많이 생존했군요. 육식 동물이 살고 있어도 사람이 죽는 일은 없을 겁니다. 호랑이나 사자도 고기 맛이 나는 풀들이 여러 종류 있어서 사람들에게 덤벼들지 않을 거예요. 당분간 죽는 사람도 없을 거고 태어나는 생명도 없을 겁니다. 한울님께서 하늘을 다 고치실 때까지는요. 중국이 인구가 많아서 중국이 일등일 줄 알았는데…… 그럼 두 번째로 많이 생존한 나라는 중국인가요?"

"예! 중국입니다. 인구가 많았던 만큼 죽은 사람도 많았지만, 비례해서 살아남은 사람도 많습니다. 조선족 포함해서 두 번째로 많습니다. 조각조각 갈라져서 종족마다 자치구를 세우고 넓은 땅에 점점이 흩어져 있으니 걱정하실 일은 아닙니다."

"그렇군요. 그렇다면 인구 비례해서 생존율이 가장 높은 나라는 우리나라인가요?"

"그렇습니다. 한반도 인구 팔천만 명 중의 육백만 명 정도니까 생존율이 높습니다. 1%도 안 되는 나라가 부지기수이고 많아도 2~3%대거든요."

"너무 많은 사람이 죽었군요. 살아남은 사람들은 죽은 사람들의 몫까지 열심히 살아야겠어요. 흠…… 알았습니다. 비서실장님, 대신청관님, 외신부 부장님, 늦은 시간까지 수고하셨습니다. 이제 돌아가셔서 쉬세요."

이미 시간은 밤 12시가 넘어가고 있었다. 사람들은 하루의 고단함을 풀기 위해 잠자리에 들었거나 자고 있을 시간이었다. 하지만 낮에는 한가했던 칠궁 앞이 한국의 군신들과 외국에서 온 신들로 장사진을 이루고 있었다.

처음에 청와대 내부에 있던 한옥인 상춘재를 신들의 기관인 대신청으로 쓰게 했으나 청와대에 신들이 북적거리는 것이 마음 쓰였던 정동희의 의견이 반영되어 청와대 옆에 있는 칠궁으로 대신청을 옮겼다. 칠궁은 청와대와 작은 길 하나를 사이에 두고 있었고 청와대의 부속 건물로 여겨지고 있으나 엄연히 밖에 있었다. 칠궁은 조선의 왕들을 낳은 후궁 일곱 명의 위패를 모신 곳이다.

다음날, 정동희는 화물 비행기 여러 대에 신선한 야채와 곡식을 가득 실어 조선족과 고려족 몽골족이 있는 곳으로 보냈다. 곡식을 다 내려놓은 그 비행기 안에는 그 지역의 대표자들이 타고 다시 서울로 왔다.

총리, 비서실장과 외무부 장관이 배석한 가운데 두 군데에서 온 조선족 대표 여섯 명과 고려인 대표 세 명, 몽골족 대표 세 명까지 한자리에 앉았다. 그들 뒤로 대신청관과 외신부 부장, 내신부 부장이 있고 각 지역을 대표해서 왔었던 신들이 동석했다. 각 대표들 앞에는 각각 서류가 놓여 있었고 그들은 그 서류들을 꼼꼼히 훑어보고 있었다. 박만수가 말을 꺼냈다.

"국무총리 박만수입니다. 여러분! 여기까지 오시느라 고생하셨습니다. 여러분들이 대한민국 일원이 되어 같은 민족의 생활 터전 속으로 들어오시겠다는 뜻을 전해 듣는 순간 저도 대통령님도 얼마나 기뻤는지 모릅니다. 정말 잘 오셨습니다. 어려운 시국일수록 뭉쳐서 배달민족의 기상을 드높일 때입니다. 정말 환영합니다."

박만수가 박수를 치자 모두 따라서 박수를 쳤다.

박수 소리가 잦아들자 박만수가 다시 말했다.

"자! 본론으로 들어가지요. 앞에 놓인 서류는 여러분들보다 먼저 오셔서 뜻을 알렸던 신들과의 대화 내용을 토대로 작성한 문건입니다. 한국으로 편입되는 문건이고 편입되면 한국의 지방과 똑같은 혜택을 받고 지역에 맞는 개발을 할 것입니다. 혹시 이 내용에 이의가 있으신 분 있나요?"

고려족의 대표가 손을 들었다.

"한국의 지방과 똑같은 혜택이라면…… 어떤 게 있습니까?"

내무부 장관이 나섰다.

"저는 내무부 장관 강은명입니다. 제가 말씀드리겠습니다. 한국은 지방 자치가 되고 있어서 투표로 지방 자치 단체장을 뽑습니다. 서울시나 부산시 같은 곳은 시장이 되고요. 강원도나 충청도 같으면 도지사가 되지요. 시장이나 도지사를 뽑을 때 자치 구의원도 뽑는데 그 의원들과 함께 그 지역의 살림을 꾸려나가는 겁니다. 중앙 정부에 우리 지역 이렇게 개발할 거니까 이렇게 지원을 해 달라고 하기도 하고 지역 주민들의 불만이 있다면 의견을 모아서 스스로 해결하거나 해결 못하면 중앙 정부에 건의해서 해결하기도 하지요. 여러분들도 한국의 일부가 되면 자치 단체장을 뽑아서 똑같은 권리를 행사할 겁니다. 나중에 국민 투표할 일이 생기면 투표권도 당연히 주어질 거고요."

조선족 대표 중 한 명이 손을 들었다.

"제가 동북쪽 흑룡강 쪽의 대표인데요. 대표 의원들만 투표권이 주어지는 거지요?"

내무부 장관이 대답했다.

"아닙니다. 개개인 전부 참정권이 주어집니다. 단, 성인이 되는 나이가 되어야 하고 남녀노소 누구나 할 것 없이 참정권이 동등하게 주어지는 겁니다."

"예? 모두 다요?"

십여 명의 대표가 모두 놀라며 되물었다.

박만수가 대답했다.

"아! 그리고 보니 여러분들 모두 공산권이었군요. 공산권에서는 당원들만 투표를 하지요. 하지만 민주주의 국가에서는 만 20세가 되면 누구나 투표를 한답니다. 자기 의사를 국정에 반영하는 표시로 투표를 하는 거지요. 한국은 민주주의 국가입니다."

강은명이 이어 말했다.

"이 문서에는 대한민국 국민으로서 해야 할 의무도 적혀 있습니다. 자유에는 책임과 의무가 따르거든요. 그래야만 질서가 유지되고 자유가 보장되는 겁니다. 자유라는 건 그냥 얻어지는 게 아니에요. 힘도 있어야 하고 잘 살아야 누가 얕잡아 보지 않습니다. 그만큼 노력해야 자유가 유지되고 그래야만 개개인의 능력을 최대치로 발휘할 수 있는 여건이 만들어집니다. 민주주의가 위대한 건 개인의 능력치를 최대한으로 끌어낼 수 있다는 겁니다. 모두가 그런 건 아니지만요."

또 한 명의 조선족 대표가 손을 들었다.

"저는 지린과 선양 쪽의 대표라요. 우리는 그동안 당에서 지시를 내리믄 착실하게 따르며 살아왔기 때문에 자유가 그저 좋은 걸루만 알았시오. 근데 책임은 뭐고 의무는 뭐이요?"

강은명이 대답했다.

"억압되어 눈치 보며 사는 것보다 자유가 확실히 좋을 겁니다. 단, 책임과 의무는 사소하게 지켜야 하는 공중도덕과 크게는 나라를 지켜야 하는 의무가 주어졌을 때, 공공의 이익을 위해서 자신에게 작은 불이익이 있더라도 조금은 양보할 줄 아는 그런 거지요. 공중도덕은 길거리에 휴지를 안 버리는 것부터 초록불일 때 횡단보도 건너기, 차 탈 때 한 줄 서기 같은 건데 그런 질서는 누구나 지키잖아요. 그리고 지방세든 국세든 세금 내는 것도 국민으로서 반드시 지켜야 할 의무입니다. 그래야 나라가 국민을 보호해 줄 울타리를 만들어 주니까요. 예전에 있던 국방의 의무는 지금 없어졌습니다. 지금의 군대만으로도 충분하다고 여겨지니까 군대는 지원하는 자만 받게 될 겁니다. 현재로선 싸워야 할 상대가 없거든요. 또 물어보실 거 있습니까?"

십여 명의 대표는 서로 얼굴을 바라보더니 고개를 저었다.

"궁금한 것보다 지금 보내 주신 식량으로 간신히 연명은 하고 있지만 턱없이 부족합니다. 일단 기아에서 벗어나고 국민의 구실을 하게 해주십시오."

몽골 대표가 한 말이었다.

박만수 총리가 빙그레 웃으면서 비서실장을 쳐다보았다.

비서실장이 전화기를 들고 버튼을 눌렀다.

"준비, 다 되었습니다."

박만수 총리가 자리에서 일어났다. 비서실장을 비롯해서 장관들도 일어서자 각 지역의 대표들도 엉거주춤 일어섰다.

"대통령님이 오셔서 대표들의 나머지 궁금증을 풀어 주실 겁니다."

박만수의 말이 끝나고 모두 기립한 상태로 얼마 지나지 않아 정동희가 비서실 직원과 카메라를 맨 사람이 함께 들어왔다. 대표들 한 명씩 반갑게 인사하고 정동희가 자리에 앉자 모두 자리에 앉았다. 비서실 직원이 각 대표들의 앞에 붉은 융단으로 포장된 서류철을 놓았다. 다른 비서실 직원 둘이 비서실장 뒤에 가서 서자 카메라맨이 여러 각도에서 구도를 잡아가며 사진을 찍었다. 정동희의 손짓에 카메라맨이 옆으로 물러나서 조용히 의자에 앉았다.

"이런 자리는 원래 언론에 미리 연락해서 화려한 조명을 받으며 축하를 받아야 하지만 지금 시국이 결코 웃고 화려한 걸 즐길 때가 아니기에 사진만 남겨서 언론에 넘기려고 합니다. 절차나 형식을 간소하게 할 것이니 여러분들도 이해해 주시기 바랍니다. 자! 기본적인 사항들은 다 말씀 들으셨지요?"

정동희의 질문에 십여 명의 대표자들이 일제히 대답했다.

"예!"

"좋습니다. 그럼, 먼저 각 지역의 도 이름부터 정합시다. 생각해 오신 도명이 있으신가요?"

조선족 대표가 손을 들었다.

"지명을 따서 도명(道名)을 짓는다고 들었습네다. 우리도 그렇게 짓는다믄 길림과 창춘을 합해서리 길창도나 창길도가 되는데 이 이름이 여간 어렵게 들리지 않습네다. 대통령님이 도명을 생각해서 말씀해 주시면 고맙겠습니다."

"그래요. 어쩌죠. 생각해 본 적이 없는데…… 지금부터 생각해야 겠군요. 다른 곳부터 지명을 정하고 나중에 다시 묻겠습니다. 의논하셔서 나중에 다시 말씀해 주세요. 그럼 다음, 생각해 오신 분 계신가요?"

몽골족의 한 사람이 손을 들었다.

"저희는 도명을 그대로 몽골도로 해주시기를 부탁드립니다. 한국으로 편입되어도 뿌리는 몽골이니 이름이라도 남겨두고 싶습니다."

"좋습니다, 몽골도! 좋군요. 우리도 경상도에는 경주와 상주라는 도시가 있고, 전라도에는 전주와 나주가 있거든요. 몽골도도 그런 면에서 매우 타당한 이름입니다. 그렇게 하지요. 또…… 이쪽 분은 고려족이라고 하셨지요."

손을 든 고려족 한 명을 보고 정동희가 아는 체를 했다.

"예! 한 번 보시고 기억해 주셔서 고맙습니다. 저희는 사할린과 하

258

바로프스크, 블라디보스톡 지역에 거주하고 있습니다. 저희는 고려 시대 때부터 러시아에 있었던 것이 아니었고 구한말에 넘어가기 시작해서 일제 강점기에 일본의 압제를 피해 러시아로 넘어간 사람들이 대부분입니다. 그러니 고려인이라는 딱지를 떼고 사할린과 하바로프스크의 앞자리를 따서 사하도에 사는 한국인이고 싶습니다."

"사하도! 사할린과 하바로프스크의 줄임말이군요. 좋습니다. 그 지역은 사하도라 하지요."

정동희가 열심히 컴퓨터 자판을 두들기고 있는 사이 조선족 대표 한 명이 손을 들었다.

"우리네도 그렇게 하믄 하얼빈과 쑤이화가 있으니까 하쑤도라 하문 되갔네요."

박만수와 비서실장이 고개를 저었다.

"아니, 그건 좀."

"저어…… 우리말로 하수도는 집에서 쓰는 물이 흘러가는 통로를 말합니다. 뜻은 좋으나 어감이 좀 그러니 다른 명칭이 좋겠습니다."

정동희가 컴퓨터를 보며 말했다.

"예! 우리 발음상 그것은 좀 문제가 있으니 다른 것으로 하지요. 지도를 보니까 세 개의 강이 있군요. 흑룡강, 송화강, 우수리강…… 그러니 삼강(三江)도라 하는 것은 어떻습니까?"

"삼강도?"

흑룡강성 쪽에서 온 대표 세 사람이 서로 쳐다보며 눈치를 보다 뒤에 도열해 있는 신들을 보았다. 신들이 고개를 끄덕이자 대표들이 한마디씩 말했다.

"좋은 생각이십니다. 흑룡강성 내에 큰 강 세 개를 합친 이름이니 탁월한 선택 같습니다."

"세 강의 주변에 살지 않는 사람이 없지요. 지류까지 하믄 꽝장히 긴 강들이니까요. 정말 좋은 이름입네다, 삼강도!"

"저도 찬성입니다."

정동희가 흐뭇한 미소를 지었다.

"이제 한 군데만 남았군요. 길림성 대표님들 생각 좀 하셨나요?"

처음에 질문을 받았던 길림성 쪽 대표들이 그동안 머리를 맞대고 열심히 소곤거리다가 정동희의 질문에 몸을 바로 세웠다.

"아, 예! 우리 조선족 자치구가 길림성 연변에 있었으니 그걸 그대로 써서 연변도가 어떨까 합니다. 중국인들도 많지만 조선족 자치구가 있었던 곳이니까 상징적인 의미도 있구요."

"연변도! 좋습니다. 양강도와 함경도 위에 있던 조선 자치구 연변을 대표하는 이름이니 의미가 있군요. 정말 좋습니다. 그렇게 합시다. 자! 이제 새로 생긴 네 곳 각 도의 이름도 생겼으니 서류를 작성해 주세요."

이미 이름이 정해진 앞 순서부터 비서실장과 비서실 직원들이 분주히 컴퓨터를 쳐서 프린터 기기에서 쑥쑥 서류들이 빠져나왔다. 비서실장이 서류들을 살펴보고 융단으로 만든 서류철에 꽂은 다음 정동희에게 건네줬다. 정동희가 각 도의 대표를 부르자 차례로 나와서 사인을 했다. 그리고 각 도의 대표단과 사진 촬영을 하고 단체 사진 촬영을 했다.

그날 저녁 뉴스에 한국으로 편입되는 북방 네 개의 도가 사진과 함께 발표되었다. 연변도, 삼강도, 사하도, 몽골도의 탄생에 시민들은 놀라움을 금치 못했다. 아나운서는 지도를 띄워 놓고 넓어진 영토의 설명에 열을 올렸다.

"이 네 지역을 아우르면 예전 고조선의 영토를 회복한 것으로 실로 오랜만에 끊겼던 대한민국의 역사가 다시 이어지는 겁니다. 우리나라는 더 이상 작은 나라가 아닌 거지요. 누구도 감히 넘볼 수 없는 세계 어느 나라에도 큰소리칠 수 있는 대국이 된 것입니다."

다음날, 각 지역의 대표단마다 백여 대의 대형 트럭에 식량과 구호품, 일부 복구 장비들을 잔뜩 싣고 고향으로 돌아갔다. 그들과 함께 복구에 필요한 고급 인력과 공무원도 딸려 보냈다. 중앙 정부의 지원을 받아 복구 작업을 원활하게 하려고 임시로 파견된 공무원들이었다.

한국으로 모여드는 세계

유럽인은 조상신을 믿지 않았고 철저하게 과학에 기반을 두고 관철하는 정서였다. 따라서 조상신들을 섬겨서 살아남았다기보다 조상신들에 의해 선택된 이들이었다.

극심한 혼란 끝에 찾아온 조상신들과의 맞대면은 더 큰 시련을 가져다주었다. 성경만이 유일한 종교인 줄 알았던 사람들이었다. 그런 뿌리 깊은 사고 속에 조상신들과의 만남은 자신들이 죽은 걸로 착각하기에 충분했다.

또 기독교 신자들 중에서는 휴거가 일어났다며 자기 몸은 새털처럼 가벼워서 신들을 만나러 천국에 와 있다고 생각하고 있었다. 조상신들이 따라다니며 상황을 일깨워 주어도 현실을 자각하여 제정신이 돌아오기까지 시간이 꽤 걸렸다.

배고프고 추운 몸의 반응이 사람들을 현실로 되돌려 놓았던 것이다. 조상신들은 자손들에게 추위를 피할 곳과 먹을 것이 있는 것을 가르쳐 주면서 서서히 신뢰를 쌓아갔다. 그리고 세상이 어떻게 파괴됐는지 현재 상황을 끊임없이 알려 주면서 주변에 살아남은 사람들과 만나는 데 도움을 주었다.

수백 명씩 모인 사람들은 지도자를 뽑았다. 조상신들이 자손들을 보살피고 도움을 주었으나 식량은 턱 없이 부족했고 복구를 하려고 해도 장비가 없었다.

고민에 빠진 지도자 앞에 조상신 한 명이 나서서 말했다.

"유일하게 전기와 수도, 통신이 다 되는 나라가 한국이다. 그곳은 모든 것이 살아가는 데 부족함이 없도록 복구되었다. 먹을 것도 풍부하고 첨단 문명이 그대로 유지되고 있다."

조상신들의 이 같은 말은 모든 사람들에게 전달되었다. 살아남은 사람들은 생존을 위해서 한국은 가야만 하는 동경의 대상이 되었다. 조상신들의 도움을 받아 비행기를 구하면 비행기로 움직였고, 바닷가에 사는 사람들은 배를 타고 무작정 한국으로 향했다. 삼삼오오 모여 자동차를 이용해 머나먼 길을 달려오다가 기름이 떨어지면 걷기도 하고 버려진 다른 자동차를 이용하면서 한국으로, 한국으로 몰려들었다.

세계 각국에서 모여드는 사람들은 난민과 다름없었기에 한국 정부는 그들에게 의식주를 제공하며 살아갈 수 있는 다양한 교육을 통해 새로운 삶을 열어 주는 프로젝트도 진행했다. 그러한 노력은 신들에 의해 세계의 사람들에게 그대로 전해졌고 사람들은 더욱더 한국으로 가고 싶은 목표를 가지게 되었다. 그렇게 조상신들의 인도로 사람들은 한국으로 계속 몰려들었다.

대폭 줄어든 인구에 썰렁했던 거리가 육해공으로 몰려드는 외국인들로 인해 조금은 활기를 띠었다. 한국을 찾아온 외국인들은 조상신들의 도움을 받으며 한국어를 쓰고 한국의 문화를 자연스럽게 익히며 모든 것이 한국식으로 융화되어 갔다.

유럽과 남미, 아프리카까지 한국으로 신의 사절이 방문하였다. 신의 사절단은 한국의 외신부를 통해 대신청관을 만났다. 대신청관과의 면담에서 특별한 경우 정동희와의 만남도 주선되었다.

신의 사절단이 하는 말은 한결같았다. 먼저 자신들이 있는 곳의 파괴된 상황과 살아남은 사람들의 숫자를 말하고 식량과 부서진 도로와 건물을 복구할 장비를 지원해 달라는 요청이었다.

신의 사절단이 돌아가면, 굶주린 사람들을 싣고 배나 차가 방문했다. 너무 여러 곳에서 방문하니 식량이나 자재들도 생산되는 즉시 소진되었고 들판에서 일하는 농부의 일손도 로봇이나 외부에서 무작정 들어온 사람들로 채워져서 모자라는 일손을 메웠다.

일 년이 지나자 한국은 산과 나무들이 자라는 곳만 제외하고 모든 면에서 완전히 정상으로 회복되었다. 그 사이 정동희는 한울의 신전을 완성했다. 서울 광장이 있던 자리에 한울의 신전을 세웠는데, 신전은 기와로 지어진 3층 한옥으로 크지 않은 면적에 아담한 전통 방식이었다. 다만 일반 한옥보다는 천장이 높았다. 1층은 제사를 준비하는 공간으로 사용되었고, 2층은 사람들이 대기하는 공간이었다. 3층이 한울에게 기도하는 기도실이었는데 1층, 2층보다 천장이 훨씬 높고 화려했다. 신전 밖으로는 있으나 마나 한 울타리가 낮게 쳐져 있고 누구나 쉽게 열 수 있는 문이 있었다.

신전이 완성되자 정동희는 각료들과 한울님에게 첫 제사를 모셨다. 제사를 마친 정동희가 문 앞에 진을 치고 있는 기자들에게 소감을 밝혔다.

"이곳은 한국의 나라신이며 신들의 신인 한울님을 모신 신전입니다. 나라에 힘든 일이 생기거나 기쁜 일이 있을 때 한울님께 고할 장소로 지구상에서 가장 신성한 장소라 할 수 있습니다. 여러분들도 힘든 일이 있으면 한울님께 기대세요. 반드시 힘이 되어 주실 겁니다."

정동희는 각국에서 찾아온 사람들에게 새로 지은 신전을 보여 주며 신전의 주인을 소개했다.

"지금 신은 한 분밖에 없어요. 그분이 이 땅을 지켜준 덕분에 우리나라가 무사할 수 있었어요. 과거에 여러분이 어떤 신을 믿었던 그건 중요하지 않아요. 지금 살아남은 사람들에게 은혜를 베풀 수 있는 신은 오로지 한울님밖에 없으니까요. 여러분이 한울님에게 기도한다면 그분이 들으실 겁니다."

정동희의 설명을 듣던 외국 사절단 중 한 명이 질문했다.

"나는 원래 천주교 신자였어요. 조상신들에게 들었지만 지금 천주교는 아무 힘이 없다더군요. 천주교의 신이 소멸되었고 한울님만 계신다는 거지요?"

"그렇소."

또 다른 사절단의 사람이 말했다.

"나는 이슬람을 믿던 사람입니다. 이슬람을 믿던 사람이 한울님을 섬기면 한울님이 기도를 들어주실까요?"

"들어주십니다."

"한울님의 능력은 어떻습니까?"

"예전 5대 왕신의 능력을 그분이 다 갖고 계십니다. 어쩌면 시너지 효과로 더 큰 능력을 갖고 계신지도 모르죠."

"한울님께서 한국의 나라신이라고 들었어요. 다른 나라 사람들의 기도도 들어주실까요?"

"당연히 들어주십니다. 그분은 한국의 나라신이셨지만 지금은 모두의 한울님이시니까요."

사절단 중의 한 명이 질문했다.

"그런데 왜 아무런 상이나 표식이 없습니까? 기독교든 불교든 어떤 대표적인 표식이 있잖아요?"

"그분의 뜻이요. 어디에나 있기 때문이지요. 바람이고 구름이고 비이며 공기라고 하셨소. 형상이 없으니 만들지 말라고 하셨어요."

"절하는 법을 가르쳐 주십시오."

정동희가 앞에 나서서 절을 하자 뒤에 있던 사절단들이 일제히 따라 절했다.

각국의 사절단들은 한국에서 차관 식으로 제공한 식량과 포크레인, 덤프트럭, 기중기 등을 싣고 돌아갔다. 고향으로 돌아간 사절단은 복구 작업과 함께 한울님에게 기도를 드리기 위한 신전도 같이 지었다. 이렇게 곳곳에 한울을 위한 신전이 세워지고 사람들은 한울의 신전에 일과처럼 들러 기도했다.

신기하게 수많은 풍파에도 인천 공항은 멀쩡했고 인천 공항과 연결되는 한강의 긴 교각도 멀쩡했다. 따라서 인천 공항은 세계 각국에서 몰려드는 비행기의 이착륙으로 늘 북적거렸다.

한울은 되도록 한국 영역을 벗어나지 않았다.

영역 내에 펼쳐 놓은 빛의 막 안은 기후가 따뜻하고 기분 좋을 정도의 바람만 불었다. 비도 초목이 자랄 수 있도록 적당히 내려 주었다.

북쪽의 넓어진 영역 내 모든 곳에 초록색 풀들이 돋아나고 나무가 새로 자라나고 있었다. 나날이 나무와 풀들이 생기를 더해 푸르게 온 강산을 덮어 갔다.

들판에 뿌린 곡식은 하루하루 쑥쑥 자라서 한국 사람들뿐만 아니라 방문하는 외국 사절단의 배에 실려 세계 곳곳의 사람들을 먹여 살렸다. 살아남은 과학자들과 기술자들이 한국으로 모여들었다. 자국에서는 연구할 수 있는 환경이 안 되어 한국으로 와서 취직하는 것이다. 한국의 기술력에 새로운 기술이 더해져서 더 큰 진전을 이루었고 여기다 신들의 도움이 더해졌다. 기름으로 가는 차는 모두 폐차시키고 수소차와 태양열로 가는 무공해 자동차와 기차, 비행기로 점차 바뀌었다.

비행기도 수백 명씩 실어 나르는 덩치 큰 형태가 아니라 2~10명 정도 태우는 소형으로 바뀌었다. 인구가 많지 않으니까 클 필요가 없었다. 1인용 비행기, 2~3인용 자가용 비행기도 속속 등장했다. 승용차만큼 작지만 수직으로 뜨고 날 수 있어서 매우 실용적이었다.

정동희는 관리들과 머리를 맞대고 매일 나라 안의 실정을 파악하며 사람들의 편익을 위해 일했다. 워낙 많은 사람이 죽었기 때문에 빈집도 많았고, 사람이 줄어든 만큼 주택도 넉넉하게 살 수 있게 보수하여 모두에게 한 채씩 주어졌다. 주택마다 주차 공간에는 자가 비행기가 있었고 이웃과의 거리도 넉넉하게 두어 사생활을 보장하였다. 그래도 남는 주택은 외국에서 취업차 들어온 사람들에게 매우 저렴하게 제공되었다. 수두룩하게 있던 아파트 단지 대부분은 철거되고, 빽빽하게 들어서 있던 도심의 건물들도 철거되어 새로운 녹지 공원이 조성되었다. 지방이나 산간지방에 있던 작은 마을의 빈 주택들도 허물어서 농지로 만들거나 나무를 심었다.

의료도 정부에서 관리했다. 의사와 간호사들은 개인 사업자였시만 정부가 모든 치료비를 부담하여 무료로 치료를 받도록 했다.

또한 국내에 아픈 사람이 거의 치료가 되자 의통 의사들은 세계 곳곳으로 환자들을 치료하기 위해 파견되었다.

정동희는 아침부터 비서실장에게 손님이 찾아왔다는 연락을 받았다.

"대통령님, 일본인 세 명이 와서 대통령님을 뵙고 드릴 말씀이 있다고 합니다. 어떻게 할까요?"

"어떤 얘기인가요?"

"일본을 복속시켜 달라는 얘기랍니다."

"신이 아니고, 사람이에요?"

"예!"

"……."

"각하! 총리님 선에서 처리할까요?"

정동희가 잠시 말이 없자 비서실장이 말했다.

"아니요. 박만수 총리님과 비서실장님이 같이 오세요."

전화기를 내려놓으며 정동희는 빙그레 미소 지었다.

얼마 후에 박만수와 비서실장, 일본인 세 명이 기다리고 있는 사무실로 들어갔다. 앉아 있던 사람들이 일제히 일어나 고개를 숙였다.

"용기 내어 먼 길을 돌아서 오셨군요. 환영합니다."

정동희가 중앙에 앉고 박만수와 비서실장이 왼쪽에, 일본인 세 명은 오른쪽에 앉았다.

정동희는 세 명의 일본인을 한 명씩 보았다.

모두 마르고 키가 작았는데 긴장했는지 얼굴이 굳어 있었다.

"보통은 신들이 먼저 와서 어느 정도 협상을 진행하고 나중에 사람이 와서 최종 협의를 하는데 이번에는 사람이 먼저네요. 혹시 어떤 이유가 있을까요?"

정동희는 이것도 이미 신들에게 들어서 알고 있는 내용이었지만 당사자의 입에서 나오도록 유도했다.

정동희와 가장 가까이 앉은 일본인이 대답했다.

"하이. 아, 그게 진작 오려고 했었습니다. 우리 열도가 바다로 한순간에 가라앉았을 때 바로 오려고 했는데요. 조상신들이 말려서 그랬습니다. 우린 한국이 얼마나 발전되어 있는지 잘 알고 있지만 조상신들은 옛날의 한국만 기억하는 신들이 많아서요. 그렇지 않다고 해도 자꾸 알고 있다면서도 인정하지 않으려고 하는 똥고집이지요. 한국을 안좋아하는 신들이 있고, 질투하는 신들도 많습니다."

두 번째 앉은 일본인이 이어 말했다.

"사람은 매일 먹어야 하고, 집도 필요하고, 추우면 따뜻하게 입을 옷과 난방이 필요한데 조상신들은 그런 게 필요 없잖습니까? 그러니 우리에게도 독하게 견디라는 말만 하더라 말이에요. 사람이 어떻게 신과 같을 수 있습니까? 그래서 사람과 신들이 수십 번 다퉜습니다. 몇 번 몰래 사람 보내려고 했는데 귀신들이라 잘도 눈치채고 못 가게 온갖 방해를 해서 올 수가 없었습니다. 과거에 한국과 사이가 안 좋았던 조상신들이니까 그런 걸 겁니다."

박만수가 고개를 끄덕였다.

"아! 그런 일이 있었군요. 저런 안타까워라. 하지만 우리가 항상 침략받고 당하는 처지였는데, 참 적반하장이군."

세 번째 앉은 일본인이 한숨을 쉬며 말을 이었다.

"우리는 그것도 최근에야 알았습니다. 우린 철저하게 한국이 일본을 사기 치고, 속이고 있다고 배웠으니까. 조상님들 때문에 감정이 안 좋은 거 요즘은 좀 이해하고 있고, 죄송합니다."

세 번째 일본인이 벌떡 일어나서 허리를 굽히고 고개를 숙이자 두 명의 일본인도 벌떡 일어나서 똑같이 절했다.

"죄송합니다."

두 명이 자리에 앉자 첫 번째 일본인이 말했다.

"과거사가 매우 뒤틀려 있어서 조상신들이 못 가게 막은 것도 있을 겁니다. 대신 사과하겠습니다. 못난 조상들의 후손들이니까요."

정동희가 손을 들어 흔들었다.

"됐소. 후손들이나마 정상적인 역사를 배운다면 한국 사람들과 마찰은 없을 것 같군요. 자, 본론으로 들어갑시다."

두 번째 앉은 일본인이 다시 쩔쩔매며 입을 열었다.

"예! 예! 좁은 섬에 사람은 많고 먹을 건 없습니다. 열도가 가라앉은 후에 바닷물이 뜨뜻해져서 물고기도 거의 없는 상태입니다. 부족한 식량을 육지 한국에서 조금씩 들여와 먹고 있는데 그것도 녹록지가 않습니다. 언제까지 굶주리면서 살고 싶지 않아서 귀신들과 대판 싸우고 이렇게 찾아온 겁니다."

"오! 귀신들과 싸워서 이겼어요? 대단하신 분들이네요."

정동희가 추켜세우자 가운데 앉은 일본인이 대답했다.

"귀신들도 어쩔 수 없었던 상황이라 져준 겁니다."

"어쩔 수 없는 상황이라니요?"

"굶어서 뼈만 앙상하게 남고 움직일 힘조차 없어서 가만히 누워만 있는데 숨은 붙어서 죽지 않는 사람, 높은 데서 떨어져 뼈가 부서져서 살을 찢고 튀어나와 피가 엄청 흘렀는데도 살아 있는 사람, 아파서 몸이 뒤틀려 있으면서 먹지도 못하는데 살아 있습니다. 전 같으면 죽어야 하는 사람들이 살아서 좀비처럼 있습니다. 이런 사람들을 치료받게 해서 살려야 하는데 지금 섬에는 의사가 없습니다. 그러다 보니 좀비 같은 사람들 안에 귀신이 들어가서 사는데 매우 흉측합니다. 그렇게 아픈 사람이 많이 늘어나서 분위기가 안 좋습니다. 살아서 기쁜 게 아니라 살아서 지옥에 있습니다. 그래서 조상신들도 안되겠다 싶었는지 말다툼 끝에 말리지 않을 테니 알아서 하라고 하여…… 이렇게 왔습니다."

"그래요. 매우 고생이 많았군요. 자! 그럼 우리가 어떻게 해드려야 할까요?"

정동희의 질문에 첫 번째 일본인이 머뭇거리며 말했다.

"저어…… 우리 모두 한국에 살게 해주십시오. 대통령님!"

"한국에요?"

"이미 한국에 일본 사람이 많이 들어와 있습니다. 그들과 함께 한국에서 조용히 살고 싶습니다. 받아주십시오."

정동희가 손깍지를 끼면서 박만수를 쳐다봤다.

박만수가 말없이 정동희를 따라 손깍지를 끼었다.

두 사람이 아무 말이 없자 첫 번째에 앉은 일본인이 다시 말했다.

"혹시 조건이 있으시면 말씀해 주십시오. 따르겠습니다."

일본 사람들이 정동희의 눈치를 보며 힐끗 쳐다봤다.

정동희가 진지하게 입을 뗐다.

"조건이 있습니다. 우린 무조건 사람을 받지 않아요. 한국 땅에 사는 사람은 한국 사람과 외국 사람이 있습니다. 외국인은 한국 사람과 아무래도 차이가 있겠지요."

"저희는 한국 사람이 되어 살겠습니다."

"그런가요? 그럼 지금 살고 있는 섬은요?"

세 번째에 앉은 일본인이 크게 말했다.

"한국 땅으로 복속시켜 주십시오. 그리고 들은 바에 의하면 중국의 조선족과 몽골족, 러시아의 고려인이 다 한국에 복속되어 한국 땅이 되면서 풍요로워지고 있다고 들었습니다. 우리도 똑같이 해주십시오."

"아닙니다. 우리를 한국 땅에서 살게 해주십시오. 대통령님!"

첫 번째 앉은 일본인과 세 번째 앉은 일본인의 의견이 부딪치고 있었다.

"우린 태풍도 지진도 지진해일도 비도 지긋지긋합니다. 제발 살기 좋은 한국 땅에서 살게 해주십시오."

두 번째에 앉은 일본인도 첫 번째에 앉은 일본인의 의견에 동조했다. 그러자 세 번째 앉았던 일본 남자가 말을 바꾸었다.

"아, 예! 저도 한국 땅에 사는 것에 동의합니다. 그렇게 해주십시오."

박만수가 말했다.

"우리에게 복속되면 일본이라는 명칭은 없어져요. 아주 이 지구상에서 사라지는 거란 말이오. 아셨소?"

잠시 침묵이 이어지더니 첫 번째에 앉은 일본인이 대답했다.

"예! 알고 있습니다. 한국 사람으로 살기 위해 왔으니까요."

정동희가 입을 열었다.

"당신들이 살고 있는 섬 이름도 한국식으로 바꿀 거요. 또한 과거의 일본을 지우고 한국 사람들과 잘 섞여 살기 위해 이름도 한국식으로 바꾸면 좋겠소."

"이름을 바꾸라고요?"

첫 번째에 앉은 일본인이 되물었다.

"외모가 비슷하니까 이름도 한국식으로 바꾸면 한국 땅에서 살아가는 데 도움이 될 거요. 한국에 김 씨가 제일 많으니 모두 김 씨로 하는 건 어떨까요?"

정동희의 질문에 일본 남자 세 명이 서로의 얼굴을 쳐다보더니 뭔가 눈치를 주고받았다. 첫 번째 앉은 일본인이 대답했다.

"그렇게 하겠습니다. 한국 사람이면 한국 이름 가져야지요."

"김 씨가 제일 많은 성씨요. 그리고 한 가지 핸디캡을 적용하겠소. 이미 없어진 법이긴 하나 예전에 한국은 같은 김 씨 중에 근본이 같은 동성동본은 결혼하지 않았었소. 나는 일본 사람들에게만은 이 법을 적용하려고 합니다. 즉, 같은 근본인 당신네들끼리 앞으로 결혼을 못 한다는 얘기요. 아시겠소?"

"예? 그게 무슨 말씀이십니까?"

두 번째 앉은 일본인이 질문했다.

박만수가 대답했다.

"동성동본은 친척 간이라 결혼을 금지한다는 말이요. 근친 간의 결혼은 후대에 열성인자로 나오기 때문에 예전에 한국에서는 금지했었는데 일본인들에게만 이 법을 적용하겠다는 거요. 후대를 위해서요."

"아! 그럼 앞으로 일본 사람끼리 서로 결혼 못 합니까?"

"그렇소."

"다른 나라 사람 그런 법 없었습니다. 왜 우리만 그러십니까?"

"정확하게 한국인으로 살기 위해서지요."

시무룩한 표정으로 첫 번째에 앉은 일본인이 다시 질문했다.

"우리에게 어떻게 하라는 말씀만 하셨지, 우리에게 어떻게 해주신
다는 말씀은 안 하셨습니다. 이제 그 말씀을 듣고 싶습니다."

정동희가 말했다.

"일본이 대지진으로 열도가 가라앉을 때 일본과 가까이 있던 한국
의 부산도 일부가 바다에 잠겼소. 부산이 한국의 제2 도시였는데 매우
안타까웠지요. 앞으로 남아 있는 일본의 섬을 묶어서 부산도라 합시
다. 그리고 아까 북방에 새로 생겨난 도처럼 해달라고 하셨지요? 그렇
게 하지요. 부산도에 그대로 살겠다면 거기에 살 수 있는 모든 여건을
마련해 줄 것이고, 한국으로 이주하겠다면 이주하여 일자리를 마련하
도록 하지요. 그 대신 아까 말씀드린 내용은 여러분들도 확실히 지켜
야 하고 한국 법에 따라서 살아야 합니다. 아셨습니까?"

"예!"

"나머지는 총리께서 행정 절차를 마무리해 주시고 이분들 식사부터
하게 해주십시오. 쓰러지겠어요."

초췌한 세 남자가 계속 신경이 쓰였던 정동희가 비서실장에게 부탁
했다.

"예! 알겠습니다."

갑자기 두 번째 앉은 일본인이 질문했다.

274

"저어, 부산도에 있는 좀비 같은 사람들 어떻게 하실 겁니까?"

정동희가 비서실장에게 지시했다.

"비서실장님! 의통 의사 몇 분 파견해서 환자들을 살피게 하고요. 군신도 같이 파견해서 사람 몸에 들어간 귀신들을 잡아 와서 신의 법정에 세우도록 하세요."

"예! 알겠습니다."

세 명의 일본 남자들에게 푸짐하게 식사를 제공한 후 이미 전례가 있었던 만큼 행정 절차는 신속히 이루어졌다.

부산도에 있던 굶주려서 **빼빼** 마른 새로운 한국 사람들이 차례로 한국으로 넘어왔다. 그들의 희망에 따라 먼저 한국인이 되어 자리 잡고 있던 일본인들의 마을에 정착하였다. 정부의 지원하에 한국 사람이 되는 수업과 함께 생업에 대한 교육도 함께 받으며 신세계의 주민으로 녹아들었다.

성소 제작

한울은 신장 몇 명이 지켜보는 가운데 구멍 난 신계의 벽을 메우고 있었다. 전 천왕이 지상에서 비닐을 신계로 끌어올릴 때 생겼던 구멍이었다. 신력으로 막을 만들어 채우니 마치 새살이 돋아난 것 같았다.

이곳 말고도 구멍이 나고 해진 곳이 많았다. 지상의 열 때문에 녹고 빛 때문에 데었던 곳 여기저기 구멍이 생겼다. 구멍 난 곳이 많아지면서 신계가 지상 가까이 내려온 원인이 되기도 했지만, 한울이 신력으로 얇은 막을 쳐 두어서 그나마 더 이상의 낙하는 막을 수 있었다.

임시방편으로 쳐 놓았던 곳의 막을 거두고 신력으로 메우기 작업을 하였다. 움푹 꺼져서 구멍 나기 직전인 곳, 크고 작게 구멍 난 곳을 찾아서 일일이 신력으로 메웠다.

"이제 더 메울 곳이 없는가?"

계속 자신을 수행하면서 곁을 지켰던 동지 신장을 비롯한 일곱 명의 신장들을 돌아보며 한울이 말했다. 동지 신장이 웃었다.

"정말 열심히 하셔서 더 이상 메울 곳이 없습니다. 한울이시여!"

"이제 완벽합니다."

다른 신장들도 일제히 한울의 노고를 치하했다.

"생각보다 구멍 난 곳이 많았어. 그래서 신계가 내려앉은 거고. 그럼, 이제 대충 기단 수리는 됐으니까 원래 자리로 올려놓아야겠다."

소만 신장이 말했다.

"예! 나머지는 원위치로 옮겨 놓은 후에 하셔도 됩니다. 지금 신계가 너무 내려와 있어서 지상에 내려가 있는 신들에게 훤히 보입니다."

동지 신장이 한울의 눈치를 살피더니 물었다.

"그런데 어디로 신계를 올리실 겁니까?"

한울은 잠시 생각했다. 그대로 올린다면 예전 사하라 사막의 위쪽이어야 했다.

지금의 사하라 사막은 지각 변동으로 일부 바닷속으로 가라앉았고 일부는 갈라져서 강이 흐르고 있었다. 더 이상 예전의 건조하고 메마른 사막이 아니었다.

한울이 내려다보니 새로 생긴 강 주변으로 초목이 푸르게 자라고 있었다.

"신계의 위치를 바꾸어야겠다. 한 바퀴 돌아보자."

한울과 일곱 신장들은 지상의 지세와 기후를 살피며 천천히 움직였다. 신들이 움직이는 '천천히'는 사람들이 흔히 말하는 '천천히'와는 차원이 달랐다. 순식간에 한 바퀴를 돌아본 한울은 새로 솟아오른 대륙, 아틀란티스 대륙의 한 지점을 가리켰다.

"이곳에 모래가 많이 쌓여 있구나. 이곳은 새로 생긴 땅덩어리라 사람도 없고, 동물도 없다. 앞으로 사람들이 이곳에 번성하기까지 상당한 기간이 걸릴 것이니 이곳의 상공으로 하자. 신장들! 비켜라. 신계를 올리면서 위치 이동을 할 것이다."

신장들이 새로 생긴 대륙의 반대 방향으로 모두 모였다.

한울이 신계의 바깥 밑으로 갔다. 아래에서 위로 들어 올리며 대서양을 향해 밀었다. 신계는 인간 세계에 있던 신들의 눈에 보이지 않을 만큼 높은 고도로 올라가 새로 떠오른 아틀란티스의 사막 위에 자리 잡았다.

"이곳이면 밤과 낮에 조금씩 움직이며 신계를 유지하는 데 문제가 없을 것이다."

동지 신장이 감탄하며 물었다.

"역시 한울님이십니다. 신계는 제자리를 찾았으니 이제 삼대 성소를 고쳐야 하지 않겠습니까?"

"그래야겠지."

삼대 성소를 수리하려면 꽤나 시간이 걸릴 것이다. 한울은 너덜너덜해진 세 개의 성소를 끌어내렸다. 지상으로 내려진 성소에서 생명을 거두자 갑자기 쪼그라들며 바닥에 내동댕이쳐졌다. 생명력을 잃은 성소는 투명한 얇은 막에 불과했고 금세 누렇게 변하면서 썩어갔다.

지켜보던 신장들이 웅성거리자 동지 신장이 물었다.

"성소를 다시 만드실 건가요?"

"그래야지. 오래되기도 했고 망가져서 수명이 다했다. 새로 만들어야지."

한울은 잠시 생각에 잠겼다.

현대식으로 만들 것인가! 옛날 방식으로 만들 것인가!

현대식으로 만들자면 정동희에게 가죽을 주면서 부탁하면 금방 만들어 줄 것이다. 첨단 기계가 짐승의 털을 뽑고 무두질해서 최상품을 만들어 바칠 것임을 잘 알고 있었다. 하지만, 한울은 자신이 오래전에 했던 무두질을 기억하고 있었다. 긴 시간을 노력해서 만들어 낸 산물에, 정말 긴 시간 동안 무수히 많은 생명들이 드나들며 희로애락을 함께한 것이 한편으로 뿌듯하고 자랑스러웠다.

한울은 알래스카 위의 극지방으로 갔다. 온통 얼음과 눈으로 덮여 있고 도시와 멀리 떨어져 있는 곳에서 아직도 겨울이면 수렵을 하는 곳이 있었다. 이십여 가구가 드문드문 있는 마을에 육십여 명이 살던 마을이었다. 괴질로 50여 명이 죽고 지축이 설 때 나머지가 죽어서 살아남은 사람은 여자 세 명에 남자 두 명, 고작 다섯 명에 불과했다.

조상신들의 인도로 한 집에 모인 다섯 명은 생존한 사람들을 찾아나서기로 했다. 가장 나이 든 여자가 말했다.

"사람들을 찾아가는 건 언제든지 할 수 있지만 가족들을 비롯해 마을 사람들이 모두 죽었는데 시체 처리는 해주고 가야 하지 않겠는가. 얼마 전까지 서로 마주 보고 얘기하고 웃던 사이였었는데 말일세."

젊은 여자가 심각한 표정으로 고개를 끄덕이다 가로 저었다.

"맞는 말씀이긴 한데 워낙 많아서요. 가족만이라면 몰라도 너무 많아요. 그리고 문이 잠긴 채 숨진 사람도 많잖아요. 그 문까지 부수고 사람을 끌어내어 꽁꽁 언 땅에 어떻게 묻죠?"

"그렇다고 저대로 놔두고 갈 수 없잖은가? 자네 생각은 어떤가?"

나이 든 여자가 중년의 남자에게 물었다.

"제 생각에도 다 묻어 주고 떠나는 게 좋을 듯합니다. 그렇지 않다면 다른 곳에 있으면서도 계속 생각 날 거예요."

"그래! 우리 마을 사람들이 전부 몇이었지?"

"63명이었어요."

"우리 다섯 명이 살아남았으니까 58명이 사망한 거구먼. 하느님 맙소사. 이게 무슨 재앙이람. 자식도 영감도 다 죽어서 이젠 나올 눈물도 없는데 정말 너무 하구나."

젊은 여자와 중년의 여자가 훌쩍이며 말을 받았다.

"정말 살아 있는 것이 재앙이네요. 이렇게 다 잃고 살아남으면 무슨 의미가 있을까요?"

중년 남자가 젊은 여자의 어깨를 다독이며 위로하였다.

"이제 살아가면서 의미를 찾아야지. 우리마저 없었으면 마을 사람들은 고사하고 가족들 장례도 못 치러줄 뻔했잖아."

나이 든 여자가 눈물을 뚝뚝 흘리다가 소매로 눈물을 훔치며 말했다.

"언 땅을 파고 저 많은 사람들을 묻을 수는 없네. 그러니 나뭇가지를 쌓아 놓고 그 위에 사람들을 쌓아 한꺼번에 화장하는 것은 어떻겠나? 그리고 나머지 뼈를 모아 땅을 파서 묻고 비석을 세워 두면 나중에 와서도 잘 찾을 수 있을 것 같네만…… 자네들 생각은 어떤가?"

모두가 고개를 끄덕이며 서로 쳐다보았다.

"좋은 생각이십니다. 따로 장례식을 치를 필요 없이 그 자체가 합동 장례식이 되겠군요. 그런데 지금 근처에 나무가 없을 텐데요. 온통 눈과 얼음뿐이에요."

"빈집이 수두룩한데 그걸 왜 신경 쓰시는가. 우리가 있는 이 집도 우리가 떠난다면 빈집이니 아까워할 필요가 없네. 빈집 몇 집을 부수고 집집마다 기름이 조금씩은 있을 걸세. 그러니 기름을 밑에 좀 붓고

하면 괜찮을 것 같네."

"그렇군요. 알겠습니다, 그렇게 하도록 하지요."

결정을 내리자 나이 든 여자의 지휘 아래 다섯 사람은 열심히 움직였다. 각자 연장을 들고 비어 있는 세 채의 집을 부쉈다. 안에 있는 시체들을 밖으로 내놓고 가재도구 중에서 나무로 된 것은 모두 해체시켰다. 세 채를 부수고 안에서 뜯어낸 목재와 식탁, 가구 등을 부숴 지그재그 격자로 지름 1.5미터가 되게 차곡차곡 쌓았다. 이런 모양을 10개 정도 만들려다 보니 나무가 부족해서 집 서너 채를 또 해체해야 했다. 추운 곳이어서 난방용 기름과 모터가 달린 눈썰매용으로 질 좋은 휘발유는 집집마다 있었다. 격자로 쌓아 놓은 나뭇더미 옆에 휘발유를 가져다 놓고 시체를 위에다 쌓기 시작했다. 추운 날씨임에도 다섯 사람이 하기엔 벅찬 노동이었는지 땀을 뻘뻘 흘렸다.

한 집 한 집을 돌며 꼬박 일주일에 걸쳐 시체 나르는 작업을 마치고 차곡차곡 쌓인 시체 더미 아래 나뭇가지에 휘발유를 부었다. 다섯 명이 잠시 기도를 한 다음 나이 든 여자가 긴 막대기에 헝겊을 둘둘 말아서 기름을 묻힌 뒤 불을 붙였다. 횃불처럼 타는 불씨를 나뭇더미 열 개에 차례로 붙이자 기름을 타고 금방 불기둥이 타올랐다. 다섯 사람은 합장을 하고 불기둥 주변을 서서히 돌며 죽은 사람들이 좋은 곳에 가기를 빌었다.

다음 날 아침, 밤새 탄 장작더미가 푹 줄어든 상태에서 아직도 하얀 연기를 내며 타고 있었다. 바람 한 점 없이 하얀 눈송이가 나풀거리며 내렸다. 남자 두 명이 밤새 탄 장작더미 옆의 녹은 땅을 파는 동안 나이 든 여자와 젊은 여자가 마을 주변 외곽을 돌고 있었다. 마지막으로 늘 다니던 마을을 한 번 둘러보려는 것이다. 눈과 얼음으로 덮인 곳에 생명의 흔적이라곤 찾아볼 수가 없었다.

"황량하구나. 우리가 그동안 어떻게 이런 곳에서 살았었는지 정말 아득하구나."

나이 든 여자의 말에 젊은 여자가 대꾸했다.

"젊은 저도 마음이 착잡한데 육십 평생을 이곳에서 사신 아주머니는 오죽하시겠어요. 그나저나 신들에 의하면 다른 곳도 사람들이 엄청 죽었다는데 우리가 다른 곳에 가서 잘 적응할 수 있을지 걱정돼요."

"설마 지금보다 더 나빠지기야 하겠니?"

"그렇겠죠. 지금도 악몽을 꾸는 기분이고 매 순간 소름 끼치는데……. 전 아버지, 어머니 시신을 장작더미에 옮길 때 저도 차라리 죽었으면 좋겠다고 생각했어요. 살아 있는 것이 원망스러워서 죽으면 이 고통스러운 현실에서 벗어날 수 있으리란 생각이 들었어요. 아주머니도 그런 생각 들었죠?"

"응, 사람의 감정이란 게 비슷하니까 그런 생각도 하긴 했지. 영감과 자식들, 손주들까지 다 죽었으니까. 그런데 말이다. 여기 우리를 감싸고 있는 우리 조상님들이라고 하는 귀신들이 우리를 살린 데는 그만한 이유가 있지 않을까 하는 생각이 드는구나."

"아저씨가 살면서 사는 의미를 찾자는 말과 비슷한 거네요."

"그래. 하지만 살아남은 것 자체가 의미가 될 수 있으니 과거에 묶이지 말고 앞만 보고 서로 의지하면서 살아 보자꾸나. 이곳을 떠나도 우리 다섯 사람은 가족처럼 서로 의지하면서 살아야 하지 않겠니?"

젊은 여자가 걸음을 멈춰서 나이 든 여자의 옷소매를 잡았다.

"아주머니, 저것 보세요."

젊은 여자가 가리키는 곳에 새하얀 눈을 뒤집어쓴 큼지막한 덩어리가 있었다. 하얀 눈 위로 삐죽 뻗어 나온 뿔은 그 밑에 있는 동물이 무엇인지를 말해 주고 있었고 그것도 한 마리가 아닌 세 마리였다.

나이 든 여자가 가까이 가서 동물 위로 쌓인 눈을 쓸어내리고 상태를 살폈다.

"순록이 죽은 지 얼마 안 됐구나. 여기 와서 죽은 것 같은데 얼마 전에 이쪽으로 한 번 다녀갔을 땐 없었잖아. 그렇지?"

"예! 저 끝 집 가족을 옮기느라 왔었지요. 그땐 없었어요."

"그땐 살아 있어서 이 근방을 돌아다녔는지도 모르지. 먹을 게 없어서 굶어 죽었나 보다."

"우리도 먹을 게 없었는데 잘됐네요. 아저씨들이랑 와서 이 순록을 옮겨 가도록 해요."

"세 마리면 겨울은 거뜬히 나겠구나. 만약 이곳에 계속 머무른다면 말이야."

두 사람은 땅을 파고 있는 두 남자에게로 와서 순록의 존재를 알렸다. 다섯 사람이 합심하여 구덩이를 파고 뼈를 수습하여 하나의 무덤을 만들고, 나무로 깎은 비석을 만들어 세우는 데 꼬박 삼 일이 걸렸다.

사흘 동안 눈이 오다 말다를 반복하고 바람이 불어서 쌓인 눈을 날려 보내서인지 눈은 많이 쌓이지 않았다. 모터가 달린 눈썰매를 타고 다섯 사람이 순록이 있는 자리로 왔다. 사흘 동안 내린 눈으로 덮여 있어 볼록 튀어나온 것으로 순록의 사체 위치를 알 수 있었다.

다섯 명은 순록 주위의 눈을 치우고 순록 위에 덮인 눈도 치웠다.

얼어 있는 모습이었지만 순록 중에서도 가장 덩치가 큰 수컷들이었다.

"어쩌면 한결같이 덩치가 좋은 순록들일까요. 정말 상한 곳도 전혀 없어서 최상의 가죽을 얻을 수 있겠어요."

감탄하며 남자가 말하자 나이 든 여자가 말했다.

"그렇지. 이 정도 고기면 마을 사람들 다 먹어도 꽤 먹을 수 있는 양인데……."

"저어, 아주머니. 이제 마을 사람들은 없어요. 우리만 있다고요."

젊은 여자가 나이 든 여자에게 현실을 일깨워 주자 나이 든 여자가 씁쓸하게 미소 지었다.

"이걸 그냥 옮길 수 없어요. 남자들 여럿이서 한 마리씩 옮겨야 하는데 남자라곤 우리 둘밖에 없어서 잘게 잘라서 옮겨야 할 것 같아요."

두 남자가 말을 마치고 긴 칼을 꺼내 들고 제일 큼지막한 순록 앞으로 다가섰다. 갑자기 그들이 둘러싼 순록 위로 오로라가 나타나며 오색 빛이 생겨나기 시작했다. 눈이 부셔 손으로 가린 눈 사이로 빛 가운데 허공에 떠 있는 하얀 사람의 형체가 나타났다. 그들을 이끌던 조상신들이 화들짝 놀라 황급히 고개를 숙였다.

"한울님이시다. 예를 갖춰라! 엎드려!"

조상신들이 자손들에게 귀띔을 해주자 다섯 사람이 동시에 넙죽 엎드렸다. 한울의 오색 빛이 주위를 포근하게 감싸며 분위기를 밝게 했고, 순록의 사체 위로 내려와서 빙그레 웃었다.

"고개를 들라."

다섯 명의 사람들은 감히 고개를 못 들다가 서로 눈치를 살피더니 엉거주춤 일어나 무릎을 꿇고 앉았다. 밝은 대낮인데도 한울의 주변에서 오색 빛 광채가 살랑살랑 흔들리고 있었다.

"나는 하늘의 신 한울이다. 너희들에게 부탁이 있어서 왔노라."

다섯 명의 사람과 조상신들이 의아한 눈으로 보자 한울이 웃었다.

"지금 신계에 삼대 성소가 없다. 그것을 너희들에게 부탁하러 왔노라."

조상신 중의 하나가 질문했다.

"한울이시여! 삼대 성소라 하시면 정화의 숲, 천 개의 방, 기록관 아닙니까? 그걸 말씀하시는 겁니까?"

천여 명에 달하는 조상신들의 눈이 일제히 한울의 입을 바라봤다.

"그렇다. 오랫동안 써야 하니 잘 만들어야 한다."

"이 세 마리의 순록 가죽으로 삼대 성소를 만든다고요? 그 귀중한 것을요?"

"그렇다. 예전의 삼대 성소도 동물의 가죽으로 만든 것이었다. 그것이 매우 오래되어서 구멍도 뚫렸고 훼손되어 폐기시켰다. 그리하여 새로 만들려는 것이다. 순록의 고기는 너희가 양식으로 삼고 가죽만 무두질해 주면 된다. 얇게, 투명해서 손가락 지문이 보일 때까지 해야 하느니라."

또 한 조상신이 나섰다.

"성소를 왜 순록 가죽으로 만듭니까?"

"애초에 삼대 성소도 순록과 비슷한 짐승의 가죽으로 만든 것이었다. 가죽은 얇게, 투명하고 손으로 잡았을 때 거의 두께가 느껴지지 않을 정도로 무두질해야 한다. 시간이 걸리더라도 절대 서두르지 말고 상하지 않게 이 세 가죽 모두 그리 하라. 그리고 너희 신들은 자손들이 일을 제대로 할 수 있도록 신명(神命)을 다해 돕도록 하라."

천여 명의 조상신들이 머리를 조아리는 가운데 여지의 조상신 하나가 바닥에 머리를 대고 덜덜 떨며 말했다.

"한울이시여! 만약 무두질하다가 가죽이 상하거나 하면 다른 순록으로 해도 괜찮은 것인가요?"

한울이 말했다.

"그런 일은 없겠지만, 만약 그렇다면 처음부터 다시 해야 할 것이다. 그런 일이 일어나지 않도록 힘을 합해 일하거라."

청년이 질문했다.

"반드시 순록으로 해야만 합니까? 저희도 추워서 순록 가죽이 필요합니다."

다른 조상신들이 어이없게 쳐다보며 이 철없는 질문에 비난의 눈초리를 보내며 혹여 한울의 노여움을 살까 봐 노심초사하였다.

"너희가 입을 것은 흰여우 가죽이나 다른 순록도 있을 것이다. 내가 필요한 것은 이 세 마리의 순록만 해당된다. 알았느냐?"

"예!"

"너희가 다 만들 때까지 내가 신장 하나를 보내 너희를 돌볼 것이다. 먹을 것, 입을 것은 걱정하지 말거라. 다 보내 줄 것이니…… 그리고 가죽이 완성되면 너희들이 살고 싶은 곳으로 보내 줄 것이다. 순록은 내가 옮겨 놓으마. 그럼, 다 만들었을 때 다시 오겠다."

한울의 모습이 사라지고 오색 빛도 뒤이어 사라졌다.

젊은 여자가 두 손을 가슴에 얹으며 감탄했다.

"아! 어쩌면 저렇게 신비로울 수 있을까?…… 너무 신기해요."

"오! 맙소사. 우리에게 무슨 일이 일어난 거야? 최고의 신을 두 눈으로 보다니."

나이 든 여자 신이 두 손을 모아 쥐고 호들갑을 떨며 말했다.

"그러게. 우리가 선택받아서 살아남았는지도 모르지. 그럼, 정말 이 가죽 신중하게 잘 벗겨야겠네."

"아? 순록 세 마리가 갑자기 없어졌다."

젊은 여자가 외쳤다. 남자와 나이 든 여자도 두리번거렸지만, 세 마리의 순록은 눈앞에서 감쪽같이 사라져 버렸다.

조상신이 대답했다.

"한울님이 집 앞에다 옮겨다 놓으셨어. 자르면 안 되니까."

다섯 명의 사람들이 일제히 놀라서 재빨리 썰매에 올라탔다. 신들이 미는 힘까지 더해져 순식간에 집 앞에 도착한 다섯 명은 더 크게 놀랐다. 조금 전에 봤던 모습 그대로, 원래 그 자리에 있었던 것처럼 순록이 집 앞에 놓여 있었다.

"세상에 한울님…… 맙소사!"

"정말, 정말 순록이 있어요. 한울님!"

여자들이 탄성을 지르며 순록을 가리켰다. 순록의 옆에 빛이 나는 신장 하나가 서 있는 걸 보고 조상신들이 일제히 엎드렸다. 어리둥절한 사람들에게 한 조상신이 말했다.

"엎드려라. 동지 신장님이시다."

다섯 사람도 썰매에서 내려 엉거주춤 엎드리자 동지 신장이 입가에 엷은 미소를 띠고 말했다.

"나는 동지 신장이다. 한울님께서 너희의 일을 도우라 하셨다. 한울님께서 너희에게 부여하신 임무는 막중한 것이다. 너희가 그 임무를 잘 수행하도록 도우려 내가 온 것이니 편히 대하거라."

다음 날부터 다섯 명의 사람과 그들의 조상신들은 순록의 가죽을 벗기고 한울의 주문대로 가죽을 얇게 펴는 일을 시작했다. 고기는 조각 내서 먹기도 하고 실내에 널어서 건조해 두기도 하였다. 조상신들은 사람들이 일하는 데 지장이 없도록 먹을 것과 입을 것을 조달하는 데 도움을 주었지만, 마을에서 구하는 것에는 한계가 있어서 변변치 않았다.

동지 신장이 중년의 여자에게 질문했다.

"무엇이 필요한가?"

"벌써 몇 달째 채소를 먹지 못했습니다. 건조한 채소라도 먹어보고 싶습니다. 그리고 그동안 동네에 집집마다 있던 기름을 가져다 썼는데요, 그것도 다 떨어져 가고 있어요. 기름이 떨어지면 이 추운 곳에서 살아갈 수가 없어요."

"또 필요한 것은 없느냐?"

중년의 여자가 말했다.

"예전의 옷이 누더기가 되어 가고 있습니다. 두세 벌로 계속 돌려 입다 보니 닳아서 다른 옷이 좀 있었으면 좋겠습니다."

젊은 여자가 말했다.

"저는 이곳에 끊긴 전기가 다시 들어와 음악이랑 세상 돌아가는 소리를 라디오를 통해서 사람의 목소리로 듣고 싶어요. 가능할까요?"

젊은 여자의 맹랑한 소리에 다들 긴장하며 동지 신장의 눈치를 살폈다.

"이야기하는 것은 여자들뿐이구나. 남자들은 필요한 것이 없느냐?"

청년이 질문했다.

"저는 지금 필요한 것보다 나중에 필요한 것을 묻고 싶습니다. 만약 우리가 한울님이 맡기신 이 임무를 무사히 끝낸다면 우리는 도시로 가서 살아도 되는 겁니까?"

예상치 못한 질문에 다들 동지 신장의 입을 쳐다봤다.

"임무가 끝난다면 너희들이 원하는 곳으로 가서 살 수 있다. 이 지구상 어느 곳이라도 말이다."

청년이 고개를 끄덕이자 젊은 여자가 대답을 재촉했다.

"저어…… 제 질문에 대답을 안 하셨어요. 그리고 아주머니들께서 말씀하신 것들도요."

"너희 바람을 들어줄 것이다. 아마 너희들이 원하는 그 이상으로 해줄 것이니 기다리고 있거라."

동지 신장은 그 길로 정동희에게 갔다. 회의를 하고 나오던 정동희에게 알래스카에 있는 사람들이 하고 있는 일과 그들의 소망을 전달하고 지원해 줄 것을 요청했다.

정동희는 전기 기술자와 필요한 장비, 다양한 전기 제품까지 구비하고, 다양한 신선한 야채와 곡식과 식품들, 생필품, 다수의 의복과 이불까지 꼼꼼하게 챙겨서 비행기로 러시아를 관통해서 다섯 명이 있는 마을로 보냈다. 괴질이 돌기 시작할 무렵부터 외지에서 들어온 사람이 거의 없던 곳이었다. 신들만 득실거리고 사람이라곤 다섯 명이 전부인 곳에 비행기 소리와 함께 아홉 명이나 되는 사람들이 나타났다.

비행기 소리에 놀라 모두 나와 있는 사람들에게 먼저 내린 남자가 말을 걸어왔다.

"안녕하세요. 우리는 대한민국에서 온 사람들입니다. 서는 대한민국 공군 대위입니다. 우리 대통령님이 이곳에서 중요한 임무를 수행하는 다섯 분이 계시다고 하셔서 필요한 물품을 전달하러 왔습니다. 이렇게 다섯 분이신가요?"

"그렇습니다."

중년의 남자가 대답하자 옆에 있던 중년의 여자가 물었다.

"먹을 것과 입을 것인가요?"

공군 대위가 웃으며 대답했다.

"물론입니다. 전기가 필요하다고 하셔서 전기 기술자도 같이 왔으니 전기도 연결시켜 드릴 겁니다."

비행기에서 사람들이 식품과 생필품이 담긴 상자들을 내려서 이들이 생활하는 집안으로 옮겼다. 짐을 다 옮기고 나자 공군 대위가 말했다.

"이쪽은 식량이고, 당장 드실 절인 야채와 신선한 야채가 있고요, 쌀과 보리, 밀가루 등도 있습니다. 이쪽은 의복이고…… 이 상자는 남자분들 것, 이 상자는 여자분들 것입니다. 이쪽은 생활에 필요할 만한 것들입니다. 공구들도 있고 이불이나 필기구도 있습니다. 상자에 써 놨으니까 찾아서 쓰시면 됩니다. 그리고 이쪽 것은 가전제품인데 전기가 들어오면 설치해 드릴 겁니다. 텔레비전과 오디오 세트가 들어 있습니다. 라디오가 듣고 싶다고 하셨다면서요."

공군 대위를 졸졸 따라다니던 젊은 여자가 환호성을 질렀다.

"네! 라디오를 들을 수 있어요? 이제 암흑 속에서 탈출하게 되었네요. 정말 고맙습니다."

대위가 고개를 흔들며 대답했다.

"텔레비전도 라디오도 송출하는 곳이 있어야 할 텐데…… 아마 없을 겁니다. 설치는 해드리겠지만 기대하지는 마세요."

젊은 여자가 시무룩한 표정이 되어 쌓여 있는 물건 쪽으로 고개를 돌렸다.

중년의 여자가 천천히 둘러보더니 물었다.

"정말 많이 가져오셨네요. 정말 고맙습니다. 그런데 혹시 기름은 가져오셨나요? 당장 연료로 쓸 기름이 없는데요."

공군 대위가 손으로 문밖을 가리켰다.

"문밖에 있을 겁니다. 기름통은 집안으로 들이지 않았습니다. 냄새 날까 봐요."

그제야 중년 여자의 얼굴에 화색이 돌았다.

"정말 고맙습니다. 이거 뜯어봐도 되나요? 이 야채라고 써 있는 거요?"

"아! 그럼요. 이제 여러분 것입니다."

공군 대위의 말에 따라 '야채'라고 쓰인 상자를 뜯자 시금치와 양배추, 오이, 고추, 당근, 양파, 주먹만 한 피망 등등이 가득 들어 있었다. 양배추 이파리를 하나 크게 뜯어내어 씻지도 않고 덥석 물고 씹자 옆에 있던 젊은 여자도 따라서 양배추를 뜯어 입에 넣었다. 오랫동안 느껴보지 못했던 신선한 채소의 식감을 입 안 가득 제대로 느껴보는 중이었다. 중년의 여자가 양배추를 우물거리며 남자들에게도 양배추를 나누어 주었다. 사람들은 반갑게 양배추를 주저 없이 입에 넣고 씹어

대며 활짝 웃었다.

전기 기술자들 네 명이 자가 발전기를 설치하고 일하는 작업장과 숙소로 사용하는 집에 전기를 연결했다. 광풍에도 견딜 수 있도록 단단하게 묶어서 안테나도 설치하고 텔레비전과 라디오도 연결했지만 송출하는 곳이 안 잡혀서 무용지물이 되었다. 대신 오디오로 음악을 들을 수 있도록 하였다.

얼추 할 일이 끝나자 공군 대위가 옷가지와 식량 박스를 뒤지던 여자들을 향해 말했다.

"일단 정리하시고요. 앞으로 정기적으로 저희가 올 테니 너무 아끼거나 그러지 않으셔도 됩니다."

작업장과 생활 주택에 환하게 불이 들어오고 작업장에 설치된 오디오에서는 신나는 노래가 흘러나왔다.

"세상에…… 완전히 딴 세상에 있는 것 같아. 어쩌면 좋아. 너무 신나고 좋아."

젊은 여자가 어깨를 들썩이며 말했다.

"이 음악은 몸을 저절로 움직이게 하네요. 정말 흥겨워요. 아저씨! 이 음악 이름이 뭐예요. 영어가 아닌데요?"

"한국 대중음악이에요. 춤추면서 노래 부르는 곡이라 신나지요. 이쪽에 클래식 음악 몇 곡과 팝송, 한국의 음악이 있으니 골라서 들으시면 됩니다."

몇 장의 CD를 가리키며 기술자가 말하자 옆에 있던 전기 기술자가 덧붙였다.

"발전기는 작업장과 생활하시는 주택 두 곳에 설치했어요. 그러니

생활하시는 데 불편함은 없으실 겁니다. 송수신 안테나는 이곳 작업장 지붕에다 설치했고요."

대위가 물었다.

"더 필요하신 거 있습니까?"

청년이 천천히 말했다.

"너무 분에 넘칠 만큼 받아서 이래도 되나 싶네요. 정말 고맙습니다."

나이 든 여자가 말했다.

"당분간 먹을 양식도 충분하니 그저 감사할 따름입니다. 새로운 옷에다 음악까지…… 전기까지 들어오게 해주셨는데 여기서 뭘 더 바라겠어요. 정말 고맙습니다."

"제가 여러분께 정기적으로 올 겁니다. 식량과 그 외 필요한 것들을 공급해 드릴 거니까 일하시는 것만 열심히 해 주시면 됩니다. 그럼, 우리들은 이만 가 보겠습니다."

대위가 인사하자 다른 기술자들도 인사하고 밖으로 나갔다. 요란한 소리와 함께 그들은 비행기를 타고 돌아갔다.

그 후로도 필요한 물품이 생기거나 식량과 연료가 떨어질 때쯤이면 대위가 먼 길을 마다하지 않고 와서 식량과 물품을 공급해 주었다. 혹한이든 바람이 불든 눈이 오든 아랑곳하지 않고 그들은 걱정 없이 무두질에만 집중할 수 있었다. 다섯 사람이 붙어서 일을 하다 보니 일 년도 안 되어 두 장이 끝났고 남은 한 장도 순조롭게 끝나가고 있었다.

한 번은 대위에게 나이 든 여자가 말했다.

"한국에 대해서 신들에게 얘기를 들었어요. 신들의 말에 의하면 지금 한울님의 나라가 한국이라고 하더군요. 한국 사람이 착해서 많이 살아남았고 문명도 그대로 남아 있어서 굉장히 발전해 있다고 그래요. 그래서 말인데요. 우리가 이 일을 다 끝내면 우리도 서울에 가서 살 수 있을까요?"

대위가 빙그레 웃었다.

"원하신다면 물론입니다. 대통령님도 반가워하실 겁니다. 여러분들 일자리도 마련해 드릴 거구요."

청년이 질문했다.

"그럼, 일자리는 가라는 대로 가는 건가요?"

"적성 검사를 거쳐 잘할 수 있는 일자리로 배치될 겁니다. 무조건하지 않습니다. 음악을 잘하시는 분이 어부를 한다거나 목수 일을 잘하시는 분이 잘 알지도 못하는 컴퓨터 일을 하라고 하면 하시겠습니까? 적성 검사를 통해 할 수 있는 적당한 일을 하실 수 있습니다. 혹시하고 싶은 일이 있다면 배워서 하실 수도 있고요."

"그럼, 저희는 어디서 사나요?"

중년의 여자가 물었다.

"한국으로 귀화하셔서 대한민국 국적을 취득하시면 주택은 정부에서 무상으로 드립니다."

"그럼, 나는 무조건 갈 거예요."

젊은 여자가 말하자 중년의 남자도 동조했다.

"나도 갈 거요."

"나도."

"나도요."

"나 혼자 남을 수는 없지요."

"그런데, 한국 가면 우리가 뿔뿔이 흩어지게 되나요? 적성 검사인가 뭔가를 해서 일자리가 다 다르면 다섯 명이 여기저기 다 흩어져야 하잖아요?"

나이 먹은 여자가 질문했다.

"일자리가 달라도 버스나 전철을 타고 일하러 나가시잖습니까? 집은 여러분들이 여기 같이 사시는 것처럼 한집에 같이 사셔도 되고 아니면 두 집에 흩어져서 사셔도 되고요. 일자리만 다르고 사시는 집은 같이 사셔도 상관없습니다."

"그렇군요. 그게 걱정이었거든요. 일터에 나갈 때만 흩어졌다가 저녁에 한 집으로 모이는 거잖아요. 그렇죠?"

"맞습니다."

"좋아요. 그럼 결정했어요. 우린 한국으로 가겠어요."

이렇게 다섯 명은 일이 끝나면 한국으로 가기로 결정했다. 그리고 무두질은 얼마 후에 마무리되었다.

새로운 질서

개벽 후 1년이 지나자 세계 어느 곳에서도 더 이상 굶주리는 사람은 없었다.

기후가 좋아서 살기 좋은 조건이 형성된 곳으로 새로운 마을이 생겼다. 작든 크든 마을에는 한울의 신전이 있었으며 사람들은 그곳에서 기도도 하고 서로의 친목을 도모하는 쉼터로 활용하였다. 어디다 씨를 뿌려도 농사가 잘되었고 신들의 도움으로 사람들이 원하는 어떠한 작물도 재배할 수 있었다. 기존의 도로와 연결도 가능했으며 좀 떨어진 도시와도 연계가 되어 발전 속도를 높일 수 있었다. 마을의 관리자는 어려움이 닥칠 때마다 신들의 도움을 받았고 그것도 안 되면 한국에 신들을 보내어 도움을 청했다. 그러면 한국은 신과 사람들을 보내 도움을 요청한 것 이상으로 해결해 줬고 더 나은 생활을 할 수 있도록 마을을 온통 뒤바꿔 놓고 가는 것이었다.

안 좋은 생각이나 행동을 하면 반드시 몸이 아팠기 때문에 사람들은 언제나 언행을 조심하며 상대방을 배려하고 건전한 생활을 했다. 선한 사람들만 살아남은 데다 옳지 못한 일에 대해 확실한 벌이 있으니 더 착하게 살려고 노력하였다.

3년이 지나면서 병원이 한가해질 정도로 아픈 사람이 없어졌다. 처음에는 의통한 사람만이 두드러졌으나 차츰 사람들은 자신들에게 잠재된 능력을 알아차리기 시작했다. 하루의 일과를 일찍 끝내고 정신 수양을 하던 단체에서 텔레파시로 소통하더니 급기야 길을 가면서도 입을 열지 않고 텔레파시로 대화를 하게 된 것이다.

이뿐만이 아니었다. 중력이 약해진 것을 이용하며 껑충껑충 뛰어다니는 사람도 있었는데 한 발을 뗄 때마다 십 미터 이상을 이동하였다. 운동 삼아 길거리를 이런 식으로 뛰어다니는 사람들이 종종 보일 만큼 사람들은 이 변화를 즐겼다. 그리고 신들이 쓰던 홀로그램을 띄우는 법도 배워 텔레비전 없이도 장소에 구애받지 않고 원하는 것을 볼 수 있었다.

10년이 지나자 신들과 함께하는 과학의 발전은 눈부시게 성장하였다. 산업 시설에서도, 생산 공장에서도, 농사를 짓는 것도 모두 로봇이 알아서 했다. 사람들은 그저 로봇에게 한 달 일과표를 프로그래밍해서 입력만 시켜놓으면 되었다. 생활 전반에 걸쳐 사람이 몸을 움직여 하는 일은 거의 없었는데 청소나 세탁, 세탁물을 정리하고 목욕하는 것까지 로봇이 수발해 주었기 때문이다.

사람이 대폭 줄어들고 일인 가구가 대부분이라 일인용 교통수단도 발달하였다. 개벽 이전에 놀이동산에서 타고 놀던 범퍼카만 한 승용차가 하늘을 날아다녔다. 각 가정마다 있는 이 자가용은 땅으로 달리다가 수직으로 떠서 하늘을 날아다니기도 하고 바다에서는 배로 사용되었다.

사람들의 생활상도 바뀌었지만 신들의 생활도 많이 바뀌고 있었다.

처음에는 자손 뒤치다꺼리에 온 힘을 쏟다가 차츰 수십이나 되는 조상 신들도 그룹을 지어 돌아가면서 자손 뒷바라지를 하면서 자신들이 하고 싶은 일을 찾아 했다. 그래서 사람들의 여가 시설과 신들이 사용할 수 있는 시설이 따로 만들어져 운용되었다.

서울은 사람 수에 비해 고층 건물이 너무 많아서 새롭게 도시를 건설했다. 대부분 1인, 2인이 지내는 가구여서 기존의 주택은 효율이 떨어졌고 무질서해 보였기 때문이다. 한울의 신전을 기준으로 사방으로 커다란 도로를 내고 사이사이에 공공시설과 주택들이 들어섰다. 1인 주택이라도 공간은 넓어서 소형 자가 비행기가 이착륙할 수 있도록 넉넉한 공간을 갖춘 새로운 형태의 주거 시설이었다.

정동희와 박만수가 찻잔을 놓고 오랜만에 한가로이 담소를 나누고 있다. 정동희가 입가에 미소를 띠며 말했다.

"아직 우리를 찾아오지 않은 작은 나라들이 있습니다. 수백 명밖에 남지 않은 곳도 있고 몇천 명에 불과한 곳도 있어요. 그런 곳을 찾아서 생활하는 데 필요한 것들을 돌봐 주십시오. 우리만 잘사는 것은 한울 님의 말씀에 위배되니까요."

"예!"

정동희가 생각난 듯 화제를 돌렸다.

"새로운 도시가 매우 신선하고 깔끔하다고 호평입니다. 저도 마음에 들고요."

박만수가 대답했다.

"새로운 시대에는 새로운 도시 체계와 건축양식이 필요하지요. 일인 가구가 대부분이니까 그에 따른 생활 양식 구조가 되어야 하고요."

박만수가 리모컨을 집어 들고 누르자 홀로그램이 떴다. 가운데 한울의 신전을 중심축으로 사방으로 쭉쭉 뻗은 도로 사이로 낮은 건물과 집들이 있었다.

"소형 자가 비행기가 집마다 있으니까 예전의 주차장이 좀 더 널찍한 크기로 바뀌어야 해서 새로운 도시 계획은 필수였습니다."

정동희가 웃으면서 한곳을 가리켰다.

"한울님의 신전을 중심으로 시원하게 뻗은 도로망과 넉넉한 주차 공간이 매우 만족도가 높아요. 그래도 가끔 민원이 들어온다고 들었는데 불편한 점이 있다면 다른 주민에게 피해가 가지 않는 선에서 바로 시정해 주십시오."

"예! 알겠습니다."

"요즘 물고기가 기형이 많다고 하더군요. 동물 중에서도 기형이 발견되고 있다지요?"

"맞습니다. 기형이라기보다 환경이 변하니까 동물이 환경에 맞게 변하는 것 같습니다. 식물도 마찬가지예요. 예전에 없던 식물들이 발견되어 식물도감을 새로 만드는 중입니다."

"그렇군요. 환경이 바뀌니까 거기에 맞춰서 변형을 일으키는군요."

"사람도 변했잖습니까? 능력자들이 많이 생겼잖아요."

"맞아요. 사람도 환경에 맞게 진화하고 있어요. 요즘 기계나 로봇들이 일하는 곳이 많아져서 점점 사람들이 일하는 시간이 줄어들고 있어요. 이러다간 사람들이 일하는 기쁨을 잃게 될까 봐 은근히 걱정됩니다."

"예! 사람들의 두뇌에 신들의 지혜가 합쳐지니까 자고 나면 뭔가 새로운 게 개발되어 있어서 이러다간 정말 나중에 로봇이나 기계만 일하고 사람들은 아무것도 하지 않을까 봐 걱정되기도 합니다."

정동희가 웃었다.

"그럴 리가요. 그래도 기계나 로봇을 움직이는 일은 해야지요. 참 아이러니한 게 노동자들은 하루에 일하는 시간이 두세 시간에 불과한데 연구원들은 네다섯 시간씩 일해서 제일 업무 강도가 높아요. 개벽 전과 완전히 딴판이지요."

박만수가 따라 웃으며 말을 돌렸다.

"벌써 지축이 바로 선 지 20년이 넘어가고 있습니다. 그동안 매우 많은 일을 하셨습니다, 대통령님!"

"저 혼자 한 게 아니라 총리님을 비롯해 모두가 도와준 덕분이지요. 저 혼자라면 이렇게 못했을 겁니다."

"전 대통령님이 이렇게 잘하실 줄 알았습니다. 처음에 선거위원회에 찾아오셨을 때부터요."

정동희가 잠시 생각하다가 씨-익 웃었다.

"뭐, 그때는 솔직히 자신이 없었어요. 한울님이 계시니까 어떻게든 되겠지 하는 마음이었거든요."

"뒷배를 정말 잘 두셨습니다. 그런데 언제까지 사람도 동물도 죽지 않을까요? 이미 삼대 성소를 만드셨다고 들었는데요."

"한울님이 삼대 성소를 신계에 올리지 않고 계신 것 같아요. 그러니 당분간은 지금과 같을 겁니다."

"만약, 한울님이 성소를 신계로 올리시면 그때부터 늙고 죽겠지요?"

"예! 그때부터 지금까지 늙지도 않고 죽지 않았던 사람들도 다시 늙어가고 죽게 되겠지요. 아기도 태어나고요."

"아……!"

박만수가 탄식하다 다시 중얼거렸다.

"비록 늙은 몸이긴 하지만 지금처럼 건강한 이 모습 이대로 사는 것도 나쁘지 않은데요. 20년 전 모습 지금 그대로인데 앞으로 쭉 이 모습으로 살고 싶습니다."

"하하하…… 당장은 그럴 겁니다. 언젠가는 순환의 고리가 생기겠지만요."

"한울님께서 성소를 좀 잊으셨으면 좋겠습니다."

"저도 이 평화가 오래 유지되었으면 좋겠습니다."

건전한 문화의 정점에는 음악이 있었다. 사람이 많이 다니는 거리엔 홀로그램 영상이 새 소식을 전하거나 가수들의 노래와 춤이 끊임없이 흘러나왔다. 하루의 일과를 끝낸 오후엔 각종 공연과 운동 등 여가 활동을 하며 하루를 마무리 지었다. 토요일과 일요일에는 여행하는 사람들로 남극과 북극이 붐볐고 달로 가는 여행자도 점점 늘어나고 있었다.

정동희는 한국의 지도자였지만 사람들이 활용할 수 있는 첨단 시설이 모두 서울과 경기도에 몰려 있어서 다른 나라의 지도자들은 필요할 때마다 도움을 요청하곤 했다. 그러다 보니 자연스럽게 정동희의 위치는 모든 사람들의 대표가 되고 있었다.

인구가 겨우 몇백 명밖에 되지 않는 나라는 한국의 중재하에 이웃

나라와 합병하였다. 그래도 인구가 만 명이 넘지 않는 나라가 많았고 몇만, 몇십만 명에 불과한 나라도 많았다. 한국은 북쪽의 영토를 합병하고 꾸준히 외부로부터 들어오는 인구를 받아들이다 보니 인구는 이천만 명을 넘어서고 있었다. 영토도 넓어졌고 넓은 영토에 걸맞게 인구도 늘어났다.

대기는 맑고 투명한 날씨가 이어졌다. 모든 대지와 산에는 나무와 풀이 자라나서 푸르렀고, 강과 하천은 맑은 물이 흐르고 물고기들이 떼 지어 헤엄치며 노닐었다. 바다에도 각종 어류가 활기차게 물살을 가르며 몰려다니고 있었다.

한울은 틈틈이 하늘 높은 곳에서 지구를 돌며 순찰했다. 집을 지키는 심정으로 지구 밖 행성들의 움직임과 지나가는 유성들을 살피기 위함이었다. 예전에 마그마가 지구 내부에 충분히 있을 때는 웬만한 유성이 들이받아도 마그마가 충격을 흡수해 주는 완충 역할을 해주었었다. 하지만 지구 안에 갇혀 있던 마그마가 대거 쏟아져 나오면서 중력이 약해져 있었고 커다란 유성과 충돌한다면 위험할 수 있었다. 지구 안에 마그마가 다시 충분히 채워지기까지 긴 세월이 필요했다. 그 긴 시간을 한울은 외부로부터 지구를 보호해야만 하는 사명을 짊어지게 된 것이다.

한울은 더욱 깊고 넓어진 시베리아의 바이칼만을 걷고 있었다. 걷고 있지만 발이 바닥에 닿지 않았고 빛 속에서 살랑거리는 바람처럼 움직였다. 러시아 내륙 깊숙이 자리 잡고 있는 바이칼만은 바다와 연결되어 굉장히 넓었다. 예전 호수 시절에 '시베리아의 푸른 눈'이라 불렸다면 바다와 연결된 지금은 '시베리아의 푸른 가슴' 정도는 될 것 같았다.

한울은 환웅이 다스리던 배달국의 힘이 이곳까지 미쳤음을 떠올렸다.

"치우천! 네가 환웅이었을 때 잠시 다녀간 곳이다. 배달국의 강역을 복구해 줄 것을 내게 부탁했지만, 지금의 세상은 강역 복구가 의미가 없구나. 대륙은 훨씬 넓어졌는데 인구는 1억 남짓이다. 땅에 욕심낼 필요도 없이 원하면 원하는 만큼 가져도 된다. 하지만 욕심내는 사람이 없구나."

바이칼은 바닷물과 섞여서 겨울에도 얼지 않았고, 광활한 크기를 자랑하듯이 가장자리에 잔잔한 파도가 끊임없이 밀려왔다.

지축이 바로 선 지 벌써 30년이 지났다. 땅도 바다도 날씨도 세상은 제자리를 잡고 돌아가고 있었다. 잔잔한 호수를 바라보면서 생각에 잠겨 걷다가 갑자기 물 위에 비친 자신의 모습을 보고 멈췄다.

짧은 하얀 머리에 눈빛이 형형하게 빛나며 하얀 피부의 자신이 있었다. 피부는 탱탱했지만 흰 눈썹, 흰머리 때문인지 노인처럼 느껴졌고 몸에서 내뿜는 기(氣)의 오로라가 온몸을 감싸고 있어서 피부가 더 하얗게 보였다.

'내가 이렇게 변했구나. 마음은 아직 열일곱 김무영인데…… 완전히 노인네 같은 모습이 되었어.'

물끄러미 자기 모습을 지켜보던 한울은 고개를 갸웃거렸다. 분명 어디선가 본 듯한 모습이었다.

'이건……!'

한울은 다시 한 번 물에 비친 모습을 봤다.

지금 한울의 눈에 비친 모습은 조물주가 신계의 삼대 성소를 만들기 위해 '처음'에게 짐승의 가죽을 무두질해 달라고 부탁하러 왔던 아주 먼 옛날 조물주의 모습이었다. '처음'은 한울의 첫 번째 이름이었다.

조물주는 자신의 모습을 바람이고 하늘이고 물이고 산이고 땅이라고 하셨다. 그건 형체는 없지만 모든 것이 조물주의 모습이기도 하다는 말이었다. 그런 분이 인간의 모습으로, 내 모습으로 나타나셨다……!

'그럼, 그 아득한 옛날에 이미 이렇게 될 걸 아시고 지금의 내 모습으로 오셔서 신계를 만들게 하고 신계가 망가지니까 다시 수습하라고 예정해 놓은 거였네. 맙소사!'

고개를 들어 하늘을 봤다. 푸르고 청명한 하늘이 끝없이 펼쳐져 있었다. 신계를 완전히 뜯어고치고 삼대 성소가 될 가죽의 무두질은 오래전에 끝나 있었다. 그것을 하늘에 올려 생명력을 불어넣어 주면 성소의 기능을 발휘하게 될 것이다. 그렇게 되면 동물들을 비롯한 사람들은 다시 늙고 병들고 죽어 다시 태어나는 윤회를 시작하게 된다.

지축이 바로 서는 날까지 무수히 많은 생명이 죽었다. 아니 소멸되었다. 그리고 그날 이후 지금까지 병들고 다쳤어도 죽는 사람은 없었다. 새로 태어나는 생명도 없었다. 자신도 윤회를 하면서 무수히 많은 사람들을 만났었다. 전생의 부모님과 누나들, 친척들, 친구들…… 그 전생의 부모님과 형제들, 친척…… 전전생의 부모님과 형제와 주변의 많은 이웃들…… 인과에 의해 얽히고설켜 신계에서도 아웅다웅하지만 결국 그 매듭은 이승에서 풀어야 했다.

좋든 싫든 이승에서의 삶이 그다음 삶을 결정하는 중요한 요소였지만 사람들은 몰랐다. 사소하게 넘어가는 하나하나의 일이 다 기록되고 있다는 것을……

'굳이 그런 체계를 다시 세워야 할까?'

윤회가 시작된다면, 죽음의 두려움에서 시작된 공포가 만들어 내는 인간의 타락과 삶에 대한 욕망이 다시 꿈틀댈 것이다. 그로 인해 인류는 멸망의 지경에 이르렀고 신계도 이제 수습해서 제자리를 잡았다.

삼대 성소를 신계에 올릴 것인지…… 어찌할 것인가!

한울은 자신의 신전에서 기도하고 있는 정동희에게 갔다.

"한울이시여!"

오로라와 함께 나타난 한울을 보며 정동희가 웃었다.

"너에게 얘기할 것이 있어서 왔다."

"무엇입니까?"

"삼대 성소를 만든 지 오래되었다. 그것은 동지 신장이 보관하고 있고 언제든지 생명만 불어넣으면 기능을 발휘할 것이다."

"그러면……."

정동희가 한울을 올려다보며 질문했다.

"사람들이 늙고, 죽고, 다시 태어나고 윤회하는 겁니까?"

"그렇겠지!"

"예?"

정동희는 한울의 말뜻을 이해하지 못하고 눈을 크게 떴다.

"지금 상태가 아주 이상적인 상황이라 아직 삼대 성소는 대기 중이다. 사람들은 착하게 욕심부리지 않고 신과 잘 어울려 살더구나. 신계가 제자리로 올라갔어도 신들이 신계에만 머무르지 않는다. 사람들과 어울려도 별문제를 일으키지 않으니 좋구나. 그건 네가 잘해 준 덕분이기도 하다."

"아…… 예!"

정동희는 두 손을 맞잡고 크게 탄식했다.

"왜 그러느냐? 사람들이 죽어 나갈까 봐?"

정동희가 고개를 끄덕였다.

"예."

"지축이 바로 선 후 지난 30년간 죽는 사람도, 태어난 아기도 없었다. 어느 정도 세상이 정리가 되었으니 다시 이전 상황으로 되돌릴 것인지, 좀 더 이 상태를 유지할 것인지 지켜보려고 한다. 신계와 인간계가 다시 분리되면 예전처럼 인간들이 불안해하며 안 보이는 신들을 찾겠지. 좀 더 살기 위해 욕심을 부리기도 하고…… 그러면 또 싸우기도 하고 그러겠지. 그래서 당분간 지켜보려고 한다."

"한울이시여! 만약에 말입니다. 사람들이 지금처럼 욕심부리지 않고 착하게 산다면 이대로 그냥 두실 겁니까? 삼대 성소 없이도 사람들이 신들과 잘 지낼 수 있다면요."

"그래. 그것이 네 손에 달린 것 같구나."

정동희는 실질적으로 인간계를 대표하는 인물이 되어 있었다. 사람들은 한국의 대통령 정동희를 신뢰하고 따랐다. 그동안 보여준 뛰어난 통솔력과 따뜻한 인간미에 보내는 믿음이었다. 거기다 한울을 직접 모시는 입장이다 보니 정동희를 거스를 만한 일은 국내에서도 국외 어느 곳에서도 일어나지 않았다. 그러다 보니 인간인 정동희의 마음 한구석에 우쭐한 기분이 요새 들고 있는 참이었다.

"앞으로 나는 네가 잘못한 것을 너에게도 묻겠지만 인류 전체에 물을 것이다. 바로 성소로 말이다."

정동희는 머리를 세게 얻어맞는 충격을 받았다. 자신의 잘못된 행동 한 번으로 엄청난 결과가 초래할 수 있다는 엄포였다.

"한 번의 실수와 한 번의 잘못된 선택으로 역사가 바뀌는 것을 종종 보아 왔을 것이다. 나는 네가 잘할 것이라고 믿는다. 지금 이 평화로운 세상이 나도 정말 좋다. 이 좋은 세상이 오래도록 이어졌으면 좋겠구나, 동희야!"

한올은 말을 마치고 오색 빛과 함께 사라졌다.

開壁 3下

초판 1쇄 인쇄 2025년 01월 09일
초판 1쇄 발행 2025년 01월 15일
지은이 박모은

펴낸이 김양수
책임편집 이정은
교정교열 연유나

펴낸곳 도서출판 맑은샘
출판등록 제2012-000035
주소 경기도 고양시 일산서구 중앙로 1456 서현프라자 604호
전화 031) 906-5006
팩스 031) 906-5079
홈페이지 www.booksam.kr
블로그 http://blog.naver.com/okbook1234
페이스북 facebook.com/booksam.kr
이메일 okbook1234@naver.com

ISBN 979-11-5778-682-4 (04800)
      979-11-5778-650-3 (SET)